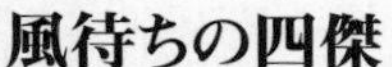

くらまし屋稼業

今村翔吾

角川春樹事務所

序章

ここのところ朝は冷え込むが、昼になれば寒さも和らぐという日々が続いていた。だが今日に限っては、陽が高くなっても一向に暖かくならない。

「今日は厳しいか」

堤平九郎は溜息を零した。吐息は瞬く間に淡い白に変じる。手慰みに飴の棒をくるくると回していた。飴の形は酉。まるで強風に巻き込まれ、進む先を見失ったかのように、酉もまた回っている。

平九郎は浅草寺の仲見世、雷門からほど近い、いつもの場所に露店を出していた。別に寒くとも飴は売れるのだが、今日はあまりに寒すぎる。行き交う人々の足も、昨日までより明らかに速くなっている。子どもが欲しいとねだっても、また今度なと、手を擦り合わせて足を速めるというやり取りを、朝からだけで三度も見ていた。

重く圧し掛かるような鉛色の冬天。このままだと一雨来るかもしれない。そう考えていた矢先、ぽつぽつと空から粒が落ちて来た。

「来たか」

平九郎の苦笑もまた白くなる。

掲げた掌に冷たい粒が落ちた。雨かと思ったが霙である。昼でこれならば、夜には雪に変わるかもしれない。そうなればこの冬、江戸にとっての初雪となる。

宝暦四年（一七五四年）も間もなく暮れようとしている。飴屋としては何ということはない一年であった。裏稼業のほうもさして変わらない。「『鼻唄』長兵衛」こと黛長兵衛の一件、赤也の過去の清算など、心に残る勤めは幾つかあった。だが結局、裏稼業を始めた目的、

――いなくなった妻子を見つける。

ということに関しては大きな進展はない。

今頃、何処にいるのか。

すでに姿を消して約四年。もし他人のことならば、口にこそしないものの、もう生きていないのではないかとも考える頃だろう。だが、平九郎は何処かで必ず生きていると思っている。

彼女たちが今いるところもこのように雪模様なのか、それとも暖かな陽射しが差し込む晴天なのかは判らない。それでも必ず繋がっているこの空を、きっと何処かで見

ていると信じている。

「帰るか」

ぽつんと呟き、店仕舞いを始めようとしたその時である。さらに強くなる霙、疎らな人の流れの中、こちらに向かって来る一人の男がいる。その顔には見覚えがあった。

「飴屋」

男は眼前で足を止めると呼んだ。その短い言葉の中に、微かに焦りの色を感じた。

「はい。何にしましょう」

「猫を」

そう来ると思っていた。が、平九郎は常と変わらぬ調子で答えた。

「十二支の中から選んで下さい」

「貘だ」

やはり間違いない。この手順を踏むのは依頼の手段の一つである。かつてのことから、男がこの手段を解っていることも平九郎は知っている。

「刻限、場所は」

静かに問いつつ、怪しまれぬように飴をこさえようと釜の蓋に手を掛けた時である。

「急ぎだ。頼む」

と、男は食い気味に言った。

「お客さん、そう急がして貰っては困ります。何事も手順というものが……」

「金の心配はいらない」

「それはそうでしょう」

この男ならば、己たちに払う金の相場も知っている。それを承知で依頼しようとしているのだから、その当てはあると考えるのが当然だ。

――やはりおかしい。

と、平九郎は思った。

男はひどく急いている。先ほどの会話でも手順すら惜しむかのように早口で答えた。以前から、男がかなりの修羅場を潜って来ていると感じている。その男が焦るほどの依頼とは、余程のっぴきならぬ事態が起きているのではないか。

「ご本人という訳ではないのでしょう?」

平九郎は問うた。姿を晦ましたい本人が依頼をするのが普通である。ただこの男に限っては十中八九違うだろう。以前も同様の形で仕事を引き受けた。いや、厳密に言うならば、飴屋の時に依頼で来るのは、そのような客だけなのである。

「ああ、違う。ただ前と同じく、その者から頼ませる」

男が言った「前」とは、約二年前のことである。その時は難しいと思われた依頼を見事に成功させてくれたと、とても満足していたようであった。

「一つ、訊きたい」

男は唇に落ちた霙を指で拭いながら尋ねた。

「何でしょう」

平九郎はふわりと受け流すように答えて釜の蓋を取る。寒空の下に、いつもよりも濃く白い湯気が立ち上った。

「もし俺の頼む『飴』を作ってくれるというならば、その間は他に『飴』を作ることはないな」

つまり二つ以上の依頼を同時に請けないだろうなという意味である。

その間も平九郎は手を止めない。篦で釜から飴を掬い上げて菅の棒に付ける。その時にはすでに手早く蓋を閉じていた。平九郎は飴の形を整えながら答えた。

「お客さんは、一人で飴屋をやっている訳ではないことはご存じのはず。差し障りなければ、二つ、三つと『飴』を作ることもあります」

「訊き方が悪かった。客にとって不都合な『飴』は作らないな」

「なるほど」

先に請けた依頼にとって邪魔になるような依頼は新たに請けないか。あるいは競合となるような依頼は請けないか。と、いう意味であろう。

「どうだ」

男は少しの間も惜しむように続けた。

冬は夏の半分の時で飴を作らねば途中で固まってしまう。ましてやこの寒さならば猶更である。流れるような手捌きで、飴を鋏で引っ張って伸ばし、先を曲げ、ぷつんと切った。それと同時に平九郎は呟くように答えた。

「それは心配ありませんよ」

「安心した」

「ただし、それは誰にでもいえることです。すでに『飴』作りを頼まれていて、お客さんの『飴』を作るとまずいこともあるかもしれません」

「だからこそ急いでいる」

男は低く言った。声に熱が籠っている。やはりただ事ではないのだろう。

「所望の御方は高輪に？」

この男の本拠は高輪にある。前回はそこに依頼人がいた。今回も同じかと思ったが、男は首を横に振った。

「この件に親分……いや、禄兵衛さんは関わっていない」

禄兵衛といえば、江戸で知らぬ者はいないと言われる香具師の大親分である。その片腕とも言われるのがこの男。陣吾であった。

夜半、対立する一家の本拠にたった一人で忍び込み、親分を刺し殺したことから、

――夜討ちの陣吾。

などと呼ばれ、裏の世界で恐れられている。

「てっきり旅籠かと」

平九郎は落ちて来た大粒の霙から飴を逃がしつつ呟いた。

陣吾は表向きには上津屋と謂う旅籠の主人をしている。だがこの上津屋こそが、禄兵衛の本拠なのである。

「いや、違う」

「ご存じでもないと」

「ああ、俺一人のことだ」

平九郎はすでに随分と固くなり始めた飴に、急いで鋏の先をぎゅっと押し込んで模様を作り、最後の仕上げを行った。

「ここではこれ以上は。明日の辰の刻（午前八時）、目黒不動で。それまでは他の

『飴』の話を聞くことも出来ぬのでご安心を」

と言って、平九郎は出来たばかりの辰の飴を差し出した。獏の飴は頼まれても作らない。時刻を表す飴を作る。

「解った。頼む」

陣吾は飴を受け取ると、代わりに銭入れに一分金を放り入れた。

「五文ですので釣りを」

「引っ込められるか」

見栄を張らねばならぬやくざ者が。と、いう意味であろう。陣吾はそう言い残すと、身を翻して足早に去っていった。さらに強くなった霙と相まって、その背からは悲壮さと覚悟の如きものを感じた。

風待ちの四傑

くらまし屋稼業

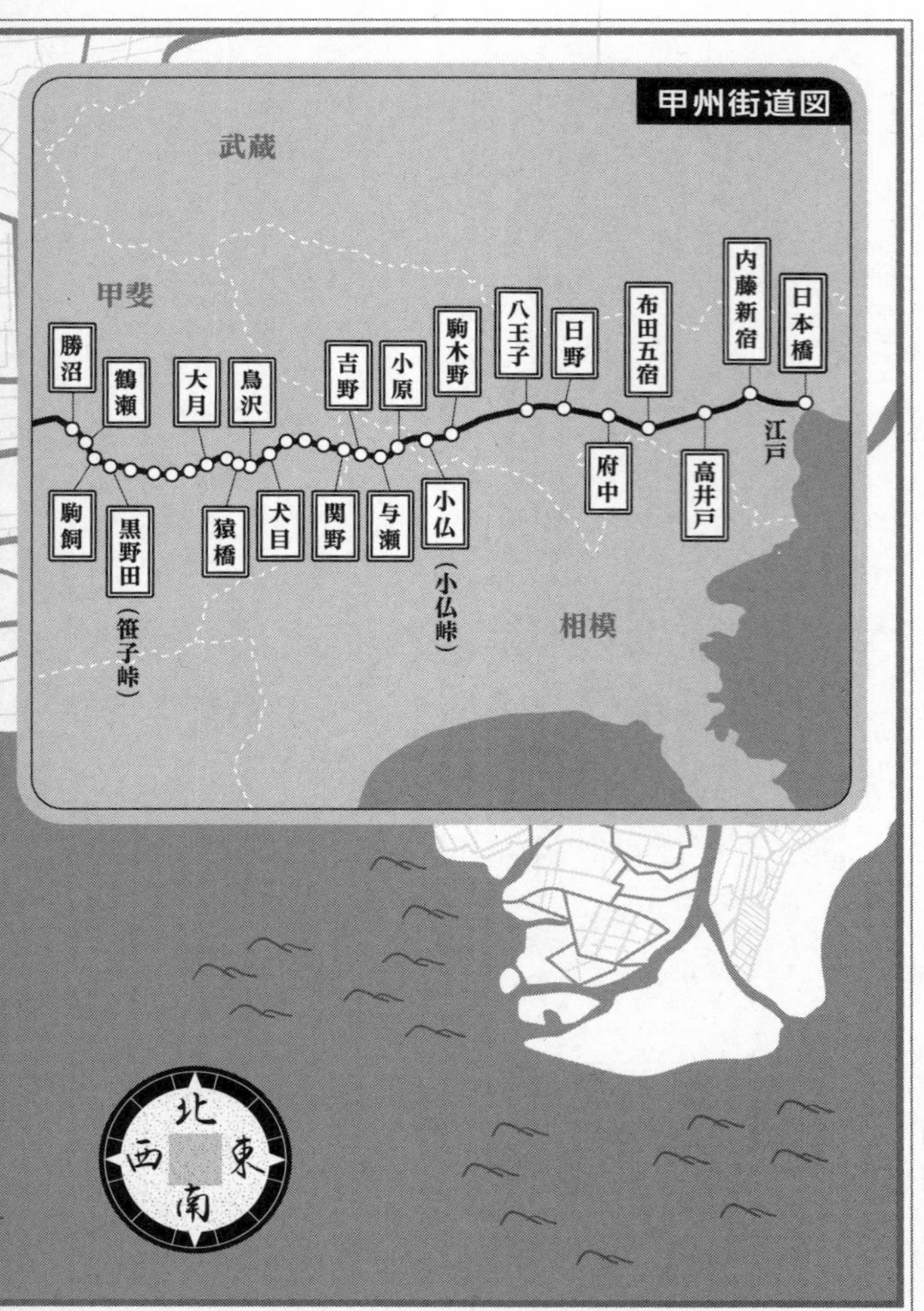

甲州街道図
武蔵
甲斐
相模
江戸
日本橋
内藤新宿
高井戸
布田五宿
府中
日野
八王子
駒木野
小仏
（小仏峠）
小原
与瀬
吉野
関野
犬目
鳥沢
猿橋
大月
黒野田
（笹子峠）
鶴瀬
駒飼
勝沼
北
東
南
西

地図製作／コンポーズ　山﨑かおる

主な登場人物

堤(つつみ)平九郎　表稼業は飴細工屋。裏稼業は「くらまし屋」。

七瀬　「波積屋(はづみや)」で働く女性。「くらまし屋」の一員。

赤也　「波積屋」の常連客。「くらまし屋」の一員。

茂吉　日本橋堀江町にある居酒屋「波積屋」の主人。

お春　元「くらまし屋」の依頼人。「波積屋」を手伝っている。

陣吾　上津屋(こうづや)の旅籠の主人で、香具師(やし)の大親分禄兵衛の片腕。

坊次郎　日本橋南守山町にある口入れ屋「四三屋(よみや)」の主人。

榊惣一郎(さかきそういちろう)　「虚(うつろ)」の一味。すご腕の刺客。

万木迅十郎(ゆるぎじんじゅうろう)　「炙り屋」と名乗る裏稼業の男。

目次

くらまし屋七箇条

一、依頼は必ず面通しの上、嘘(うそ)は一切申さぬこと。
二、こちらが示す金を全て先に納めしこと。
三、勾引(かどわ)かしの類(たぐい)でなく、当人が消ゆることを願っていること。
四、決して他言せぬこと。
五、依頼の後、そちらから会おうとせぬこと。
六、我に害をなさぬこと。
七、捨てた一生を取り戻そうとせぬこと。

七箇条の約定(やくじょう)を守るならば、今の暮らしからくらまし候(そうろう)。
約定破られし時は、人の溢(あふ)れるこの浮世から、必ずやくらまし候。

第一章　越後屋の切れ者

一

霜月（十一月）も間もなく終わり、いよいよ師走（十二月）がやって来る。今年も一年中散々な忙しさであったが、暮れに近付くほどにそれは顕著である。新たな年を新たな着物で迎えようという者、年賀祝いの贈り物を求める者、特に理由はなくとも懸命に一年を励んで来た自分への褒美に、一年で最も財布の紐が緩むらしい。

活気の溢れる店内を慌ただしく動き回る奉公人たちの中、比奈もまた笑顔を振りまいて奔走していた。

「比奈、四番蔵の二十三番の反物を」

客の相手をしている手代の伊八郎が呼んだ。

「四番蔵の……」

繰り返して覚えようとした矢先、

「早くしろ」

と、伊八郎は続けて急かす。

客の前だから怒鳴るようなことはないものの、伊八郎の目には怒気が滲んでいる。今日は特に忙しく、次から次に大勢の客を捌いていかねばならぬため、苛立ちが募るということもある。

だが比奈が叱責を受けるのは、今日に限ってのことではない。己が特に鈍いという訳ではないはず。現に他の店で働いていた時は、このようなことは皆無であった。この店で働く者たちが頗る優れているのだ。比奈の勤めているこの店を、

――越後屋。

と、謂う。

越後屋は三井家によって開かれた。三井家の祖先は、近江源氏の佐々木氏の家臣であったと伝わっている。

やがて伊勢に移って、元和の頃、三井高俊の代に武士を捨て町人となり、酒造りと質屋を始めた。高俊の父、高安の官位が「越後守」だったことから、「越後殿の酒屋」と呼称されるようになったのが、越後屋の由来らしい。

高俊の四男、高利は延宝元年（一六七三）に江戸本町に呉服屋を開くと、同時に京

に仕入れ店を、後には大坂に支店まで設けた。

越後屋が繁盛した訳の一つとして、

――店前現銀掛け値無し。

が挙げられる。

それまで多くの呉服屋が富裕な者相手の掛売りを主にしていたのだが、越後屋は店頭で、しかも安く販売することを始めたのだ。このことによって町人、庶民の客が付き、一日で千両を売り上げるほどの大盛況となった。

越後屋の勢いはそれで留まることはなく、貞享四年（一六八七年）には幕府呉服所に選ばれた。つまり幕府御用達の呉服屋という意味である。

さらに両替商にまで手を広げ、しかもこれも見事に成功させる。元禄四年（一六九一年）にはこちらでも幕府の金銀御為替用達も務めるほどである。

そして比奈が働いている場所こそ、越後屋が商いを広げる基となった駿河町の呉服屋なのである。

これまでの慣習を次々と破り、大成功を収めた越後屋は同業者から大きな反感を買い、幾多の嫌がらせを受けたため、密かに本町から隣町へ店を移したのだ。「丸に井桁三」印の暖簾が通りを挟んで左右二つある店先に掛かっている。通りからは遥か向こう、雄大な富士の山まで見通せる。

「お持ちしました」

「遅いぞ」

比奈が取って来た反物を渡すと、伊八郎は小声で叱った。しかし、すぐに客に向けて、愛想よく反物を広げて話し始めた。

客はいまひとつお気に召さないようで首を捻る。伊八郎は客の曖昧な要求に対して一々頷いて応じ、再びこちらに向けて言った。

「二番蔵の十八番と、三番蔵の六番をお持ちしろ」

越後屋には、一番から七番までの蔵があり、その中に作られた棚にさらに番号が振られて反物が保管されている。このように蔵と棚の番号を言えば、すぐにどの反物か判るような工夫がされているのだ。

もっとも大半の手代がその全てを覚えている訳ではないし、番号に置かれた反物が売れれば入れ替わる。だがこの伊八郎は今ある在庫が、どの蔵のどの棚にあるのか全て記憶しているという越後屋の中でも一等優れた手代である。

「はい」

先程のことがあったため、比奈は言われるや否や、店の裏に向かった。

――寒い。

すっかり寒くなったが、蔵の中は一段とよく冷える。手を擦りながら、比奈は反物を探した。

手代の下、丁稚も雑用を務める。だがあまりに取引先の多い越後屋では、丁稚は仕入れや、支払い、集金の役目を担うことが多い。商いを覚えさせるという意味もあろう。故にこのような店での雑用には十数人の女が雇われており、比奈もまたその一人である。

「よし」

戻って反物を渡すと、伊八郎は頷いた。今回は満足ゆく早さで届けられたらしい。ほっと安堵するのも束の間、

「比奈」

と、客へ反物を合わせるのを手伝うように促される。このようにして比奈の一日は暮れていくのである。

比奈は当年で二十三歳。もとは日本橋界隈で菜を売る棒手振りの娘である。母は比奈が七歳の時に鎌で指を傷つけた後、数日後に高熱を発して死んでしまった。いわゆる鉄の毒というものに冒されたのだろう。

父は男手一つで育ててくれた。力のいる仕事で、しかも大した稼ぎにならぬ棒手振りである。父は比奈に継がせる気などは毛頭無かったらしい。

比奈は子どもの頃から、母の代わりにずっと家事をして父の帰りを待った。ただ寂しさはあまり感じなかった。

同じ長屋に母と二人で住む十ほど年上の兄のようなひとがおり、何かと比奈のことを気に掛けてくれていたのだ。普通ならば仲間と盛り場で遊んでいるほうが面白い年頃であろう。だがいつもその彼は一人であった。何故かと訊いたことがあるが、

——群れるのは好かねえ。

と、ぶっきらぼうな口調で答えたのを覚えている。

だが、比奈がぽつねんとしている時など、よく気がついて話し掛けてくれたり、時には力仕事を手伝ってくれたりもした。しかし、比奈が十一歳になった夏、母が病死したため、彼は長屋から出て行ったのである。

今も江戸にはおり、一年に一度くらいではあるが、

——達者でやっているか。

などと、訪ねて来てくれている。

比奈が商家に奉公するようになったのは、彼が去ってから五年後の夏のこと。父が

菜を納める中に、商家の手代の家があった。世間話の中で、娘の先を心配していると話したところ、

――よかったらうちで働かせればいい。

と、言ってくれたのである。

これが越後屋という訳ではなかった。越後屋ほどの大きさともなれば、幾つも傘下に商家を抱えている。そのうちの一つで、須玖屋と謂う呉服屋であった。須玖屋は越後屋で扱うには至らぬ安い反物を、より廉価で売るという商いをしていたのである。

こうして比奈は十六歳で須玖屋の世話になることになった。父は娘の将来に安堵したのだろう。翌年に風邪をこじらせ、そのままぽっくりと逝った。

天涯孤独となった比奈であるが、父が繋いでくれた縁に感謝し、須玖屋で懸命に働いた。そうして六年が経ったある日のことである。須玖屋の主人に呼び出された。聞いて驚くなと前置きされた上、

――越後屋さんがお前を呼んでおられる。

と、打ち明けられた。

須玖屋の様子を見に来た越後屋の手代が、比奈の働きぶりに目を付けたらしい。

越後屋は須玖屋とは比べ物にならぬほどに忙しい。ただ俸給も今の倍ほどになる。

何よりこれは滅多にない栄誉なことで、これまでに断った者はただの一人もいないらしい。比奈もまた同様、二つ返事で話を受けた。

それから一年と少し。比奈はこうして越後屋で働いている。まず思ったのは、皆が皆、恐ろしいほどに仕事が出来ること。これまで須玖屋では働きぶりが頭一つ、二つ抜けていた比奈だが、越後屋で働く者たちと比べれば下の上というところ。

働くこと自体は大好きな比奈であったが、果たしてこのままついていけるのか。須玖屋に戻れるように頼んだほうが良いのではないかと思い悩んだことも、一度や二度ではない。

しかし、そんな弱気になる自分を叱咤し、足を引っ張らぬように、振り落とされぬように、何とか懸命に働いて来たという訳だ。

あと三日で師走という日のことである。

「比奈、師走から深川に行くぞ」

店を閉めた後、手代の伊八郎から唐突に言われた。

「深川ですか？」

比奈は意図を解しかねて尋ねた。

「木場の千代屋が深刻な人手不足らしい」

須玖屋と同様、越後屋傘下の有力な商家の一つである。主人の名は弁吉と謂う。その歴史は他の店に比べてまだ浅く今年で七年目。越後屋傘下の中で、主に日光街道、奥州街道の流通、買い付けを担っている。

たとえば出羽の紅花を安く買い付け、江戸にまで運び、同じく越後屋系列の染物屋に渡す。そこで染められた反物の大半は越後屋の大本である江戸駿河町の呉服屋に入る。残りは千代屋が築いた奥羽の販路に乗せるという流れである。

越後屋は日ノ本中にこのような販売網を作っており、奥羽を担っているのが千代屋という訳だ。

奥羽の諸大名は貧しい家が多い。呉服の販売量もしれていると思われがちだが、千代屋は他の流通を担っている傘下商家の中でも、随一の利を弾き出している。その理由の最たるものは、

――買い叩き。

である。奥羽は厳しい寒さのせいもあって度々飢饉に見舞われる。故に少しでも暮らしの足しにし、飢饉への備えを作ろうと、染料のもとになるような商品作物を栽培する村は多いのだ。だが折角作ったとしても、売れ残ってしまえば意味がない。それを千代屋は纏めて買うと持ち掛け、足下を見て二束三文で買い付ける。これを越後屋

傘下内の染物屋に渡した時点で、すでに莫大(ばくだい)な利益が出ている。故に奥羽の諸大名には大して売れなくとも問題はない。そちらは全体の利益の一、二割ほどで、おまけ程度なのだ。

昨今、千代屋はまだまだ買い付けを強化している。暮らしが苦しい百姓にまで銭を貸し、それを元手に栽培をさせ、安値で買い付け、さらには利息まで取る。このようにして買い付けの量は、年々恐ろしいほどに増えている。

そうなると江戸でそれを捌く者の数も増やさねばならない。だが今の千代屋は、親である越後屋を凌(しの)ぐほどの多忙さで、余りに過酷な働き方をしているため、店を辞める者が後を絶たないのだ。しかもこの二、三か月の間に、主力の手代が二人、丁稚に至っては五人も立て続けに辞めてしまった。これでは忙しい師走を乗り切ることが出来ないと、当座で良いから人を貸して欲しいと越後屋に泣きついた。そこで伊八郎が派遣されることが決まったのである。

伊八郎は千代屋に応援に出るに際し、一、二人程度なら、誰かを伴っても良いと主人に言われた。そこで選んだのが比奈だったという訳だ。

「何故……私に？」

戸惑(とまど)う比奈は、思わず訊いてしまった。越後屋には己よりも優秀な丁稚や、女中が多くいるのだ。

「一口に越後屋傘下の商家といっても、千代屋の連中は俺たちとは給金の桁も、周囲からの見方も全く違う」

伊八郎は帳簿を捲りながら言った。

須玖屋から越後屋に来て、給金が倍ほども違うのには驚いた。また越後屋の者というだけで、周りの商家たちも一目置くような態度になった。己でそうなのだから、手代などはもっと差があるのではないか。

帳簿を見る目を素早く動かしつつ、伊八郎は続ける。

「余所者扱いして逆らう者もいれば、反対に阿る者もいるだろう。居丈高になっても、舐められてもいけない。須玖屋の出のお前が向いていると思った」

確かに比奈がいた須玖屋の中には、越後屋の手代に対してそのような反応をする者もいた。傘下の商家も「広義の越後屋」ではあるものの、別物と考えたほうが良い場合もある。伊八郎の考えは間違っていないだろう。

だが、まだ腑に落ちないこともある。越後屋の中には他にも、傘下の商家出身の者はいる。

——何故、わざわざ自分を選んだのか。

と、いうことである。ただ一応の理由を説明された後、そこまで訊くのは憚られた。

「承知しました」

比奈は応じた。伊八郎はこちらをちらりと見て頷いたが、すぐにまた帳簿へと視線を戻した。こうして比奈は、伊八郎と共に師走の一日から千代屋に出向することになったのである。

二

千代屋は確かに繁忙を極めていた。ひっきりなしに客が訪れ、待たせるようなことはざらにある。もし須玖屋にいた頃の比奈だったならば、数日でへばっていたことだろう。だが多忙さでは本元の越後屋も負けていない。故に比奈は千代屋でもさして忙しいとは思わなかった。比奈としては普通のことをしているつもりだが、千代屋の女中からは、

——流石、越後屋の御方。

と、驚かれている。

それ以上に衝撃を与えたのは伊八郎である。事前に千代屋の仕事の仕組みを完全に理解した上で、千代屋の面々には、

「越後屋から来ました。よろしくお頼み申します」

と、初めの挨拶は慇懃そのものだった。

ただ仕事となれば一切の妥協はない。自らは大車輪の如く働き、困っている者にはすかさず手助けをする。仕事を怠っている者などには厳しく一喝もする。

比奈もこの一年、伊八郎には幾度となく叱られてきたため、心の何処かで、

——この人は私が嫌いなんだ。

と、思っていた。

だが千代屋に来て、それは浅はかな考えだったと気付かされた。この優秀な手代は仕事に私情は一切挟み込まない。ただ仕事に忠実なだけなのだ。千代屋の慣れぬ仕事の中、比奈は心より伊八郎を頼もしく感じている。

「千代屋は勢いこそあるが、このままじゃあ、いつか大崩れするな」

五日に一度、越後屋に戻って状況を報告することになっている。伊八郎が比奈に向けて言ったのは、木場までの長い道すがらのことである。

「何となく……仰っていることは解ります」

比奈は慎重に言葉を選んで答えた。別に伊八郎に言われたからではなく、比奈もそのようなことは感じていた。まだ歴がそれほどないからか、千代屋は販路の拡大に構

造の構築が追いついていない。故に納品間違い、納期の遅れなどの、しくじりも相当数起きている。今は大事に至ってはいないが、いずれ痛い目を見そうだと思っていた。

「それに……」

「どうした？」

比奈は続けて言いかけて止めたが、伊八郎は即座に尋ねた。

「外に人を振り過ぎではないでしょうか」

千代屋は店で取り仕切る者と、外で買い付けや、運搬の指示を行う者たちの大きく二つの組に分かれている。

人手としては、主人の弁吉のほか、番頭が三人、手代が八人、丁稚が二十五人、女中が十一人の四十八人。だが千代屋の店には主人のほか、番頭が一人、手代が二人、丁稚が七人しかいない。女中だけは店に十一人全ているが、それでも二十二人。実に半数以上が、外に出ている。買い付けや、運搬も確かに大事な仕事ではあるが、明らかに多すぎるように思う。実際、そのせいで店は己たち越後屋の応援を受けて、何とか回っているという状況なのだ。売上にばかり目を奪われず、顧客に満足してもらうためにも、もう少し配置を考えたほうが良いのではないか。比奈はぼんやりと考えていたのである。

「よく気付いたな。俺も同じことを考えていた」

伊八郎に褒められて、比奈はほっと安堵した。伊八郎は何かを思案していたように、間を空けた後、小さく頷いて言葉を継いだ。

「他に何か気付いたことはないか？」

「えっ……」

「何でもいい。言ってみろ」

確かに思っていたことはあるが、これは自分如きが口にすべきではないと言わずにいたのである。伊八郎には全てお見通しらしい。比奈は重々しく口を開いた。

「取引の割に売上が……」

「やはり気付いたか」

伊八郎は苦笑した。苦いものであろうと、伊八郎がこのように笑うのは至極珍しい。

「はい。おかしく思えます」

この会話だけ聞けば、誰かが金を抜いており、売上が少ないという話だと思うだろう。だが実際はその逆。取引の割に売上が、

——明らかに多い。

のである。ただそれは帳簿を見た訳ではなく、あくまで感覚的なものである。伊八

郎は前後左右を確かめ、声を落として言った。

「比奈、実は……千代屋に俺が来たもうひとつの隠れた目的がこれだ。何かよからぬことをしているのかもしれない」

「えっ――」

前々から伊八郎は千代屋の商いが、

――何処かおかしい。

と、思っていたらしい。

「富蔵（とみぞう）さんには……？」

比奈は恐る恐る訊いた。

越後屋ほどの規模となれば派閥も形成される。越後屋には三人の大番頭がおり、それぞれが派閥の領袖（りょうしゅう）でもある。富蔵とはその大番頭の一人であった。

伊八郎はこの富蔵の派閥に属している。そして傘下の千代屋もまた富蔵の息が掛かっている商家という訳だ。

「もし汚（きたね）え商いをしているならば、富蔵さんの顔に泥を塗ることになる。そうなると他の大番頭もここぞとばかりに切り崩しに来る。富蔵さんが知らぬうちに片づけたい」

越後屋の大番頭ともなれば、皆が皆、凄まじいほど頭が切れる。大っぴらに探れば、すぐに異変を感じ取るだろう。故に伊八郎は、富蔵にも内密のうちに千代屋を探ろうと考えたらしい。

「心配するな。千代屋には俺が応援に行きたいと申し出た」

伊八郎は薄く微笑んで頷く。

少し前、伊八郎は近くを通ったふりをして千代屋に立ち寄った。すると千代屋では手代、丁稚、女中までが慌ただしく動いているが、明らかに店が回っていない。伊八郎は富蔵に対して、

――千代屋から応援の依頼が来ているそうですね。先日たまたま立ち寄ったのですが、かなり梃入れが必要かと。私に行かせて下さい。

と、進言して裁可を得たという訳である。

「伊八郎さんは、富蔵さんを慕っておられるのですね」

「当然だ」

伊八郎はふっと頬を緩めて続けた。

「俺は孤児だったところを、富蔵さんに拾われたからな」

伊八郎の父は玉子売りだったらしい。玉子は精がつくということで、専ら吉原に売

りに行く。母は生まれた時から顔を知らない。恐らくは吉原の名も無き端女郎だったのではないか。それが何か訳あって己を産み、玉子屋の父が引き取った。どうせそのようなところだろうと伊八郎は考えているらしい。

その父は伊八郎が七歳の頃、酔客に絡まれて散々に暴行を受け、三日三晩寝込んだ後に息が止まった。長屋にもいられなくなり、食う当ての無くなった伊八郎は町で盗みをしながら何とか生きながらえていた。だがある時、芋を盗もうとした腕を摑まれて捕まってしまった。

「それが富蔵さんだった」

伊八郎は遠くを見つめながら続けた。

——盗みはいけねえ。

富蔵がぐっと手に力を込めながら咎めた。こうしなければ食っていけない。飢え死にするくらいなら盗んだほうがましだなどと、伊八郎は喚いた。言い訳である。が、真実でもあった。

富蔵は少し首を捻った後、芋売りに銭を渡した。そして伊八郎に向け、

——生き方を教えてやる。

と、優しい口調で語り掛けたという。

こうして伊八郎は、当時手代であった富蔵の下で丁稚として働き、商いのいろはを叩き込まれ、手代にまでなった。全ては富蔵のおかげだと、伊八郎は言葉では言い表せぬほど感謝しているという。

「お前も苦労したらしいじゃねえか」

伊八郎がふいに言ったので驚いた。比奈の来し方について知っている。何より初めて聞いたが、そもそも越後屋に比奈を引っ張るように進言したのも伊八郎らしい。

「須玖屋で働いている姿を見たことがある」

比奈が前にいた須玖屋はどこの派閥にも属していない。そこに伊八郎が仕事で寄った時、娘の嫁入りに着物を仕立てようとする客に、比奈が応対するのを見たという。

──娘さんはどのようなお顔立ちですか？

などと客に寄り添って、比奈が親身になって似合う反物を探していた。さらにその後も暫く注目していたが、須玖屋の中では動きも悪くない。これはものになると考え、伊八郎は富蔵に進言したらしい。

「当たり前のことです」

比奈は恥ずかしくなって俯いた。

「その当たり前が出来ない者が多いのさ。毎日、多くの銭が飛び交っているのを目の当たりにすれば、いつの間にか忘れちまうらしい……」

そこで一度切ると、伊八郎は白い歯を覗かせて言葉を継いだ。

「お前は変わるなよ」

比奈ははっと顔を上げた。

——似ている……。

比奈の脳裏にふと過ったのは、幼い頃、世話を焼いてくれたあの兄のようなひとであった。普段は仏頂面で、何処か怖い印象も受けるが、その心の芯の部分は優しい。様々なところが重なって見えた。

「はい」

比奈が弾むように大きく頷くと、伊八郎もまた頷いて口元を綻ばせた。

三

それから数日、比奈は千代屋で懸命に働いていた。やはり人手が全く足りていない。

そもそも伊八郎が比奈を連れてきたのは、

——己の代わりの手が欲しい。

と、いう理由であった。

表向きには千代屋の応援だが、裏で訝しい点を探るのが真の目的。一人で二役をこなすのは、流石の伊八郎でも難しい。そこで改善点の洗い出しなどは伊八郎が考えるが、それを実行する「手」として比奈が必要だという訳である。

伊八郎は自分のことを信じて真の目的を打ち明けてくれた。だがそれと同時に、

——このことの裏には首を突っ込むな。

とも釘を刺された。伊八郎が探っていることに気付けば、千代屋も何らかの妨害を行ってくるかもしれない。比奈はただあくまで表向きの手伝いに徹していればいいと。

「帳簿を見た」

伊八郎がそう言ったのは、三度目の越後屋への報告に向かう道の途中。つまり千代屋に入って僅か十五日目のことである。

前々日、一年間のうちに仙台の商家に転売した反物の量と、金額が合っていないことが発覚した。千代屋の番頭、手代が帳簿を覗き込んで追及するが、原因は一向に判らない。これはよい機会と見て、伊八郎は、

——少し見せて下さい。

と声を掛けた。大半の者が是非と即答したが、一瞬であるが躊躇った者もいたのを伊八郎は見逃さなかった。だが気付いた素振りは一切見せず、帳簿をざっと見ると、

——ここの乗算が間違っています。

と、即座に間違いを指摘してみせた。これには千代屋の者たちも驚嘆していたが、先ほど躊躇っていた者はやはりというべきか、ほっと安堵しているように見えた。

「何か判りましたか」

「取引の額が異様に大きい反物がざっと十五種ある」

越後屋と千代屋、取引をしている反物はほとんど同じである。千代屋の売上高は越後屋の約五分の一。それぞれの反物の取引量も同じく五分の一ほどになるはずなのだ。それなのに明らかに突出して売れている反物があるのである。

「そのうち全て（すべ）が『戻りもの』だ」

千代屋は奥羽で原材料を買い付け、江戸で染めて反物に仕立てる。その大半が越後屋に入り、江戸で売られたり、各地に捌かれたりする。その残り物や、過程の途中で疵物（きずもの）になってしまったものを廉価で売るのが、比奈のいた須玖屋である。

だが千代屋も反物の全てを越後屋に渡している訳ではなく、自店の販路を活用し、奥羽に戻して売り捌く反物もある。これらのことを、越後屋やその周辺の商家は「戻りもの」と呼称するのだ。

「つまり……」

比奈は唾を呑み込んだ。

「仕入れの量から嘘かもしれねえ」

伊八郎は静かに言った。

たとえば百本の反物を作れるほどの材料を仕入れたことにする。だが実際は五十しか仕入れてはいない。故に五十本しか反物は作れない。その五十本を越後屋に渡してしまえば、千代屋は手許に一つも残らない。その上で、

——何か別なもの。

を売って、反物五十本分の儲けを作っている。

「でも、それが何だとしても、売るためにはその仕入れも必要なのでは?」

比奈は率直な疑問をぶつけた。

「仕入れがただ同然とも考えられる」

「そんなものが……」

「解らねえ。もう少し調べる必要がある」

伊八郎は顎に手を添えながら答えた。

次の日からも変わりなくふたりは千代屋の手伝いを続けた。その三日後の夕刻のことである。千代屋の仕事が間もなく終わろうとした時、伊八郎が目配せをしてきた。

千代屋に入って十九日目。今日は越後屋に報じる日ではないが、

「越後屋のほうも気になりますので、今日は一度比奈と戻ります」

と、伊八郎は千代屋の連中に声を掛けた。

そして越後屋に向かう途中、伊八郎はまず短く言った。

「摑んだ」

「本当に」

比奈もまた、師走の慌ただしい雑踏の中に声を潜める。己も越後屋に属する一人には違いない。伊八郎の思い過ごしであって欲しいと心の何処かで望んでいたが、その淡い期待は打ち砕かれた。

「ああ……大変なことに手を染めている」

相当なことなのだと察しが付いた。いつも冷静沈着な伊八郎の頰が引き攣っているのが証左である。

「それは？」

「これ以上は聞かねえほうがいい。巻き込んでしまったことを悔いている」

伊八郎は小さく首を横に振った。

「これから伊八郎さんはどうなさるのですか？」

「今から富蔵さんに洗いざらいぶちまける」

千代屋は富蔵の派閥の商家。他の派閥にこのことを知られる前に、内々で何とか処理しようとするはず。恐らくは千代屋の主人である弁吉が詰問され、何かしら理由を付けて若隠居させられるようなところに落ち着くのではないか。伊八郎はそう見立てた。

「俺はこの足で富蔵さんのところに行く」

富蔵は越後屋からほど近い、小舟町(こぶなちょう)に宅を構えている。今からそこに行って、ことの次第を告げるつもりらしい。

「解りました」

「また明日な」

帰路が分かれる辻(つじ)で、伊八郎は言い残して足早に去っていった。冬は陽が落ちるのが早い。すでに表情も読み取りにくいほどである。それでも伊八郎が白い歯を覗かせたから、微笑んでいることだけは見て取れた。

第二章　長屋の絆

一

翌日、比奈は千代屋に行ったが、まだ伊八郎は姿を見せていなかった。番頭、手代たちにも訊いてみたが、遅れるとも聞いていないらしい。

——昨日のことで動かなければならないことが出来たのかもしれない。

これまで遅刻などは一切無かった伊八郎である。それ以外には考えられなかった。それに昨日、伊八郎はまた明日と言って別れた。自分に何も伝えぬまま来ないとは思えない。やはり千代屋のことで、富蔵と何か打ち合わせていて遅れているのだろう。

あっという間に昼になった。千代屋としては最も忙しい時刻であるが、伊八郎は一向に姿を見せない。遂には陽が傾き、店先に薄い茜が入るようになっても同じである。

「きっと越後屋のほうで何かあったのでしょう」

「伊八郎さんほどの人でも伝え忘れていることもあるさ」

などと千代屋の者たちは言ったが、比奈はそうは思わなかった。あれほど仕事に打ち込む人はいない。打ち合わせが長引いて自分が千代屋に行けぬとなったら、使いを走らせて何か指示を飛ばすはず。それも無いことが奇妙であり、比奈は言い知れぬ胸騒ぎを感じ始めていた。

千代屋での勤めを終えた後、比奈は駿河町の越後屋に向かった。西日を背負った富士山は、仄かに黄に染まっている。すでに店は閉められていたが、まだ人が残って明日の支度をしているところであった。

「お、比奈。どうした？」

手代の一人がこちらに気付いて尋ねた。

「伊八郎さんを見ませんでしたか？」

比奈が尋ね返すと、手代は首を捻る。

「千代屋じゃあないのか？」

「それが……今日は来られていないのです」

「何……本当か？」

互いに問い掛けの連続である。手代は眉間に皺を寄せ、自らに言い聞かせるように続けた。

「伊八郎に限って横着することはないだろう。ちと心配だな。何か思い当たることはないのか？」

「いえ……」

実際はある。が、千代屋に探りを入れていることは、己以外にはまだ話していない秘事である。ましてやこの手代は他の派閥に属している。今の段階では口が裂けても言えなかった。

「伊八郎の家に人をやってみる。外を回っている連中にも訊いてみよう」

「はい。私も捜してみます」

比奈は不安に押しつぶされそうになりながらもそう言って越後屋を後にすると、真っすぐに小舟町(こぶなちょう)に小走りで向かった。越後屋の大番頭富蔵の邸宅である。

一度だけ比奈も頼まれた物を届けに訪ねたことがある。町人の大半は長屋か、質素な町屋に住むが、富蔵の家は戸建てである。商人の家には門を拵(こしら)えてはならない。だが門さえあれば、旗本の屋敷と言われても驚かぬほどの大きさはある。また庭も町人は造ってはならないため表向きにはないものの、家の中に入らねば見えぬように中庭も設けられた豪奢(ごうしゃ)な造りになっている。

「越後屋に奉公する比奈と申す者です。伊八郎さんのことでお訪ね致しました」

取次の者に名を告げると、ちょうど手が空いていたとのことで、富蔵が自ら会ってくれるらしい。比奈はこれまで見掛けはするものの、言葉を交わしたこともない。些か緊張しながら、案内されるまま一室に入った。部屋には立派な調度品が揃っている。香を薫いているのか、甘いよい匂いも漂っている。

「比奈と申します」

「知っているよ」

比奈が名乗ると、丸顔で穏やかそうな富蔵は軽く口を綻ばせて応じた。確か年は四十二。越後屋の大番頭の中でも最も若い。丁稚から手代、番頭、大番頭に最年少で上り詰めた遣り手で、あの優秀な伊八郎ですら、絶大な信頼を寄せている。今、比奈の名を知っていると言ったのも決して口先のことではなく、越後屋で働く者、その傘下の商家で働く者の名さえ、全て諳んじていると聞いたことがある。

「今日、伊八郎さんが千代屋に来られませんでした」

「ほう。伊八郎が寝坊をするとは思えない。店はどうだ？　私は昼過ぎに店を出たから、その後に戻って来ているかもしれない」

富蔵が言う店とは、駿河町の越後屋のことである。

「先ほど店にも顔を出しましたが、誰も見ていないと」

「なるほど。おかしいな……」

富蔵は太い眉（まゆ）を指でなぞりながら考え込んだ。

「昨日、伊八郎さんは大番頭を訪ねたと思います。その時、何か変わったことは……」

「何？　昨日伊八郎が？　訪ねて来ていないぞ」

富蔵は身を乗り出し、厚めの唇を突き出した。

「真（まこと）ですか。昨日、別れ際に確かに大番頭のところに行くと……」

「いや、来ていない」

富蔵は首を横に振った。

「そんな」

絶句して比奈は口を手で押さえた。

「比奈、伊八郎は何のために私を訪ねようとしたんだい」

「それは……」

比奈は言葉に詰まった。伊八郎より先に己が話してもよいものかと迷ったのである。

「伊八郎の身に何か危ないことが降りかかっているのかもしれない。教えてくれ」

富蔵は真剣な眼差（まなざ）しを向けつつ訊いた。誰よりも伊八郎のことを知っている富蔵である。すでにのっぴきならぬ事態が起きているらしい。比奈は意を決すると、伊八郎が千代屋に疑念を抱いていたことを話した。

「千代屋がよからぬことをしているか……」

富蔵は眉間に皺を寄せ下唇を嚙(か)みしめた。

「はい。伊八郎さんはそのように」

「伊八郎が嘘を吐(つ)くとは思えない。だがそのよからぬこととは何だ？」

「それは……私も聞いていません」

これ以上は聞かぬほうがよいと伊八郎に止められたこと。ただ伊八郎が千代屋は何か大変なことに手を染めていると語っていたことだけは話した。

「千代屋が伊八郎を襲ったのかもしれない」

「まさか……」

そこまでするのかと思ったが、富蔵は十分にあり得ると見ているらしい。

「悪事に手を染めていることが露見すれば、越後屋としても千代屋を切らざるを得ない。そうなれば千代屋はあっという間に潰(つぶ)れる。必死になってもおかしくない」

すでに千代屋の依頼を受けた何者かに攫(さら)われたのか。あるいは襲撃を受けて江戸の何処(どこ)かに身を潜めているのか。

「でも、ほんの僅かの間です」

比奈は言った。昨日、伊八郎と別れたところから、富蔵の家がある小舟町までは目と鼻の先である。しかもすでに暗くなり始めていたとはいえ、往来にはぽつぽつと人通りがあった。

「世の中には金さえ積めば、獲物を何処までも追い詰め、必ず仕留める男がいる」

「そんな人が本当に」

市井にはそのような噂が無数に溢れている。比奈はいずれも眉唾であろうと思っていたので、富蔵の口から聞いても半信半疑である。

「ああ、炙り屋だったか」

富蔵は記憶を喚起するように指で額を叩いた。

「炙り屋ですか？」

初めて聞いた名で、思わず比奈は繰り返した。

「伊八郎が危険を感じ、くらまし屋に依頼したとも考えられる」

「くらまし屋……」

また新たな名が出た。こちらも炙り屋と同様、大金で依頼を受ける。だが炙り屋とは反対に、必ず依頼人を無事に逃がすのだという。

炙り屋も必ず。くらまし屋も必ず。もし本当にそのような者たちがいたとして、炙り屋の標的が、くらまし屋の依頼人だった場合どうなるのだろうか。そのようなことが一瞬、比奈の脳裏に過った。

「他にもそのような裏の者たちが江戸には幾らでもいる。伊八郎が僅かな間に姿を消すのも有り得ぬ訳ではない」

そんな裏稼業の者が存在するのか、真偽はさておき、富蔵も知らぬとなれば手掛かりは途絶えた。越後屋の者が伊八郎の家を訪ねた頃だろう。今一度、戻って様子を訊いてみようと思ったその時である。表が俄かに騒がしくなり、廊下から慌ただしい跫音が近付いて来る。

「大番頭」

「どうした？」

「今、奉行所の御方が越後屋に」

比奈の胸がとくんと鳴り、息も微かに荒くなる。

「すぐに行く」

富蔵がこちらを見て頷き、二人同時に慌てて立ち上がった。

越後屋に急いで向かうと、すでにそこには五人の奉行所の者たちがいた。主人、他の大番頭はまだ来ていない。

案内されるまま向かったのはお濠沿い、竜閑橋のすぐ近く。複数の強盗提灯が闇に揺れており、多くの人影も見える。これもまた奉行所の者たちだ。その中央に何かが横たえられ、上から筵が掛けられている。

比奈の動悸は先ほどよりさらに激しく、立っているのがやっとだった。

「確かめてくれ」

年嵩の役人がそう言って、筵を捲った。

「そんな……」

比奈は口を両手で覆った。

そこにいたのは面変わりしているが、伊八郎である。両目をかっと見開き、両頬を強く引っ張られたように口も開いている。涼やかな面影は一切失われ、その形相は般若を彷彿とさせた。

「夕刻、二八蕎麦屋が濠に浮かんでいるのを見つけた」

奉行所の者はそう説明した後、富蔵に向けて、

「最後に会ったのは？」

と、訊いた。富蔵がこちらを見る。比奈は震える声で名乗り出た。

「私です……」

「何時、何処で？」

奉行所の者が短く問う。富蔵が小さく首を横に振るのを見た。

――千代屋のことは言うな。

と、いう意味である。伊八郎が疑っていたとはいえ、まだ確証がある訳ではない。確かに時期尚早であろう。

「昨日の夕刻……場所は……」

と、状況だけを伝えるにとどめた。

目撃者はいない。衣服に若干の乱れ、傷は深く、おそらくは、心の臓を一突きしたのであろう。殺された後に水に沈められたものと奉行所は見ている。奉行所としても、越後屋の者、この二十日ほど出向していた千代屋の者たちに、改めて事情を聞くことになるだろうと語った。

伊八郎には身寄りはない。後に骸は越後屋で引き取って供養することも決まり、その場はまずは解散となった。

「比奈、大丈夫か？」

越後屋に戻る途中、富蔵が尋ねた。己の足取りが危ういことに気付いたのだろう。

先ほどから雲の上を歩いているように覚束ない。

「伊八郎さん……」

昨日までは普通に会話をしていたのだ。先ほどまでは夢か現かと啞然となってしまったが、今頃になって嗚咽が込み上げて来た。

「何てことだ」

富蔵は鬢の辺りを搔いて溜息を漏らした。

「やはり千代屋が……」

「どうだろう。ついさっき大吉から聞いたのだが……」

富蔵はそこで一度話を切った。大吉とは丁稚の一人。確かに先刻何やらこそこそと話していた。富蔵は声を落として囁くように言った。

「伊八郎が店の金を懐に入れていたらしい。累が及ぶのを恐れ、丁稚の一人が吐いた」

昨日から気もそぞろな丁稚がいた。その丁稚は伊八郎が死んだという話を聞くと、わなわなと震え出したという。あまりに様子がおかしいので手代が問い詰めると、伊八郎に言われて越後屋の売り上げを横領する手伝いをしたことを認めたというのだ。

どうも伊八郎は丁半博打にのめり込んでいたらしく、高利貸しから借金もしていたという。返済が滞って揉め、高利貸しが勢い余って殺してしまったのではないか。富蔵はその線もあり得ると見ているらしい。

「あり得ません」

比奈は勢いよく首を横に振った。

「確かに伊八郎は仕事に熱心だった。だが人は皆、裏の顔を隠しているものだ。伊八郎とて例外ではなかったということ。それとも比奈は、伊八郎と深い仲なのか？」

「いえ……でも、私にはどうにも伊八郎さんが借金をしていたようには思えないのです」

「恐らく千代屋が売上を水増ししているというのも、伊八郎の作り話なのだろう。難癖を付けて金を引き出そうとしていたのかもしれない」

「そんな……」

項垂れた比奈だったが、はっと息を呑んだ。

比奈は伊八郎が、

――大変なことに手を染めている。

と言っていたとしか伝えていない。売上に細工をしていることはおろか、仔細については一切何も語っていないのである。

「どうした？」

富蔵が顔を覗き込んだ。先ほどまでは温厚そうに見えていたのに、今はその両眼が底光りしているようで背筋に悪寒が走る。

「い、いいえ……大番頭の仰ることにも一理あると」

「一理ではない。それが真実さ」

富蔵は噛んで含めるように言う。証拠は無い。だが比奈はその瞬間、疑惑は確信に変わった。

——この人が伊八郎さんを殺した。

と、いうことである。

千代屋が訝しい動きをしているのは真実。そしてそれは千代屋の主人弁吉が画策したのではなく、恐らく富蔵が指示を出していた。伊八郎は富蔵を信じ、弁吉の仕業だと思って千代屋を探って真実に辿り着いてしまった。それを富蔵に報じたところで、口を封じられたのだ。

「どうした。さっきより震えているぞ？」

富蔵がにゅっと首を伸ばして先程よりさらに顔を近づけた。比奈は悲鳴を上げそうになるのを懸命に堪えた。

「今頃になって……恐ろしくなって……」

「無理もないことだ。今日はうちに泊まればよい。心配しなくていい。女房もいるし、他に女中が詰めているのも知っているだろう」

「あ、ありがとうございます」

「よしよし。そうと決まれば……」

富蔵が話を進めようとするのを、比奈は絞り出すように遮った。

「このようなことになるとは思いませんでしたので、家の戸締りをしていません」

「それは物騒だ。誰か比奈と一緒に――」

「そこまで煩わせる訳には。すぐに戸締りをして伺います」

一瞬、間が空いたが、富蔵は大きく頷いた。

「解った。すぐに来るのだぞ」

「はい。では……」

比奈は言い残して、富蔵ら数人から離れた。辻を曲がった所で足がガクガク震えだしたが、懸命に走る。その次の辻で右に折れた。家に向かうならば左。目指しているのは家ではない。

――逃げなきゃ。

比奈の頭にそれだけが何度も繰り返されている。

「大丈夫……」

比奈は後ろを確かめて呟いた。

伊八郎の屍を確かめにいったのは富蔵、己を含めて十一人。そのうち富蔵の派閥でない手代、丁稚もいた。他の派閥の者は悪事を知らないだろうから、富蔵は今すぐには動けない。その隙に少しでも遠くに離れるべきである。当てはひとつだけあった。

——何か困ったことがあれば必ず頼れ。

常々、そう言ってくれているあの彼である。今は高輪の上津屋と謂う旅籠の主人をしている。木戸番に引っ掛からない裏路地を行きながらでも、今から向かえば夜更けには辿り着くだろう。

「何で……」

伊八郎が殺されなければならなかったのか。己が引き立てたにもかかわらず殺さねばならぬほどの秘密を富蔵は抱えていたのか。そして何故己はこのような境遇に巻き込まれたのか。全てのことが入り混じって言葉となって零れ出た。

江戸はすでに闇に包まれている。が、道標が無い訳ではない。滲んだような月が薄っすらと道を照らしている。疲れ切った重い躰が、夜の冷気を帯びて、凍てつくようだが、比奈は目尻に浮かぶ涙を指で拭うと、伊八郎が言った「明日」の中を駆けていった。

二

師走（十二月）の二十二日、平九郎は目黒不動を目指した。目黒不動は江戸鎮護の五不動の一つであり、大金を得られる富くじが行われることでも有名である。門前町もあって行楽地としても人気があるため、辰の刻（午前八時）ともなればすでに人通りは多い。

身を隠して待っていると、陣吾の姿が見えた。平九郎はゆっくりと背後から近づき、横に並んだところで、

「歩きながら」

と、声を掛けた。

陣吾としても想定の内だったのだろう。驚く様子は微塵も感じられなかった。

「何を話せばいい」

余計なやり取りは無用だと陣吾も解っており、すぐにそう切り出した。

「まず依頼人は誰だ」

「比奈と謂う女。年は二十三。駿河町の越後屋に勤めている」

「お前との関係は？」

「昔馴染だ。長屋が一緒だった」

陣吾は間髪容れずに答える。饂飩を茹でる匂い、団子を焼く匂いが立ち込める門前町をゆっくりと二人歩む。

「何があった」

「一昨日の深夜、比奈が上津屋に駆け込んで来た」

真冬だというのに薄着。しかしそれでも額を汗で光らせており、ただ事ではないとすぐに悟ったという。陣吾は取り敢えず中に入れ、落ち着かせて事情を訊いた。比奈は何もかも洗いざらい話したらしい。

「なるほど……その伊八郎という手代が殺され、次は己が口を封じられると思い逃げてきたという訳か」

「ああ。手口からして素人とは思えない」

陣吾は伊八郎の死の状況も詳らかに語った。心の臓を一突きされていたという。恐らくは玄人の仕業だろうと見立てている。

「今、その比奈という女は上津屋にいるのか？」

「それがちとややこしい」

陣吾は小さく首を横に振った。

まず陣吾の親分である高輪の禄兵衛は、江戸で三指に入る香具師の元締めである。同じく名だたる豪商も三つ。一つは件の越後屋、二つ目が白木屋、そして最後が大丸である。これら三人の香具師と、三つの豪商は、それぞれ裏で繋がっているのだ。江戸で大きな商いをしていれば時によからぬ輩に絡まれることもある。そんな時、香具師の元締めがそのような輩を、

――追い払う。

と、いう役を担っている。追い払うといってもやり方は様々で、交渉のような穏便な方法から、脅しを掛けるような荒っぽい真似をすることもある。いや、脅しなどはまだましで、時には闇に葬ることもあるだろう。

また香具師としても、それで豪商から金を得ており旨味がある。つまりは持ちつ持たれつの関係である。そして香具師、豪商、ともに三すくみの状態となっているのだ。陣吾がややこしいと言ったのは、高輪の禄兵衛と繋がっている豪商こそ越後屋だということ。つまり禄兵衛の子分である陣吾としては、比奈に表立って力を貸すことが出来ないのである。

「幸いというべきか、一昨日の夜に親分は不在だった」

近頃、深川の発展が目覚ましい。ここは未だ誰の勢力も及びきってはいないため、三大香具師の縄張り争いが苛烈を極めている。一昨日は深川地回りの香具師と、禄兵衛との宴席があり、そのまま深川に泊まることになっていた。陣吾が留守をしていたところに、比奈が飛び込んで来たという訳だ。

「他に女を見た者は？」

「俺の子分が二人。上手くごまかして口を噤ませたが……どうだろうな」

昔の女が、新しい男に折檻を受けて逃げて来た。子分たちにはそのように説明し、親分には黙っていろと命じたらしい。だが勘の鋭い禄兵衛のことである。気付くかもしれないと陣吾は言う。

「覚悟はしているのか」

そうなれば陣吾の立場が危ういのではないか。と、いう意味である。別に陣吾を気遣った訳ではない。途中で梯子を外されては、困るのはこちらなのである。

「心配ねえ。俺たちは体面を最も重んじる。親分が『知らない』ということが大事なのさ。それに親分が俺を切ることは絶対に出来ねえ」

禄兵衛は陣吾を重宝している。それは夜討ちと呼ばれるに至ったほどの度胸をというより、その経営の手腕だという。陣吾はしのぎが上手いそうで、禄兵衛の片腕になってからというもの、実入りは二倍にまで跳ね上がったらしい。

「お前のほうが商人に向いているのではないか」

柄にもなく、思わず皮肉が口を衝いて出てしまった。

「いいや。俺は汚いこともやっているから儲けられるのだ。日向では通用しねえ」

謙遜している訳でも、卑下しているという訳でもなさそうである。実に自分自身のことを冷静に見ている。陣吾と謂う男の一端が垣間見られた気がした。

「それで女を何処にやった」

昨日には禄兵衛も帰宅したはずだ。陣吾が何処かに匿っているのだろうと考えた。

「大丸に」

「何……」

いつもは平静な平九郎も思わず驚きの声を上げた。大丸といえば越後屋の商売敵。つまり越後屋と密接な禄兵衛にとっても敵になる豪商である。

「どうやって」

平九郎は続けて訊いた。

「堂々と正面から」

陣吾は眉一つ動かさずに答えた。

昨日の払暁、陣吾は誰にも告げずに比奈を連れて上津屋を出ると、大伝馬町三丁目にある大丸江戸店に向かった。そして堂々と自らの名を名乗り、

——匿って頂きたい。

と、頼んだというのだ。

「何故、大丸だ」

もう一つの豪商、白木屋を選ばなかったのは何故か。勤めを受ける上で、この辺りも聞いておきたかった。

「白木屋も近頃はあまり良い噂を聞かねえ。大丸も人に言えねえことの一つや二つはあるだろうが、こちらが随分とましだと思った」

陣吾はさらに言葉を継ぐ。

「それに大丸は深川の木場に別荘を造る予定だ。つまり深川での商いを狙っている。越後屋もまた深川に進出する動きだ。つまり両者は……」

「間もなく正面からぶつかると」

「そうなるだろう」

深川の地を狙っているのは香具師だけではなく、商人たちも同じ。三大豪商のうち、

越後屋と大丸が特に乗り気であるらしい。大丸としては越後屋の泣き所を摑めるため、比奈を匿う利があると踏んだ。

「大胆なことだ」

平九郎は素直に感心した。先ほどは冷静な男だと見たが、大胆不敵さも兼ね備えている。禄兵衛が頼りにするのも納得させられた。

「読み通り、大丸は引き受けてくれた」

「確か大丸の当主は」

「ああ、まだ子どもだ」

今から二年前の宝暦二年（一七五二年）、大丸の二代目当主である下村正甫は四十歳で没した。後を継いだのは長子の兼保であるが、まだ九歳の子どもである。

「しかも躰が頗る弱いとか」

「流石、よく知っているな」

陣吾は苦笑して鼻を鳴らした。

三代目下村兼保は生まれつき病弱で、ひと月に一度は寝込むほど。下手をすれば大人になるまで生きられないのではないかと、裏の道では噂になっている。そうなれば大丸はいよいよ苦境に立たされるため、越後屋、白木屋と事を構えないほうが良いと言う者もちらほらといるのだ。

「だが心配はねえ。弟が控えている」

「弟？」

「そこまでは知らなかったか。兼保には今年五つになる素休と謂う弟がいる。これが神童らしい」

　陣吾は素休について語った。素休は僅か三歳で算盤に興味を持ち、この頃には番頭が舌を巻くほどの速さで、しかも正確に弾くようになった。暗算も得意らしく三桁どうしの乗算でも瞬く間に答えを出す。それだけならばただ算術が得意なだけだと思われるが、その商才も図抜けている。これまで捨てるだけだった端切れを、籠に詰め放題にして売ればきっと良いと提案し、これが見事に当たった。僅か五歳の子どもがである。

「なるほど……大丸の先は明るいか」

「それに今は先代の弟、当主の叔父に当たる正周が看坊職に就いている。これも優れた商人だ」

　看坊職とは、いわゆる後見人のこと。正周はそもそも先代以上の商才があった。どうやら大丸は弟のほうにより商才が宿る血筋らしい。

「で、その女は何処に連れていく」

平九郎は静かに訊いた。

「正直、当ては無い。上方に盃を交わした兄弟がいるが、向こうにも越後屋の傘下の商家はある。そこも含めて相談したい」

「それならば良いところがある」

行く当てはないが姿を晦ませたい。そのような者は存外多い。己に依頼をするなど、余程切羽詰まっている者が大半なのだから、当然といえば当然かもしれない。そんな者のため、新たに生きる場所を用意している。

具体的には甲州のとある村である。この村では一家ずつの田畑が小さく、さらに肥沃とは言えぬこともあってあまり米が穫れない。暮らしが苦しいということで、田畑を捨てて江戸に働きに出る者が多発している。

これはこの村に限ったことではなく、日ノ本の各地で起こっている現象である。ひと昔前ならばあまり考えられなかったが、江戸が日に日に発展を遂げ、様々な職が出来たことも原因であろう。

ともかくそのせいで、村では田畑を耕す者が年々減っている。しかし定められた年貢は納めねばならないため、暮らしはさらに困窮する一方である。

そこに平九郎は目を付けた。依頼人で望む者を送り、村に受け入れて貰っているのだ。村としては働き手が増え、こちらは依頼人に新たな一生を与えることが出来るということで、互いに利があるのだ。

その村は天領であるため、役人が来るのも年に一度か二度で、見慣れぬ顔があったとしても、

——権兵衛の嫁が出戻りました。

だとか、

——源三郎の腹違いの弟です。

などと言うだけで、役人もそうかと納得してしまう。大名の領地に比べて天領は、よく言えば鷹揚、悪く言えばいい加減な統治が行われていることが多いのだ。

もっとも役人も、おかしいとは思っているかもしれない。それでも年貢が滞れば己の責任になってしまうため、真面目に働いている限りは、深く追及しないのだ。天領の役人は、数年で入れ替わるのだから猶更である。

「そこも嗅ぎつけられたら？」

陣吾はなおも慎重に訊いた。

「そのような過ちは犯さない。だが万が一、嗅ぎつけられたとしても心配ない。村に

は俺も舌を巻くほどの豪傑がいる」

「それは安堵した」

話しているうちに門前町を抜け、目黒不動の入り口まで来た。だが互いに止まることはなく、中へと足を踏み入れる。

「大丸は何と？」

「越後屋の者には一切足を踏み入れさせないと約束してくれた」

大丸は初代の遺訓により義商であらんとしている。越後屋を追い詰める情報を得るだけ得ておいて、比奈を見捨てては義が立たぬ。

決して比奈を放り出しはしないだろう。ただいつまでも店の中だけで暮らしている訳にもいかない。流石に外に出た時まで守れる保証はない。そこで看坊職である正周自らが、

――くらまし屋に頼むのはどうだ。

と、提案して来たというのだ。

「知っているのか」

平九郎は片眉を上げた。天下の豪商を率いる男が、己のような裏稼業のことを知っているのは意外であった。

「ああ、俺も驚いた。それならば伝手(つて)があるということで、俺が引き続き動いたという訳だ」

「得心した。ただあくまで依頼人の意志を確かめる必要がある」

　くらまし屋の掟(おきて)の三つ目に、

——勾引(かどわ)かしの類(たぐい)でなく、当人が消ゆることを願っていること。

と、いうものがある。この場合、陣吾はあくまで「繋ぎ」の代理であり、その比奈という女に直(じか)に会わねばならない。

「そのつもりだ。大丸に行けばいつでも会える段取りになっている」

「解った。罠(わな)ではないことを確かめた後、すぐに会おう」

「ここまで話してまだ疑うか。用心深いことだ」

「臆病(おくびょう)なだけだ。最後に一つ訊く」

「ああ」

「比奈という女、お前が禄兵衛の片腕だと知っているのか」

「いいや。旅籠の主人だと思っている」

「そうか」

平九郎は小さく頷くと、踵(きびす)を返して来た道を引き返した。暫(しばら)く行って振り返ると、陣吾は険しい目黒不動の石段を登っていた。

こちらの意図を汲み取って歩を止めなかっただけか。それとも何かを祈りたい気分だったのかもしれない。陣吾は真冬の抜けるような青空を見上げながら、一段一段、しかと石段に足を掛けているように見えた。

三

平九郎が大伝馬町三丁目の大丸に向かったのは、陣吾から話を聞いてすぐのことである。もし罠が張られていた場合、即刻動いたほうが虚を衝けると考えた。

陣吾のあの様子からするとまず罠とは考えにくいが、念を入れるに越したことはない。

大丸の店の前に辿り着いたのは未の刻（午後二時）のこと。やはり今日もなかなかに寒かったが、それでも一日で最も暖かい刻限である。往来には人通りも多かった。

――さて。

大丸の店の前を一度通り過ぎた。

越後屋、大丸、互いに名だたる豪商である。こうして改めて見ると、大丸の店の大きさは越後屋と比べても遜色はない。

夜半、忍び込むことも考えた。が、それよりも危険が少ないと思われる方法を選んだ。正面より、客として訪ねるという方法である。

店の構造を確かめるため二度ほど辺りを回った後、平九郎は中に足を踏み入れた。大層繁盛しており、皆が忙しそうに動いている。手代らしき男が一人近付いて来て、

「何をお求めでしょうか」

と、愛想のよい笑顔を振りまいた。

「取り置きして貰っているはずです」

大丸の奉公人は比奈のことは知らされていない。しかし、このように「取り置き」という言葉を出せば、すぐに話が進むようになっていると陣吾に言われた。

「少々お待ち下さい」

近くそのような客が来ると言われていたのだろう。男はすぐに奥へと消えていく。

暫くすると別の男が姿を見せた。年の頃は三十半ば。大きな目に、高い鼻梁。眉も凜々しく、鞣革の如く引き締まった褐色の肌。甲冑でも着せれば戦国の武者と言われてもしっくりとくるほど逞しい相貌である。だが会った瞬間から顔を綻ばせており、その笑顔には人懐っこさを感じた。

「初めまして。正二郎です」

男は目尻の皺を深くして言った。通称は正二郎。大丸の看坊職、事実上の当主、下村正周である。

「どうぞ」

平九郎が頷くと、正二郎は手を宙で滑らして中へ誘(いざな)った。害意は全く感じられない。店の者たちも己が看坊職の客人だと思っているのだろう。すれ違う者は皆が深々と頭を下げる。

「皆には下村家の遠い縁者で、病がちであるため暫く預かると。ここからは下村家の者以外、立ち入らぬように命じています」

廊下が二手に分かれたうち細いほうに進む。正二郎は振り向かずに言った。故に奉公人たちが来る心配はないということだろう。

「こちらです」

正二郎は襖(ふすま)を開けた。そこには女が一人座っている。比奈に違いない。二十三歳と聞いていたが、四つか五つは若く見える。やや端の下がった眉、円(つぶ)らな瞳(ひとみ)のせいだろう。ただその顔には疲れが浮かんでいる。

事前に人が来ることは知らされていたに違いない。驚いた様子はなく、こちらに向かって頭を下げた。

「私は席を外しましょうか？」

正二郎が訊いた。依頼人はあくまで比奈である。くらまし屋の掟についても、陣吾から聞いているらしい。

「いや、ここにいろ」

ここに来て平九郎が初めて言葉を発する。仔細について正二郎もすでに知っている。裏切った時、どうなるかということはこの男にも覚悟させる必要がある。

「承知しました」

「先に入れ」

「はい」

正二郎はこれにも逆らうことなく部屋に入った。一方、平九郎は廊下から、部屋の中をまじまじと確かめる。他に人がいる気配はない。

それを確かめると、平九郎はようやく部屋の中に入って襖を閉めた。が、畳の上に座ることも、奥に進むこともない。床の間の辺りに身を移して立ったままである。正二郎はそれが如何なる意味か察したようで何も言わない。ただ女、いや比奈は怪訝そうに言った。

「あのう……お座りになって下さい……」

「このままでいい」

「私は座ったほうがよさそうですね？」

　正二郎はやはりといった顔で尋ねた。

「ああ」

　座っていてはいざという時に動きが遅れる。さらに出口に近いほうがよい。かといって襖の側（そば）ではふいの襲撃に対応しきれぬかもしれない。故にこの場所に立つ。と、いう訳だ。

「話を聞こう」

　事前に陣吾から状況は聞いている。だが依頼人の、比奈の口から改めて聞きたかった。話に齟齬（そご）がないかを確かめるため、また本人の口から聞くことで新たな「気付き」があるかもしれないからだ。

「話は先月に遡（さかのぼ）ります……」

　比奈は頷くと、ぽつぽつと語り始めた。その間、平九郎も正二郎も一言も挟まない。途中、比奈の声が潤みを帯びたが、何とか耐えるように最後まで話し切り、

「このままだと殺されます。是非……私を逃がして下さい」

　と、結んだ。

陣吾から聞いた概要とずれはない。

「一つ問いたい」

「はい」

「伊八郎を殺した者に心当たりはあるか」

「いえ……ただ……」

比奈は富蔵と交わした会話の中身を話した。余程、恐怖だったのだろう。富蔵のことを語る時、比奈の声は顕著に震える。

「俺のことを知っていたと」

「はい、確かに。故に陣吾さんから、くらまし屋さんの名を聞いた時は驚きました」

富蔵はくらまし屋の存在を知っていたという。それも市井に溢れる眉唾の噂の一つとしてではなく、そのような者が江戸には多くいると、信じている様子であったらしい。さらに富蔵は、己の宿敵ともいえるあの男のことも同様に知っていたという。

──万木迅十郎か。

炙り屋の名である。富蔵が炙り屋のことを知っていたならば、依頼して伊八郎を殺させたという線も十分にあり得る。もしそうならば、新たに比奈を標的に依頼しているかもしれず、実に厄介なことである。

　ただよく考えれば、その線は薄い。伊八郎が千代屋の秘密を富蔵に打ち明けたのは、殺された日の夕方から夜にかけてのこと。その夜のうちにすでに始末されたと考えるのが妥当だろう。

　炙り屋は己と同じで、幾つかの手順を踏まねば依頼を受け付けない。その手順を踏む間が、富蔵にあったとは考えにくいのである。

　となると、よりあり得るのは、

　――他の裏の者を使った。

と、いうことである。

　別に裏稼業は、己や迅十郎の専売ではない。それこそ富蔵が語っていたように、この江戸には沢山のそのような者が潜んでいる。大金を受け取って殺しをするような者から、小金で嫌がらせをする者、あるいは金を持ち逃げするような小悪党まで、質も様々である。

　富蔵がこのような事情を知っているのなら、裏の者に頼んで手を下したというのは十分考えられる。

「解った。まず守るべき掟を言う」

　一つずつ、順を追って七つの掟を伝えた。

「解りました」

比奈はしかと頷いた。

「正二郎、此度はお主も連座することになる」

「つまり私にも掟を課すということですな」

「ああ、七つ目以外は全て守って貰う。それも受ける条件の一つだ」

此度は行きがかり上、正二郎にも掟を守らせねばならない。ただしこの場合、正二郎が消えたいと望んでいる訳ではないので、

七、捨てた一生を取り戻そうとせぬこと。

は例外とし、それ以外の六つを守るように迫った。

「一つだけよろしいですか？」

「信用出来ぬか」

連座ということは、仮に比奈が掟を破った場合、正二郎にも報いを受けて貰う。とはいえ正二郎と比奈はまだ出逢ったばかり。その覚悟が決められないのだと思った。

「いえ、比奈さんが掟を破りし時は、私も相応の罰を受けましょう」

「逆にそこまで肩入れする訳は？」

これで受けるならば、その点についても聞いておきたいと思っていた。正二郎は一拍空け、苦く頬を緩めつつ言った。

「越後屋は大層手強い相手でございます」

三大豪商などと括られているが、その中でもやはり優劣はある。一番は越後屋。大丸は三番目であるらしい。

ましてや先代が四十歳で死に、新たな当主は病弱。当主の弟には商才の片鱗が見えるが、これもまだ五歳の子どもである。今後、大丸はさらなる苦境に立たされることは容易に想像出来る。こんな時、守りに徹して、着実に商売をすればよいという者もいるが、正二郎に言わせれば、

「小商いではそれでも良いかもしれませんが……それは悪手というもの」

らしい。今はまだ僅差かもしれないが、旧態依然としていれば、その差は開く一方である。三番目の大丸としては、常に頂を目指して打って出続ける必要がある。年々発展している深川界隈の商圏を得ようと力を注いでいるのも、それが大きな理由であるという。

「かといって、卑怯な真似はしません。当家は義商であれという、初代の、祖父の遺

訓があります」

豪商にしては珍しいほど大丸は商いが清いと評判である。江戸に溢れる孤児、無宿者への炊き出しなども度々行っている。これも初代の教えで、まずは徳を積むこと。そうすれば次第に商いにも還って来るという考えである。

「ただし此度は越後屋の悪事と思しきこと。我ら大丸としては、ここは賭ける価値があるのです」

「なるほど。解った。で、その一つというのは？」

平九郎は得心して話を戻した。

「五つ目の掟に関しては除いて頂けませんか」

正二郎はやや茶色掛かった瞳を真っすぐ向けた。

五、依頼の後、そちらから会おうとせぬこと。

と、いうものである。

「何故、それを」

「全てが終わりましたならば、この件ではお会いすることは無いと約束致します。ただ……またお会いしたくなる時もあるかもしれません」

「そういうことか」

正二郎の真意が汲み取れた。つまりはこの件が上手くいった後、

――また依頼したいことが出てくるかもしれない。

と、言いたいのである。

「解った。それに関してはよいだろう」

「ありがとうございます」

正二郎は畳に手を突いて深々と頭を下げた。

「して、お代は如何程を」

続けて、正二郎が尋ねた。

「百二十両だ」

平九郎は即答した。勤めの難易度によって金額は異なる。通常は五十両ほどである。此度は追手に裏稼業の者を差し向けてくる公算が高い。くらまし屋の他の二人は戦闘に関しては素人。時と場合によっては、こちらも誰か助太刀を頼まねばならず、その分も見積もっておかねばならない。

加えて今回の依頼人である比奈は、甲州の村で新しい暮らしを送ることを希望して

いる。村長らに付け届けとして十両、さらに村を守る男、佐分頼禅にも二十両ほど渡す必要がある。それらを鑑みてこの額である。

「承知しました。すぐに用意致します」

正二郎はそう言い残して部屋を後にすると、風呂敷の包みを手に戻って来た。正二郎はそれを目の前でゆっくりと開く。上書きのされた百両の包金がひとつと一両小判が二十枚。間違いなく百二十両、耳を揃えてあった。

「引き受けよう」

平九郎が言うと、正二郎の顔に安堵の色が浮かんだ。

それに対して比奈はまだやや不安そうである。このような裏稼業が本当のことなのか今も半信半疑なのだろう。人並みの暮らしをしてくれれば、決して出逢うことはないのだ。無理もないことである。

「逃げる時についてはまた追って報せる。それまでに一つだけ、気を配っていて欲しいことがある」

念のため手を打っておいたほうがよいだろうと思い、平九郎は告げた。

「何でしょう」

「夜でも必ず、店には常に十人以上を残しておいてくれ」

「それは一体……」

何かと聡い正二郎でも、これは意味を解しかねたようで眉間に皺を寄せた。

「十人はいかなる達人でも厳しい」

比奈を奪還するため、いや殺すため、越後屋の意を受けた者が大丸を襲撃して来ることも考えられる。もしそれが相当な達人ならば、五、六人までは一気に鏖にすることも出来る。

だが十人は厳しい。一人は逃がしてもおかしくない数である。玄人であればあるほど、そのような危険は冒さないものである。もし己がその立場であったとしても襲撃は諦め、別の手を打つだろう。

「そこまでするの……」

比奈は絶句し、両の拳を膝の上でぎゅっと握りしめた。

「必要とあればやる。そのような連中ばかりだ。特に警戒すべきは、富蔵も語っていた炙り屋と呼ばれている男だ」

「それは心配ありません」

正二郎が自信ありげに言った。己に依頼してきた正二郎である。炙り屋に依頼するのも手間が掛かることを知っていてもおかしくない。だとすると、伊八郎を殺したのが、炙り屋である可能性が低いことにも気付いているのかもしれない。

「伊八郎の件は違うと俺も見ている。が、比奈の件では改めて依頼することは十分に考えられる」

小さく身震いをする比奈に、正二郎は心配ないと声を掛けた後、改めてこちらを見て言った。

「正直なところ、私もそれを最も危惧（きぐ）していました」

くらまし屋と、炙り屋だけは、金さえ払えば必ずやり遂げるということは度々聞いていたらしい。くらまし屋に依頼することが叶（かな）ったとしても、越後屋が炙り屋に依頼すればどうなるのか。悶々（もんもん）としていたからであろう。正二郎は自身の甥（おい）で、現当主の弟である、素休の前で、

——まさしく矛盾というものだ……。

と、呟いてしまったらしい。

素休は齢五つにして、すでに商いの妙案を幾つも出しており、大丸の中のみならず神童との呼び声も高い。

正二郎は滅多（めった）に独り言（ひとりごと）を零（こぼ）さないから、それを奇異に思ったのだろう。素休は首を傾（かし）げながら、

——何で悩んでいるのですか？

と、尋ねてきた。幾ら賢くても子どもである。詮（せん）が無いことと判りながらも、正二郎は核心を隠しつつ話した。

大金さえ出せば必ず商いを成功させる者、必ず商いを邪魔する者の二人がいる。たとえ前者に頼んだとしても、商売敵が後者を雇えばどうなるか判らない。如何にするべきか。と、いった風にである。これに対して素休は顎（あご）にちょんと指を添えて少し考えると、あっさりとした調子で言ったという。

「先に両方を雇ってしまえばよいでしょう。と……」

「何……」

平九郎は驚きで言葉を失った。

「すでに炙り屋にも依頼しております。比奈さんを害そうとしている者を炙り出して欲しいと」

正二郎は素休の言葉ではっとし、すぐに両者に依頼するべく動いた。たまたま炙り屋のほうが早く繋ぎが取れ、昨夜のうちに依頼し終えたというのだ。

「掟には反していないと思います。念の為に炙り屋にも、くらまし屋に依頼しようと思っている旨を伝えました」

「奴(やつ)は何と」

——俺の領分の外。知ったことではない。

炙り屋は、迅十郎はそう答えたという。

「くらまし屋殿は如何でしょう……」

「俺も知ったことではない。それにしても……まさかその手があったか」

己も迅十郎も、依頼人の利害に反する他の依頼は受けつけないことを流儀としている。つまり先んじて依頼を出してしまえば、敵方の依頼を封じることが出来るのだ。

「目を開かされる思いでした」

「まことに神童かもしれぬな」

依頼人に阿(おもね)って世辞を言うことはない。言われてみれば簡単に思いつきそうであるが、これまで誰も考えなかったのは確か。しかもそれを五歳の子どもが考えたのだ。当主は病弱だと聞いたが、その弟が後に控えている限り、大丸が安泰というのもあながち間違いではなかろう。

「ありがとうございます」

「いや、炙り屋が越後屋に付かぬと判っただけで随分と楽になった。追って報せる」

「あの……」

「何だ？」

しばらく黙っていた比奈が平九郎を見つめ、決意を固めたような口ぶりで、

「出来ましたら、江戸を発つ前に陣吾さんにお会いしてお礼を言いたいのですが」

「わかった。ただ確約は出来ない」

平九郎はそう言い残すと、風呂敷の包みを手に部屋を後にした。奉公人たちは看坊職の客の帰りということで愛想よく挨拶をする。

このまま波積屋へ。今夜、二人に今後のことを諮るつもりである。冬風が頬を撫でる中、平九郎は細く白い息を吐いた。

——まさかな。

此度、間接的ではあるが、迅十郎と共闘することになる。これまで難敵、宿敵としか見ておらず、思いもよらなかったことである。この江戸の何処かにいるであろう迅十郎もまた、同じことを考えているに違いない。

平九郎は苦く頬を緩めながら、突風に悲鳴を上げる人々の間を縫うように歩を進めた。

第三章　白銀の狩人

一

夢の国の冬は厳しい。いや、厳しいという言葉では生易し過ぎる。

江戸では雪が降っても必ず積もるという訳ではない。仮に積もったとしても、数日のうちに溶けてしまうこともしばしばである。

しかし、ここでは雪が降れば、そのまま春が訪れるまで大地を覆い尽くす。その頃には軒先や木々の枝には、無数の氷柱が出来ており、それがまた妙に不気味に映るのである。

風も強い。遮るものが少ないからであろうか。刺すような痛みを伴うほどの凍てる風である。野宿はおろか、一刻（約二時間）外に出るだけでも命を落とすかもしれない。

この地の冬は、色という色を奪って、白銀に染めていく。まるで時の流れさえも凍り付いたかのような極寒であった。

榊惣一郎がこの地に来て、一年の月日が経った。夢の国に行くように命じられ、江戸を離れたのは昨年の五月のこと。この地に着いた時には、すっかり冬となっていた。そこからほぼ丸一年、惣一郎にとっては二度目の冬である。

「あー、いつになったら帰れるのかな」

惣一郎は項の後ろで両手を組みながら、囲炉裏の前で躰を揺らした。

今日は特にすることがない。いや、今日に限ったことではなく、惣一郎は日々を持て余している。この村に建てられた唯一の屋敷、かなりの部屋数もあり、その一部屋に惣一郎は住んでいる。猟に出たり、村の者を手伝ったり、あるいは今のように昼間からこうして囲炉裏の前で零していることもある。たまに鈍ってはいないかと剣を抜いてみるのだが、それは決まって夜のこと。そのほうが余計な雑念が入らないのだ。

「長くお留まりいただいて申し訳ございません」

そう答えたのは、この村を任されている物頭の須田。名を冠次郎と謂う。

冠次郎は夢の国を任されている。

「榊様の腕前を知ってか、近頃はなかなか攻めても来ませんからね……」

冠次郎は囲炉裏に薪を足しながら続けた。

惣一郎が、夢の国に送られたのは、上役である金五郎の命に背いたための、

――謹慎。

と、いうことになっている。

だが、金五郎には別の思惑もあったらしい。

虚はこの地に自らの国を創ろうとしている。国を創るためには、まずは人の住まう村を作らねばならない。そのためにこの数年、各地から人を送り続けているのだ。

どのような者かというと、罪を犯した尋ね者、あるいは借金から逃れようとする者、あるいは人生に絶望して自暴自棄になった者などである。

彼らは曲がりなりにも、自ら望んでこの地に来たが、村の中にはそうでない者もいる。

親の借金のかたに売られた者などである。虚が欲する技能を有しているがために勾引かされた者もいる。惣一郎が虚に入って間もない時の話だが、一つの村ごと「連れ去った」ということもあった。

この地に住まう者は確実に増えており、ある程度の数になれば、分家させるように近くに新たな村を作る。こうして村が増えることで、少しずつ国に近付けていくのだ。

――気の長いことだ。

と、惣一郎は思う。やはり国を創るというのは容易いことではない。単純に人が集まり、多くの村が出来れば、国になるという訳でもないらしい。惣一郎にはよく解らないが、そこには様々な手順、準備が必要というのだ。それが虚の、虚を陰で操っている「御館様」の考えである。

その根本である村が危うい。二つの勢力から度々襲撃を受けている。一つの勢力は、もともとこの地に住まっていた者たち。彼らの土地を奪って村を作った訳ではないが、彼らの村がこの近くにあった。虚が近くに村を作ったことで、やがては彼らの村境を侵し獲物を奪うと思ったのか、それとも何か別の訳があるのか、あるいはただ単に気に食わないのか。ともかく彼らは、集団で村を襲ってくるようになった。

惣一郎がこの地を訪れた日、村を襲撃していたのも彼らである。それぞれがかなりの遣い手ではあったが、惣一郎は瞬く間に十四人を斬って村を守ったのである。その後に三度、村が襲撃されることがあった。だが、その全てにおいて、惣一郎は剣を振るって敵を斬り伏せている。その数、実にさらに、十五人。

しかしこの半年、ぱったりと襲って来なくなった。冠次郎の言うように、惣一郎の腕前を恐れて慎重になっているからかもしれない。

ただ、彼らの襲撃だけならば何とかなる。こちらは鉄砲も用意している。実際、これまで冠次郎が指揮し、幾度となく追い払ってきた。

事態が変わったのは二年近く前のこと。敵の中に、

――凄まじい手練れ。

が現れたのである。

その者は木々や岩の物陰から、矢を放って来る。それが恐ろしいほど正確で、しかも一町（約一〇九メートル）以上の遠くから射ているため、その姿さえはきとしない。

襲撃の最中も、一人だけ後方から、位置を変えつつ、こちらの警固の兵を射て来る。敵は鏃に毒を塗っているため、掠っただけでも危ういのだが、この男の場合は関係がない。確実に急所を射貫き、一矢で絶命させるのだ。神懸かりめいた弓矢の達人である。

この者が現れてから、こちらは常に劣勢を強いられることとなった。故に惣一郎を送って、この達人を始末させたいというのが金五郎の思惑なのだ。

惣一郎が村に来た日の襲撃には、その男はいなかった。いたならば、もっと被害が出ていたことだろう。惣一郎の人並みはずれた強さが伝わり様子を見ているのか。あるいは向こうには向こうの事情があるのか。これまでの三度の襲撃にもその男は加わっておらず、未だに惣一郎は見えていない。そして、その男を始末するまで、惣一郎

の「謹慎」は明けないため、なかなか江戸に帰れずにいるのだ。

「早く来いって」

惣一郎は手を解いて、胡坐を掻いた膝をぽんと叩いた。

「必ず動くはずです。今少しお待ちを……」

冠次郎は宥めるように言った。

「退屈だ。もう一つの連中はいつ来るの？」

惣一郎は欠伸混じりに訊いた。この地に来て、この問いを投げかけるのはもう十度を超えるかもしれない。

「最後に姿を見たのは、榊様が来られるひと月ほど前です。以降、現れていません」

と、冠次郎もこれまでと同じ返答をする。

「諦めたのかな？」

「そうだとよいのですが、生憎考えにくいかと。恐らく何か策を練っているか、あるいはより多くの手勢を揃えるために一度退いているものと思われます」

このもう一つの勢力というのは、元々この地に住まっていた訳ではない。彼らもまた余所者で、この地を奪わんとしている者たちである。立場としては己たちとほぼ同じといってよい。故にこちらと対立する二つの勢力どうしもまた仲間という訳ではなく、いわば三つ巴の戦いになっているのだ。

普段はここで話は終わるのだが、冠次郎も近々現れる予感がしているのか、さらに踏み込んで話を続けた。

「連中は鉄砲を好んで用います。私たちも鉄砲は用意していますが故、榊様には剣を抜いての戦いになった時に、出て頂ければ……」

「別に鉄砲が相手でも心配ないと思うけど」

惣一郎はにこりと笑った。

「お気持ちは有難いのですが……」

弓矢ならばまだしも鉄砲となればまた話が違う。虚勢と取ったらしく、冠次郎は首を横に振った。

「別に強がっている訳じゃあない。ある程度は避けられる」

「まさか今までに?」

冠次郎は恐る恐るといったように訊いた。

「うん。二度ほど。私が生きているのが証拠」

この泰平の世である。百戦錬磨の剣客といえども、戦に出た訳ではないのだから、鉄砲に対峙するような経験はまずない。惣一郎がその経験があると言ったことで、冠次郎は如何（いか）なる修羅場を潜（くぐ）りぬけてきたのかといったように愕然（がくぜん）とする。

「いやはや……心強い限りです」

「まあ、気長に待つしかないか。男吏（だんり）さん、死んでないかな」

惣一郎はぽつんと言った。

「流石（さすが）にそれは。縁起が悪うございます」

「だって男吏さん弱いんだもの。男吏さんと九鬼（くき）は頗（すこぶ）る反（そ）りが合わないし……あの鉄漿（おはぐろ）が守ってくれているといいけど」

「阿久多（あくた）様ですね。榊様は自分のほうが強いと仰（おつしや）っていたので、阿久多様を認めておられないのかと」

「いいや、あれは強いよ。くらまし屋と同じくらいじゃない？」

「くらまし屋？」

冠次郎は鸚鵡（おうむ）返しに訊いた。

「江戸にそういう強い奴（やつ）がいるのさ。鉄漿はそれくらい強いってこと。並の剣客の五、六人じゃあ太刀（たち）うち出来ないくらい」

「なるほど」

「でも、私のほうが強いってだけ」

惣一郎がふふと頬を緩めると、冠次郎は肩をぴくりと強張らせた。

二

廊下を走る音が聞こえて来た。冠次郎は、

「来たか」

と腰を浮かせたが、惣一郎は首を捻った。

「違うんじゃない」

何となくではある。ただ、跫音に死に直面した恐怖を感じなかったのだ。

「須田様」

「入れ」

冠次郎が言うと襖が開いた。そこには三十路の男が一人立っている。確か今日の見張りの当番者だ。

「権六の娘が熱に浮かされています。それで……」

「またか」

冠次郎は苦々しく零した。

「はい。薬を出せと迫っております」

「放っておいても治るのではないか」

権六の娘は確か齢十。子どもというものはよく熱を発する。大抵、二、三日養生していれば熱も引いて本復する。冠次郎はそう言いたいのだ。

「明らかに熱が高い。何もなければよいが、念のために薬湯だけでも飲ませたいと」

「ここに運べる荷は少ない。まずは食い物、そして刀、弓矢、弾薬……薬の類も限られているのだ。無駄には使えぬ」

冠次郎が言うと、男は顔を歪めつつ答えた。

「聞き入れられぬ時は、今後は力を貸すのを止めると申しています……」

「女狐め」

冠次郎は舌打ちをした。

「いいんじゃないですか。嘘じゃないでしょう」

惣一郎はひょいと口を挟んだ。

「しかし、この件は私の預かる中でのこと。榊様といえど……それに……」

「何です？」

「いや……その……」

冠次郎は言いにくそうに口籠った。惣一郎は目を細めつつ言った。

「私があの人に甘いと？」

「いえ、そういう訳では」

冠次郎は慌てたように、ぶんぶんと首を横に振った。

「嘘を吐くような女じゃない。村にとって子どもは貴重なのでしょう？　なら念には念を入れたっていいと思うだけ」

「わ、解りました。すぐに用意致します」

惣一郎は知らせてきた男に訊いた。

「来ているの？」

「は、はい」

「そっか」

惣一郎はすっくと立ち上がると土間に向かった。そこには、この村唯一の医者である女の姿がある。初音である。

惣一郎はよく変わっていると言われるが、その己から見ても初音は変わった女のように思う。村人たちを必死に救おうとするだけではない。襲撃の際、惣一郎が斬った敵ですらも熱心に介抱する。それで一命を取り留めた者は数知れない。そして傷が癒えた後、解放してしまうのである。敵は捕虜となったのちも、己たちには敵愾心を燃やし続け、一言も話さない。だが、初音だけには感謝の念を抱くようになり、拙い言葉で何やら話しているようでもある。

惣一郎が初めてこの村に来た日、初音が、斬った敵を介抱しようとするので止めた。折角、斬ったのに治されては敵わない。しかし初音は、首に刀を当てても頑として止めようとしなかった。真っすぐな目を向ける初音に、反対に惣一郎が気圧されてしまうほどであった。以降、初音のこの意志の強さは何処から来るものなのかと、惣一郎はずっと興味を持っている。

「どうも」

惣一郎が挨拶をすると、初音もまた会釈をした。惣一郎は後ろを親指で指しながら続けた。

「間もなく薬が出ます」

「榊様が……？」

「別に、嘘じゃないだろうと言っただけです」

惣一郎は嘘が苦手である。ある時を境に嘘を吐くのを止めた。それが原因かどうかは判らないが、他人の嘘も敏感に見抜くようになった。何か筋道を立てた理由がある訳ではない。直感の類といってよい。そして、そのような惣一郎には、初音は珍しいほどに嘘のない女に見えるのだ。

「ありがとうございます」

「じゃあ、お礼に教えてくれます?」

惣一郎は口元を綻(ほころ)ばせた。

一年近く、惣一郎はずっと初音に訊いていることがあった。それというのが、

——くらまし屋。

のことである。

一度、流れの中で、くらまし屋の話が出たことがあった。その時、初音は顔を蒼白(そうはく)にさせ、明らかに様子がおかしかった。恐らくではあるが、惣一郎は、

——初音はくらまし屋を知っている。

と、思っている。

厳密には、くらまし屋という名は知らぬらしい。その正体、つまり、くらまし屋になる以前のあの男に心当たりがあるのではないか、と見ている。

「別に何も無いのです」

これも幾度となく聞いた返答である。

「嘘だ。あなたは嘘を吐かないが、このことだけは違う」

惣一郎はへらりと笑いながら、顔の前で手を左右に動かした。それに対して初音は、

「そうですか」

などと相槌（あいづち）を打つのみで、それ以上は何も語ろうとはしない。この繰り返しである。厳しく迫ったとしても同じだろう。仮に拷問（ごうもん）の鬼、「拷鬼（ごうき）」と呼ばれた男吏が訊こうとも。それほど初音からは強い意志を感じるのだ。裏を返せば、くらまし屋、いや「くらまし屋になった男」は、初音にとってそれほど大切な存在ということではないか。


ただでさえ、惣一郎はくらまし屋に興味があった。さらにこの地に来てから、唯一興味を惹（ひ）かれた初音。その初音が、くらまし屋との関（かか）わりを頑なに秘そうとする。惣一郎としては興味に興味が重なり、どうしても知りたいと思うようになっている。


「私はここでの務めを終えれば江戸に帰ります」

敵の中にいる神懸かりのような達人。それを討てば「謹慎」は明けると暗に知らされている。もっとも初音はそれを知らないため、

「良かったですね」

と、適当に合わせた。

「江戸に戻ったら、くらまし屋を叩き斬りますね」

　惣一郎は頬を緩めた。このような宣言をしたのは初めてである。このままでは埒が明かぬため、ふと揺さぶってみたくなったのだ。思惑は見事に的中し、初音は明らかに動揺を示した。が、すぐに息を整えて、こちらをきつく睨みつける。

「出来るものですか」

「あ、やっぱり知っているのですね」

　惣一郎は大袈裟に手を叩いた。初音は感情が迸ったことを悔いるように視線を外す。

惣一郎は膝を折って軽い調子で語り掛ける。

「出来ますよ。私のほうが強いですから」

「高尾山では互角だったと話しておられたのでは？」

「あの時はね。私は戦えば戦うほど強くなるのです」

　初音はまた思わず何かを言い掛けたが、ぐっと押し黙った。惣一郎は頷きながら言葉を継ぐ。

「解りますよ。くらまし屋も同じだと言いたいのでしょう？　だって人の技を盗るのですからね」

　目の端で、初音の指がぎゅっと動くのを捉えた。間違いない。初音はくらまし屋が、如何なる剣術を使うのかさえ知っている。

「薬が来るまで、少しだけ剣について話しても？」

初音からの返事は無いが、惣一郎は続けた。

「心技体って聞いたことありますよね。剣は簡単にいうとこの三つの練りあわせ。巴のようなものだと思って下さい」

指を三本立てた。

「しかし、剣の流派、あるいは人によって偏りが出る」

普段からお喋りであると自任している。だが、剣の話になると、より饒舌になるのは好きだから仕方がない。

「さて、本題です。くらまし屋は『技』に恐ろしく特化した流派を遣います。ここがひたすらに研鑽されていく。残る二つの『体』と『心』は恐らく常人並にしか伸びないでしょう」

「心に特化した剣などあるのですか？」

初音が初めて問いを投げかけたので、惣一郎は嬉しくなって跳び上がりそうになった。

「いえ……」

初音は目を伏せた。よく素人が抱く疑問である。心技体ということはあくまで例えであって、剣の強弱は「技」と「体」に拠る。それを操るのが「心」であり、「心」そのものを用いる剣術は無いのではないか。そう思ってしまうのだ。確かに「心」に特化した剣術は少ない。が、存在しない訳ではない。

「二階堂平法などがそれに当たりますね」

仕組みはよく分からないが、心を練り、解放することで、他の二つを限界まで高めると噂される。未だに惣一郎は対峙したことがないが、恐らくは自らに暗示を掛ける類のものではないかと予想している。

「炙り屋が遣うようです」

「炙り屋？」

初音は鸚鵡返しに問うた。こちらはどうやら本当に知らないらしい。ただ、くらまし屋と似た名だから反応したということだろう。

「まあ、これも江戸の裏稼業の者ですよ。くらまし屋と同じく滅法強いという話です。一回、戦ってみたいのですがね。で、私ですが……どれだと思います？」

惣一郎は微笑みながら問い掛けた。答えねば終わらぬと思ったのだろうか。初音は小さな溜息を溢して答えた。

「その三つですと『体』ですか……」

「それ九鬼です」

「九鬼？」

「ごめんなさい。話を逸らしてばかりだ」

「では……『技』ですか？」

「いえ、全部です」

惣一郎はにんまりと笑って続けた。

「高尾山では『技』で後れを取っていましたが、他の二つに関しては私が上と見ました。でも今では『技』もきっと追いついていると思いますよ。ならば……きっと斬れる」

「どうでしょう」

「お、何か言いたいことでも？」

「その、くらまし屋という御方。心で榊様に劣るとは思いません」

「そう言われても……実際、上回っているんだけどな」

惣一郎は項を掻きながら零した。

「剣の『心』は私には解りません。私が申しているのはそのようなものではなく……

生きようとする意志とでも申しましょうか」

「そんなもので剣が強くなるはずがない」

惣一郎は声を出して笑った。冗談としか思えず本当に可笑しかった。だが初音は出逢った時と同じ、真っすぐな瞳を向けて来る。惣一郎は笑うのをやめると、恐る恐る尋ねた。

「……本気で言っているのですか？」

「ええ」

「やはり知っていますね。誰です。教えて下さい」

惣一郎は早口で迫った。初音と話していると妙に胸がざわつく。今はそのざわつきが頭にまで駆け巡るようであった。

己は今、如何なる顔をしているのだろうか。初音がたじろいでいることから、常の表情とは違うことは確かであろう。

三

その時である。俄かに外が騒がしくなった。すぐに雄叫び、悲鳴も聞こえて来る。

「来たか」

惣一郎は屈んだ体勢から、跳ね上がるようにして駆け出す。自室に戻ると、床の間に置いた大小を素早く腰に捻じ込み、上着を羽織り、さらに予備の草履も部屋の中で履いてしまった。すぐさま部屋を後にする。そこで冠次郎と鉢合わせした。

「榊様！　いるようです！」

屋敷に報告に来た者の話によると、立て続けに三人が射られた。全て急所に刺さっており、苦しむ間も無く絶命したという。敵は弓矢に長けた者は多いが、これほどの腕前の者はただ一人しかいない。と、冠次郎は追い縋りながら語った。

「でしょうね」

惣一郎はさらに足を速めた。外が騒がしくなった時から、いや、その直前から、感じるものがあった。これを上手く説明しろといっても土台無理である。

直感か。あるいは己でも知らず知らずのうちに殺気を感じ取っているのか。これまで数多くの強敵と邂逅して来た時、これと同じ感覚に襲われた。くらまし屋との時もそうだった。高尾山全体に蜻蛉のように針が飛び交っているような気がし、強敵がいることを察したのである。その時も、そして今も、惣一郎は笑っている。

「榊様……」

こちらを見る初音がいる。

「怪我人が運び込まれます」

どうせ止めても治すのだろう。味方も敵も。諦めに似た言葉を吐き、惣一郎は一段低い土間にいる初音の頭上を飛び越えながら言った。あっと短い驚きの声を上げた後、初音の声が惣一郎の背に届く。

「解りました！」

その時、すでに惣一郎は屋敷の外に飛び出している。凍てつくような寒風が頬を突き刺す。喊声だけではない。銃の咆哮も聞こえる。

村の中を激しく人が動いていた。襲撃に応じる味方の援軍に向かおうとする者のほか、建物の中に避難しようとする女や子どももいる。慌てるあまり、凍てついた雪に足を滑らせて転倒する者も多い。日頃の穏やかな風景は消え去り、村は混乱の坩堝と化している。

「遅い」

惣一郎は腰間から刀を抜き放ち、己を目掛けて飛んで来た矢を叩き落とした。村の裏はなだらかな丘陵となっている。そこに群れるように生えている灰色の木々の隙間、今の矢を放った男が見えた。

「あそこです」

鉄砲の弾を込める味方の男に教えつつ、惣一郎は足で雪を蹴って走り出す。背後から銃声が聞こえた。当たったのか、当たっていないのかも判らない。今、惣一郎が向かうべきは、村の入り口である。これまでの敵の手口もこうであった。丘陵に数人を忍ばせ、そこから矢を放って陽動しつつ、纏まった数で攻め寄せて来る。

「あそこにもいる」

と、また別の男に教える。村の入り口に向けて走りながらも、丘陵の敵を探し続けている。惣一郎の声に反応し、味方が銃を構えて放つ。しかし惣一郎が指し示した敵は、木の幹に身を隠して躱した。また矢が飛来し、銃を放った味方の肩に突き刺さり絶叫がこだました。

――やはりそうか。

以前から思っていたが確信を強めた。敵は男、しかも武器を手にした者しか狙っていない。今、銃を構える味方より近く、何の遮蔽物もない狙いやすい場所に母子がいた。足を挫いて蹲る母の手を、子どもが必死に引いていたのである。

それを狙わなかったのは、銃を向けられていたからだけではないだろう。これまでも奇襲の最初の攻撃で、女子どもの被害は一切出ていない。戦いの最中、流れ矢に当たって怪我を負う女や子どもも僅かながら出たため気付く者がいなかっただけで、そもそも敵は女や子どもは眼中にないのではないか。こちらの戦力を削るため、武器を持った男に攻撃を集中させているのか、それとも何か他の理由があるのかは判らないが、そうとしか思えなかった。

「ごめん」

と、惣一郎は逃げる村の子どもの襟を摑んだ。母と逸れて探し回っていたのだろう。齢十ほどの男の子である。男の子はひっと悲鳴を上げたが、惣一郎は心配ないと囁きかけて落ち着かせる。

「おおい、射ってみろよ」

惣一郎は男の子を楯のように前に立たせ、丘陵に向け大きく手を振った。

「た、助け——」

「静かに。飛んできても全て叩き落とすから」

「そ、そんなこと……」

「出来る。心配ない」

惣一郎は頭を片手で撫でながら軽い調子で言った。明らかに幾つかの殺気がこちらに向いた。だが、一向に矢は飛んで来ない。それどころか構えていた弓を降ろす男の姿も見える。

「女子どもを狙わないのではなく、狙えないと見ていいな」

　はっきり確かめることが出来たので、男の子の背をとんと押して再び駆け出す。直後、惣一郎の駆け抜けた場所に、数本の矢が突き立った。

「はいはい。得物持ちの男は狙う。見えて来た」

　あと少しすれば、丘陵の敵は退く。陽動は十分ということだろう。ここからは村の入り口に敵は集中するのだ。

「押されちゃって、まあ」

　ぽつんと呟いた声が白く煙る。

　村の入り口を守る味方は二十余。一方、敵は姿が見えるだけでもざっと三十人。岩や、木に身を隠している者がいつも何人かいるため、さらに数は増える。これまでは十から二十での襲撃だったので、惣一郎の知る中では此度が最も多い。

「榊様だ！」

「来て下さったぞ！」

　味方が次々に叫び、崩れかけていたのを持ち直す。敵の主な武器は弓。十間（約一八メートル）ほどの近くからも、半町（約五四・五メートル）以上の遠くからも射掛けて来るから厄介である。銃は弾込めに時を要するため、一発撃つ間に無数の矢が射られる。さらに刀を抜いて距離を詰めたとしても、敵も腰の鉈の如き剣で応戦する。先ほど初音に話したことに照らし合わせれば「技」は然程ではないが、いずれの男も優れた「体」を持ち合わせており、さらに雪に慣れていることもあって、なかなか手強い。

「――――!」

敵が己を見て何かを叫んだ。知らぬ言葉である。これまで惣一郎は散々に敵を斬って来た。その警戒を促したのか、あるいは憎悪の言葉であろう。

「攻めて来るからそうなる」

無数の矢が飛来するが、惣一郎は一向に怯まず突き進む。首を振って躱し、刀で叩き落とし断ち斬る。当初は流石に困惑したが、数日のうちに雪上で動くのにも慣れた。むしろ利用することすらある。

胸元に飛んで来た矢を、惣一郎は足から滑るようにして避ける。頭上を矢が過ぎていく。途中、手で地を押して身を回してさらに次の矢を躱し、立ち上がると同時にまた矢を叩き落とす。

恐怖に顔を凍り付かせている敵の群れの中に、惣一郎は駆け込んだ。寒風が頬を撫でる中、一、二、三と斬り、四人目は突いた。

僅か一間（約一・八メートル）足らずでこちらに弓を向けている敵がいる。これは跳ねるように飛んで弦を切り、後に右肩、左肩と斬撃を入れて動きを止める。五、六の間を駆け抜ける刹那、手首を回して両人の腿を切り、七は掌底を浴びせて沈めた。

　そこで伏せるようにして矢を避け、左手で掴んだ雪を宙に放り投げる。たったこれだけでも遠くからは狙いにくくなる。陽射しを受けて雪の粉が煌めく中、八人目の胴を薙ぎ払い、返す刀で九人目の喉を切り裂く。十人目の斬撃を受け流し、襟を取って回して飛んで来た矢の楯とする。蹴り飛ばして離れると、その勢いのまま次の敵を袈裟斬りで沈めた。これで十一人。あっという間に三分の一の味方を失ったことで、敵は退き始めた。

　――どうする。

　これまでの己ならば、迷いなく追うところである。だが惣一郎は躊躇った。惣一郎が十一人を斬っているうちに、味方も十を超える数がやられている。しかも仕留めたのは、どうやら同じ者である。何故判ったかというと、全ての矢が遠くから飛んで来たことと、その速さが他とは一線を画していたからだ。恐らく件の達人の仕業である。

　激しく動き回る己を狙うよりも、その隙に味方を仕留めに掛かったのだ。敵味方が入り乱れていたこと、さらに正確さよりも速度を優先したからか、流石に一矢で仕留められていない者もいる。いや、それでも構わなかったのだ。

「毒だな」

惣一郎は警戒を解かぬまま呟いた。肩や足など急所が外れている者も、焼けるようだと痛みを訴え、中にはすでに顔面が蒼白の者もいる。

「初音を！」

思わずそう叫んでいた。すでに呼びに向かっている者がおり、ほどなくして数人の男に守られつつ、初音が息を弾ませながらやってきた。冠次郎もいる。

「毒だと思う」

「そのようですね」

「治せますか」

「解毒は難しいのです。ましてや私たちの知らない、この地の草、獣、虫の毒を使っているかもしれません。それならば猶更(なおさら)です」

「聞き出そう」

己が斬ったうち傷の浅い者のところに歩を進める。

――男吏さん、どうやっていたかな。

素人が拷問をするならば指を折るのが最も簡単だ。と、言っていたことを思い出して指を摑んだ。

「待って下さい！」

初音は己の意図を察したらしく止めた。

「時が惜しい」

「――――」

初音が何かを呼び掛けた。敵が使っている言語である。冠次郎らも話せたことに驚いているため、誰も知らなかったのだろう。

「簡単な言葉だけです。和語を話せるでしょうと呼び掛けたのです」

「ああ……前に初音さんに治して貰ったやつか」

惣一郎にとって一度目の襲撃の時、斬った男であることを思い出したのだ。そして初音が献身的に治療して解放した。こうしてまた攻めて来るのだから、やはり治療などすべきではないと改めて思う。

「何の毒を使っているのです」

初音が呼び掛けると、男は戸惑いの色を見せた。そもそも本当に話せるのか。皆が見守る中、初音は熱の籠った声で重ねて呼び掛けた。

「命を助けたいのです！」

「分からない……我らは村ごとに使う毒が違う」

「おお」

真(まこと)に話せたのかと、冠次郎は感嘆を漏らす。初音はさらに話し掛ける。

「この矢を放った者と同じ村の者は？」

「いや……この矢の者だけは別だ」

「別とは？」

「同じ村の者でも知らぬと聞いている」

男はそこで話を切り、倒れている仲間たちに彼らの言語で呼び掛けた。一人が息荒く答える。惣一郎が両肩を切った者である。どうやら達人と同じ村の者らしい。

「やはりそうだ。レラの毒は……レラしか知らない」

「へえ……レラっていうのか」

惣一郎は首を捻って逃げる敵を見つめた。追わなかったのは味方が気になったからだけではない。もし追っていたならば、己を狙い撃ってくると見たからである。あれほどの矢を、追いながらに払うのはかなり難しいと見た。そして今も殺気はこちらに向いているのだ。

「初音さん、いつくらいまで持ちます？」

惣一郎は刀の血を払いながら訊いた。

「正直なところ判りません。まずは水と塩を沢山飲ませるほかは……二、三日後が山だと思います」

「冠次郎さん、暫く空けます」

「それは……」

冠次郎は表情を強張らせた。

「ええ。今から追って森に入り、そのレラという男を仕留めます」

何の毒であるか問い質すためには殺してはならない。しかし、殺そうとせずに勝てるとも思えなかった。何とか腕の一本、二本を落とすに止めたいところである。

「待って下さい！　仮に何の毒か判ったとしても、治せるとは言い切れません。そのために追うなど危険過ぎます」

初音が激しく首を横に振って止めた。

「判っても無駄かもしれないが、無駄じゃないかもしれない」

「それは……」

「少しでも命を救いたい。そのためにやれることは全てやる……ではなかったのですか？」

「はい。榊様も……」

「別に変わっちゃいない。私はその人たちが生きようが、死のうがどうでもいい。敵ならば猶更ですよ」

低い呻(うめ)き声の真ん中で、惣一郎は冷ややかに言った。

「では、何故」

「変わらないほうがいいですよ。男吏さんみたいに」

惣一郎はにこりと笑った。初音の考えには到底賛同出来ない。が、如何なる信念だとしても、そのために命を懸ける人が好きなのは確かである。それはきっと自分に信念らしきものが何もないから。いや、かつて信念らしきものはあったが、それを見失ってからは特に顕著(けんちょ)にそのような人に惹(ひ)かれるようになった。

「どちらにせよ仕留めなくちゃ、江戸に帰れないし。樏(かんじき)を」

と、冠次郎に持って来させて欲しいと頼んだ。樏とは沓(くつ)の下に付ける木製の輪のようなもので、雪の上を歩く時、足が沈まないようにするためのものだ。

「付けていて勝てるかな……」

樏がなければ深い雪に腰まで埋まってしまう。だがレラと謂う男は、相当な遣い手である。身軽でも手こずりそうなのに、樏を付けていて勝てるのかと、ふと疑問に思ったのである。

「まあ、いいか。行ってきます」

惣一郎は考えるのを止め、白い景色の中を歩み始めた。躰が火照っているから風が心地よい。

「よろしくお願い致します」

背に届く初音の声に、惣一郎はひょいと片手を上げて応えた。

「やり遂げたら教えて欲しいな」

「……はい」

「楽しみだ」

惣一郎は頰を緩めながら、青と白の二色に断ち切られた景色の中を進む。先ほどまでのように殺気は飛んできていない。一度、退いて待ち構えているのだろう。高尾山でそうだったように、眼前に広がる森の中に、例の針の如きものが飛び交っているように見えた。

第四章　四三屋の利一

一

富蔵（とみぞう）は嚙（か）みちぎった爪を畳の上に吐き捨てた。刻一刻と焦りが募っている。このようなはずではなかった。当初は、

――すぐに片が付く。

と考えていたのに、思いのほか手間取っているのだ。

越後（えちご）屋には富蔵を含めて三人の大番頭がおり、それぞれが派閥を形成している。越後屋の手代（てだい）、丁稚（でっち）たちは大半がそのどれかに所属しており、傘下の商家もまた同様である。

今、渦中の千代（ちよ）屋は、富蔵派であった。いや、そのような生温（なまぬる）い関係ではない。千代屋こそ、富蔵派の中核を成すもので、最大の資金源でもある。

元々、千代屋は商いも小さく、風が吹けば潰（つぶ）れるような状態であった。何より富蔵

から見れば、

——商いが下手。

と、言わざるを得ない商家であったのだ。常に金に困っており、仕入れの資金さえままならぬほど。富蔵はそれを承知の上で千代屋に近付き、

——うちのもとで商いをやってはどうです？

そう持ち掛けたのである。

千代屋の主人弁吉（べんきち）は飛び上がるようにして喜び、一も二もなく越後屋の傘下に入った。誘ったのは富蔵であるため、自然とその派閥に加わる。

富蔵は善意から声を掛けた訳ではない。千代屋の奉公人が路頭に迷わずに済むという点において、結果的には善行にもなるとは思う。が、目的はそれではなかったのだ。

富蔵は、とある人から、とある商いを持ち掛けられていた。本来、商いにおいて確実に儲（もう）かるということはないのだが、これに関しては確実に儲かる。しかも莫大（ばくだい）な利を生むことになるだろう。しかし、なかなかにあくどい商いである。露見すれば越後屋の大番頭という地位を失うどころか、奉行所に捕えられて死罪を申し渡されるようなことだ。そう軽々しく乗れるようなものではない。

ただ富蔵としては金が欲しかった。富蔵の派閥は越後屋の中で二番手であった。い

ずれは筆頭の座をと思っていた矢先、何と三番手の派閥が大躍進してどん尻に転落してしまったのである。抜いた派閥はさらに勢力を広げ、今や一番手に迫らんとしている。

天下の越後屋の大番頭なのだ。三番手でも十分ではないかというのは、ただ日々を漫然と生きている盆暗の考えである。このまま差が開けば、己の派閥から他に鞍替えする者も続出する。そうなれば富蔵の派閥はさらに勢いを失い、やがては消滅、富蔵の地位も安泰ではなくなるだろう。商いでも同じ。三番手の身で座していれば差は開く一方で、攻め続けねばならぬ宿命を背負うのである。

派閥を伸ばすためには商いで成果を挙げることはもとより、仲立ちや根回しのための金が必要となって来る。幾ら天下の越後屋の大番頭といえども、自儘に使える金など高が知れている。もっと多くの金が必要であった。

——やるしかない。

富蔵は決意を固め、持ち掛けられた「商い」に乗った。だが、やはり危険は伴う。何か隠れ蓑が必要である。そこで目を付けたのが、商いで苦しんでいた千代屋である。この千代屋を越後屋の傘下に加え、富蔵がその流れで世話役となる。そして千代屋に件の商いをさせるというのが富蔵の策である。

弁吉は嬉々として加わったが、この商いの話をした時には絶句していた。富蔵は乗らぬならば後ろ盾となる話も無かったことにすると脅し、また抜かりなくやれば決して気付かれないと宥め、弁吉に承服させたのである。

商いは頗る上手くいった。表向きにも千代屋の商いを立て直したことで、主人の覚えもめでたく、またその売上の倍ほどの裏金を作ることが出来ている。他の二つの派閥に知れぬように、相当に気を遣っている。念には念を、さらに念を入れるほどに。

この金を用いて、いよいよ二番手の奪還、さらにはそのまま一番手を目指そうとした矢先、予期せぬ事件が起こった。富蔵の派閥の中枢を担っている伊八郎が、

「千代屋があくどいことをしているようです」

と、訴えてきたのである。他の二つの派閥には気を遣い過ぎるほどに遣っていたが、身内に対しては正直なところ油断していた。

伊八郎は孤児であった。食うために盗みを働いているところに遭遇し、富蔵が捕まえ、そのまま引き取ってやったのだ。伊八郎は聡明な上に根性もあった。丁稚から手代になるのも他の者よりも遥かに早かった。富蔵の派閥では最も優れた手代となり、もう数年のうちには番頭になるだろうと周囲も噂していたし、また富蔵もそう思っていた。

そのような伊八郎だから、己のことを兄とも、父とも思うほどに敬い、感謝している。故に伊八郎は千代屋の悪事に気付いても、それが富蔵の指示によるものだとは露ほども疑わなかったらしい。

「よし。調べてみよう。千代屋の勝手でしたことではなく、誰かの息が掛かっているかもしれぬ。そうなるとお前が狙われるということも有り得る。まず今晩はうちに泊まっていけ」

富蔵は伊八郎にそう言った。不自然なほど饒舌だったと、今ならば思う。だが己を信じ切っている伊八郎は、何ら疑うことなく従った。

まず伊八郎がどこまで摑んでいるのか、聞き取るところから始めねばならなかった。四半刻（約三十分）も話を聞いたところで富蔵は、

——まずい。

と、背に冷や汗をかいた。伊八郎は七割方を摑んでいる。まだ判っていないのは、富蔵が関与していること。何を商うことによって莫大な利益を出しているかということである。そして、ただこちらは伊八郎は凡その見当が付いているらしかった。奉行所に調べられれば、十中八九は白日の下に晒されるだろうし、仮に何とか言い逃れ出来たとしても、

――俺(おれ)は死ぬだろう。

ということが頭を過(よぎ)った。

この商いを持ち掛けてきたのは、とある木綿(もめん)問屋だった。なかなかに儲かってはいるようだが、越後屋の身代(しんだい)と比べれば明らかに小さく、富蔵も初めは侮る気持ちがあった。だが男に胆力と、底知れぬ不気味さをひしひしと感じた。

商いに乗ることを伝え、男から話の全貌(ぜんぼう)を聞いた時、富蔵は驚愕し、息を呑(の)んだ。男の背後には想像もしなかった大物が絡んでいたのである。

「何のためにこのようなことを」

富蔵でなくとも、皆が思う疑問であろう。

己の他にもこの商いをしている者はいる。大半の者にはその理由は教えられていない。ただ富蔵はその中でも、男が特に期待していることもあり、裏切られた時に男側としても被害が大きくなるだろうから、いっそのことと計画の全貌を語ったのだ。最初、その計画を聞いた時、

――頭がおかしいのではないか。

と、富蔵は内心で思った。大物と繋(つな)がっているというのも、男の妄想ではないのかとも疑った。だがよくよく聞くにつれ、男たちは本気だと判(わか)った。男はその大物にも

近く会わせると約束し、実際に会うことも叶った。これで信じぬという方がおかしい。計画はあまりに遠大で、依然として富蔵には実感が湧かなかったが、この商いがかなり太いものであることは改めて確信した。

ただ、男は一つだけ条件を出した。

「絶対に露見してはなりません。疑われるだけでもよくない。その時は覚悟して下さい」

と。この男のいう覚悟とは、生易しいものではないのは確かであった。それを成し遂げる実力と覚悟があるのも間違いない。つまり伊八郎に奉行所に駆けこまれるだけでも、己の命が危ういのである。

二

富蔵は伊八郎を家に留めおきながら、こっそり丁稚を走らせた。商いでこじれた時、あるいは自分の身に危険が迫った時など、よく利用している者のもとに。

己が余程切羽詰まっているというのを察したのであろう。値を吹っ掛けられると思ったのかもしれない。

その男はすでに日が暮れているにも拘わらず、すぐにやってきた。裏口から招き入れ、伊八郎のいる部屋から離れた奥の一室で対座した。

「秘密を握られている。これが世に知れれば私は破滅だ。伊八郎をどうにかしないといけない」

富蔵は端的に話を持ち掛けた。

「ふむ。始末しろということですな」

男は答えた。若い。名を利一(りいち)と謂(い)う。

利一は日本橋南(にほんばしみなみ)の守山町(もりやまちょう)に店を構える「四三屋(よみや)」という口入れ屋の倅(せがれ)である。四三屋の主人がまだ自分が健在なうちに、子に商いを学ばせたいという考えらしく、昨年から独立して動いている。父も四三屋、息子の利一も四三屋であるため至極ややこしいが、商いは完全に分けているらしく、利一への依頼が父に知れるということは無い。

この利一、表向きの仕事だけではなく、

――裏の

稼業の斡旋(あっせん)もしているのだ。父親のほうの四三屋も同じく裏の道にも通じているのか、富蔵は知らない。ただ同業が利一を使ったことがあり、その者より紹介されて、富蔵もこれまで二度ほど使ったことがあるのだ。

「前に言っていただろう。あの男を使いたい。今回は確実にことを終えたいのだ」

富蔵は利一に向けて厚い唇を突き出し、囁くように言った。

「炙り屋ですな。それはちと難しいかと」

「金ならば払う」

「いえ、そういう意味では……炙り屋への依頼は幾つかの手順を踏まねばなりませぬ。故に、今すぐにという訳にはいかないのです」

「そうか……」

富蔵が肩を落とし掛けた時、利一は微笑みつつ懐から帳面を取り出した。

「しかし、ご安心下さい。炙り屋以外にも、優れた者は幾人も抱えています。中にはすぐに動ける者もおりますので、ご希望に添えるかと……」

と、利一は帳面を開いて自信ありげに続けた。

「すでにご存じかと思いますが、甲、乙、丙といった具合に六つに分けておりまして、若い方が腕も良いが金も高い。以前、富蔵さんが使ったのは、乙の者、丙の者となり――」

「甲だ。その中でも最も腕が良い者がいい」

話を遮り、富蔵は言い放った。

「では……この者でしょうね」

利一は帳面の中から、一つの名を指差した。

「樺嶋……波門？」

「左様」

利一はその男について滔々と語り始めた。出自、生国は不明。三年ほど前に江戸に流れて来て、裏の道に入ったのは確からしい。この波門、とにかく剣の腕が立つ。武でもって大金を得る者のことを、暗黒街では「振」と謂う。当時、最強と呼ばれた阿久多が振としての勤めを請けなくなったこともあり、入れ替わるように現れた波門は裏の道では重宝された。用心棒を務めることもあれば、時に暗殺も請け負う。これまで波門は難しい勤めを幾つも成し遂げてきているという。

「昨年、馬喰町で薩摩藩の御定府が斬られた事件を覚えておられますか？」

「ああ、当時巷でかなり話題になったから覚えている」

白昼、薩摩藩士が斬られた。首を一閃だったという。その者は示現流の達人だったこと。さらにかなりの人通りがあったのに、目撃した者が一人もいなかったことなどから、噂でもちきりになった。物の怪の仕業ではないかなどと言う者すらいたほどである。

「まさか……」

富蔵は喉を鳴らした。

「そういうことです」

利一は薄い笑みを浮かべつつ続けた。

「如何なる状況でも確実に仕留めることから、百式の異名で呼ばれる『振』です。その分、値の方は少しばかり……」

「構わない。その男を頼む」

「承知致しました。では、あと二刻（約四時間）ほど引っ張れますか？」

「今日は泊まっていくように言っている」

「なるほど。では二刻ほどしたら、適当な理由を付けて千代屋に行かせるなどして下さい。その途中を……」

「解った」

富蔵は口辺を綻ばせて頷いた。

利一はすぐに支度に戻り、富蔵は話していた通り二刻と少し待った。時刻は子の下刻（午前零時二十分）を少し回った頃である。

千代屋の手代が、夜分だというのに越後屋を訪ねたと、住み込みの者から報せが入った。伊八郎が察していることに感づいて、何か動こうとしているのかもしれない。

今、千代屋がどうなっているのか、今一度探ってきてくれないか。などと言って、伊八郎を家から出した。急なことであるため、伊八郎は少し訝(いぶか)しがっていた。だが、富蔵の言葉だからと、提灯(ちょうちん)を片手に素直に向かったのである。

これが伊八郎との今生(こんじょう)の別れとなった。翌日、竜閑橋(りゅうかんばし)のすぐ近くの濠(ほり)に、変わり果(は)てた伊八郎が浮いた。物盗りの仕業でこの件は終わる。これで秘密は守られるはずだった。

しかし、富蔵の心は安んじることはなかった。伊八郎が千代屋に出向く時に連れていった女中の比奈(ひな)と謂う女が、富蔵のもとを訪ねて来たのである。そして昨日、伊八郎が己のもとに向かうと話していたと語ったのだ。伊八郎は来ていないと咄嗟(とっさ)に嘘(うそ)を吐(つ)いたが、

――どこまで知っている。

富蔵は比奈の胸の内を探り続けた。伊八郎にでっち上げた罪を着せて納得させようとしたが、比奈の伊八郎への信頼は篤(あつ)いようで、俄(にわ)かには信じられぬといった様子である。

――この女もやるしかない。

富蔵は腹を括(くく)った。実際、比奈は何も知らないのかもしれない。だが、知っていて

惚けているのならば、身の破滅に繋がる。危うい芽は摘んでおくほうが良い。

比奈には己の屋敷に泊まることを勧めた。比奈も素直に従い、家の戸締りをしてすぐに戻ると答えた。その間に再び利一を通じて、波門に依頼しようとしたのである。

これが迂闊だった。比奈は富蔵の宅を訪ねて来ることはなかった。人をやって自宅も調べさせたが、最早もぬけの殻。自身では言動に怪しいことはなかったと思っているが、比奈は己が関与していると察したとみて間違いない。

伊八郎が殺されたことに続き、比奈まで失踪したのだから、富蔵は大層心配するふりをして手代や丁稚に捜させたが、一向に足取りが摑めないまま夜明けを迎え、焦りが募っているという次第である。

三

「お客様がお見えです」

自室で悶々としている富蔵のもとに、女中が声を掛けて来た。

「入って頂け」

暫くすると、襖が開いた。利一である。

「先日は」

利一は向かいに腰を下ろし、側に人の気配が消えたところで短く挨拶をした。

「ああ。話がある」

「何か不手際でもありましたか？」

利一は目を細めた。波門の仕事に不満があったか、という意味である。

「いや、完璧だ。ただ厄介なことになった」

「そのようですね。富蔵さんが人を捜していると聞いています」

「地獄耳だな」

ならば助けようかの一言があってもよいではないか。富蔵は忌々しくなって舌を打った。

「依頼人のその後を見守るのも、私の仕事のうちでございます」

「では、だいたいのことは判っていると思ってよいか」

「はい。比奈という女が消えたとか」

「話が早い。伊八郎と共に千代屋に出向いていた奉公人だ。どこまで知っているかは判らないが、私が関わっていることを察して姿を消したのではないかと思っている」

「そうでしょうね」

利一は眉一つ動かさず肯定した。心の何処かで、心配し過ぎだなどと慰めの言葉を待っていた自分がいた。改めて現実を突きつけられたようで、富蔵は苦い溜息を漏らした。

「伊八郎の女だったのだろう。仕事一筋。女気は全く無い風に見えていたが、裏ではちゃっかりとしていたらしい……」

「さて……それはどうでしょう」

利一は首を捻った。

「秘密を共に探ろうとしていたのだ。そうとしか考えられないだろう」

「人の結びつきは色々。それは男女といえどもそうです」

「若い癖に言うじゃあないか」

富蔵は癪に障って鼻を鳴らした。

「口入れ屋という人を繋ぐ稼業をしておりますので、思うところもあるのです。若造の戯言とお聞き流し下さい」

利一は軽く詫びるような会釈をした。

「まあいい。また頼みたい」

「承知しました。しかし今回はちと前と異なりますね」

伊八郎の時と違い、比奈は今どこにいるのか皆目分からないという点である。

「ああ、だから見つけて終わらせて欲しい。今度こそ炙り屋に頼みたいのだ」

「なるほど。それは確かにその者が最も適しているでしょう」

「いけるか」

「五日……いえ、二日ほど頂けますか。繋ぎをつけましょう」

利一があっさり承諾したので、富蔵は安堵（あんど）し大きく息を吐いた。

「助かる。幾らだ」

「こればかりは今は判りません。炙り屋は私どもが抱えている訳ではないのです」

先に使った波門などは四三屋の専属となっているが、炙り屋はその限りではない。確かに見せてくれた帳面にもその名は記されていなかった。炙り屋は勤めに対しての拘（こだわ）りが強く、自らに課した掟（おきて）に反するものは決して請けない。誰かに縛られることはないというのも流儀の一つだからだという。

故に四三屋は取り次ぐことは出来るが、確実に請けさせることも保証出来ない。ただ此度（こたび）の場合は、恐らくは炙り屋の流儀に反することは何もないだろうと利一は語った。

炙り屋が提示した額、それに繋ぎの掛かりとして、二割を利一が上乗せするというところで話が纏（まと）まった。

「では、繋がせて頂きます」

利一はそう言って静かに部屋を後にした。炙り屋はかつて一度もしくじったことがないという。請けてさえくれればもう心配はない。少し早いかもしれぬが、富蔵は天井を見上げて安堵の息を吐いた。

利一が再び訪ねて来たのは、翌日の昼日中のことであった。

部屋に入って来た利一のいつもと違う表情から、富蔵は嫌な予感がした。それは利一の一言で真になる。

「不調でした」

「金か。それなら――」

富蔵の言葉を遮り、利一は首を横に振る。

「そこまでも話が進みませんでした」

本日の早いうちに、利一は炙り屋と接触することが出来た。まず求められて依頼のあらましを語ったところで、

――断る。

と、炙り屋は一蹴したというのだ。

「何が理由だ……悪事には加担せぬという訳ではないだろうな」

「まさか」

利一は手をひらひらさせた。

「女は狙わぬとか」

「それもないかと」

「では、何なのだ」

富蔵は苛立ちのあまり自らの膝を拳で殴った。

「炙り屋の流儀に反する『何か』があったのは確かです。ただそれを教えてくれることはないため、はきとしたことは判りません」

「くそ……どうすれば……」

頭を抱えながら俯き、富蔵は呻いた。

「今回も別の者を使っては如何ですか」

「波門か」

富蔵はさっと顔を上げる。

「いえ、あの者は本来は用心棒、殺しには長けていますが、人探しは得意としていません」

「人探しを得意とする者が？」

「います。この者です」

利一は再び帳面を取り出して開き、その中から一人を指差しつつ続けた。

「黒狗(くろいぬ)の玄九(げんく)と謂う者です」

元々、玄九は奉行所や、火付盗賊改方(ひっけとうぞくあらためかた)の手先として、悪人を探る目明しである。目明しは元は罪人だった者が多い。罪人の罪を軽くしたり、免じたりする代わりに、目明しとして協力させるのだ。玄九も多分に漏れず、さらに前身は江戸三大盗賊の一つ鰄党(かいらぎとう)で、盗みに入る商家などを探る「嘗役(なめやく)」と呼ばれる役目を務めていた。

鰄党が壊滅した後、一番から十番に分かれていた組頭は、ある者は独立して盗賊を続けたり、ある者は自首したりと、それぞれの道を歩んだ。玄九の所属していた八番組の頭は朱江(しゅこう)と謂い、鰄党の組頭の中で唯一奉行所に名乗り出て罪を償(つぐな)うことを決めた者だ。組は解散し、銘々好きにしてよいこととなった。大半が他の組頭のもとに奔(はし)って盗賊を続けたが、玄九は他の組から移っても碌(ろく)な扱いを受けないと悟(さと)ったらしく、減免を条件に目明しとなった。

もともと探索に優れた才を持っていたのだろう。玄九は目明しとしても大いに活躍した。だが玄九を使っていた役人が数年後に死んだことで、また岐路に立たされることとなった。目明しは正式な御役目ではないため、使っていた与力や同心が死に、後継ぎもいない場合、仕事がこなくなるのだ。そこで玄九は再び裏の道に足を踏み入れ、人探し、家探しを稼業としている。浅黒い肌であること、消息不明の者さえ何度も嗅(か)ぎつけたことから、黒狗の二つ名で呼ばれている。

「ちなみにこの者は『乙』です。値は二十五両」

「よし。そいつを頼む」

「承知しました」

「そいつは……殺(や)れるのか？」

富蔵は声を落として訊(き)いた。

「いえ。玄九はそちらの方は」

「じゃあ、どうするのだ」

利一は膝を揃(そろ)え直し、改まった口調で尋ねた。

「富蔵さん、幾らならば出せます？」

「値を吹っ掛けようとしても――」

「真面目(まじめ)な話をしているのです」

客の懐具合を聞き出し、その最大限までものを売るのは商いの初歩である。百戦錬磨の己にその手は通じない。そう言い掛けたのを、利一はぴしゃりと制した。侮ってもらっては困るというように、利一の目には薄（うっす）ら怒気すら滲（にじ）んでいる。

「すまない……」

「少し奇妙に思っているのです」

「奇妙？」

富蔵が鸚鵡（おうむ）返しに訊くと、利一は深く頷いた。

「実はすでに、こちらでもその比奈の行方を探ってみました」

「そうなのか」

「何、金を取ろうなどとは思っていません。顧客に喜んで頂きたく……」

「商売人だな」

素直に感心した。富蔵とて商いの玄人（くろうと）である。時には損得を離れて客の便宜（べんぎ）を図（はか）ることが、より大きな利益を呼び込むこともあると知っている。

「比奈はどこにでもいるような女。しかし、一向に足取りが摑めず、江戸から出た様子もない。私は何者かが手引きをしていると感じています」

富蔵は頭から血が引くのを感じた。

「そ、それはまずい」

「心当たりは？」

「正直、あり過ぎる」

富蔵は下唇を噛みしめた。

まず越後屋の己以外の二つの派閥。次に三大豪商の白木(しろき)屋、大丸(だいまる)なども、越後屋の弱みになると思えば手助けしてもおかしくない。他にも越後屋に敗れて店を畳んだ者など、数え出せばきりがないのだ。

「これは『黒狗』ならば、そのうち見つけましょう。だが、その後が肝心(かんじん)です」

利一は噛んで含めるように続けた。

「手引きしているのが、それなりの者ならば金は十分に持っている。そうなると向こうも誰かを雇って、比奈を守り切ろうとするでしょう」

「誰を……」

あの帳面を見る限り、裏稼業の者は想像より多い。そのような予想は立てられるはずがないとは思いつつ、焦りから富蔵は思わず口にした。が、意外にも利一はこれに即答する。

「十中八九、くらまし屋でしょう」

富蔵は知っている。この利一から聞いたことがあった。どんな者でも、金さえ積めば姿を晦ませる。その全てを把握出来るはずもないが、くらまし屋の仕業と思しきものでは、一度たりとも失敗していないという凄腕である。

「くらまし屋を使われれば、終わりじゃないか……」

爪を激しく嚙み、富蔵は顔を歪めた。まだ比奈がくらまし屋に依頼したと決まった訳ではない。だが利一の推理を聞いていると、

——十分にあり得る。

話なのである。

「くらまし屋も人の子です」

「会ったことがあるのか⁉」

「はい。幾度か」

流石に相貌、歳などは語らない。それは裏の口入れ屋としての流儀なのだろう。利一はさらに話を進めた。

「これまで失敗がなかったとはいえ、人である以上はしくじることもある。そして、死ぬことも……」

「なるほど」

「故にどこまで張れるのかとお尋ねしているのです。如何?」

何処か利一の声に弾みを感じた。商いということが前提である。だが利一は常日頃から、くらまし屋をしくじらせたいと思っており、その機会を待っていたのではないか。

富蔵にとってもそれは悪いことではない。その方が、利一もまた本気でことに臨むということを意味するのだから。

「千両ならばすぐに。それ以上となると今少し掛かる」

富蔵が答えると、利一は満足げに頷く。

「ならば問題ないかと」

意味を解しかねて首を捻る富蔵に対し、利一はえくぼを作って言葉を継いだ。

「雇うのです。その千両で雇えるだけの裏稼業の者を」

「なっ――」

富蔵が吃驚(きっきょう)に声を詰まらせる中、利一は立て板に水の如(ごと)く話し始めた。

「まず先ほどの玄九は二十五両。残りは九百七十五両となります。甲の者は四十両が相場。乙の者は二十両ほど。丙の者は十両ほどとなります。甲を五人、乙を二十人、丙を四十人。合わせて六十五人で如何でしょうか。二十五両はまけます」

質より量で勝負ということか。いや、伊八郎を始末した波門は「甲」に分類され、くらまし屋、炙り屋にも勝るとも劣らないと利一は話していた。これが五人もいるのだ。質もまた低いはずがない。

「解った。ただし比奈を見つけ出した場合のみだ」

「それは当然です。相手がくらまし屋を使っていない場合……金を掛け過ぎたことになりますが、ご了承下さいますか？」

くらまし屋は優れた裏稼業の者である。関与しているかいないか、最後の最後まで判らないことも有り得る。蓋を開けてみて仕事を請けていなかったと判明することもあるのだ。そうなるとただの女一人を始末するのに、千両を投じたことになるが構わないか、と、いう意味である。

「背に腹は代えられない」

「そのお言葉を聞けて安心しました。では玄九に調べさせると同時に、急いで手配致します。私の帳面に名のある者の半数ほどを遣うのですから……忙しくなります」

利一は楽しげに言った。

「くらまし屋と過去に何か？」

先ほど頭を過ったことを、富蔵は思い切って訊いた。

「前に抱えている者を十人近く斬られたことがあります」

利一は平然とした調子で言った。

「一人で……？」

「ええ、強いですよ。だからこそ千両で提案したのです」

その時は依頼人が金を惜しんだことで「丙」より下、「丁」に分類される者ばかりだったらしい。

「とはいえ、別にそれは仕事でのこと。恨んでいるという訳ではありません。しかし……」

利一は視線を逸らす。傾けた顔に陰影が濃くなった。

「必ず悔ませる。そう自信満々に言われれば、しくじらせてやりたくなるのが人情でしょう」

と、利一はふっと口元を緩めた。まだ二十歳そこそこの若者であるはずなのに、底知れぬ迫力を感じて、富蔵はごくりと唾を呑み込んだ。

第五章　暗黒街の地図

一

大丸を訪ねた日の夕刻、平九郎は日本橋堀江町にある波積屋に足を向けた。一年でもっとも日が短い年の瀬である。まだ申の下刻（午後五時）を過ぎたあたりだが、すでに辺りは暗くなり始め、かなり冷え込んできた。この界隈には材木を商う者が多く、日が沈んでは仕事にはならない。故に波積屋は暖簾越しにも活気が溢れているのが解る。

「あ、平さん！」

暖簾を潜った時、真っ先に気が付いたのはお春である。盆の上に空いた皿や銚子を載せて、運んでいるところであった。

すでにお春が波積屋で働き始めて二年近く。当初は慣れぬ仕事で戸惑うこともあっただろうが、今ではすっかり板についている。天真爛漫な姿を見れば元気が出るなどと、お春に会いに来る客もいるほどである。

「久しぶりだな」

「本当に。全然来てくれないんだから」

「ちと忙しくてな」

「飴屋さんのほう？」

「色々さ」

お春に聞かせるような内容でもないし、ここで簡単に話せることでもない。平九郎は曖昧に濁すと、お春は頬を膨らませ、ちょっと不満そうな顔になる。

「ふうん」

「平さんを困らせちゃいけないよ」

板場から笑いを含んだ声が飛んで来た。波積屋店主の茂吉である。

「かなり混んでいるな。後にしようか？」

「構わないさ」

「すまないな」

平九郎は小上がりの端に腰を下ろす。店内には多くの笑顔が溢れている。皆が茂吉の料理に舌鼓を打ち、酒をぐっと呷って、感嘆の声は絶え間なかった。小上がりに一席だけ空きがある。

「はい。取り敢えず」

暫くして酒を運んで来たのは、波積屋の給仕を務める七瀬である。銚子一本と皿に盛った大根の漬物。酒は冷や。冬場でも燗にしないのが平九郎の好みである。

「ありがとうよ。今日、いけるか？」

勤めが入ったという意味だ。事前に集まる日取りだけでも決めておくことが多い。このようにいきなり持ちかけたということは、急ぎだと七瀬は察している。

「解った」

「あいつは？」

「多分、あと少しで来ると思う」

くらまし屋は一人ではない。己と七瀬、そして赤也の三人で「くらまし屋」だ。その赤也はあちこちの賭場で博打に興じた後、波積屋で一杯やるのが常である。

「肴は？」

七瀬は給仕の顔に戻って尋ねた。

「いつも通り」

任せるということだ。茂吉は旬のものを使って美味い料理を作ってくれる。任せておけば間違いはないのだ。

混雑している時、己は後回しでいいと常々言っているため、少々掛かるだろう。だが、その待っている時も酒の味を引き立てる肴のようなものである。

四半刻（約三十分）ほどして、香の物も少なくなり始めた時、お春が料理を運んで来た。目の前に置かれた皿から柔らかな湯気が立ち上る。

「はい。お待たせしました」

「これは……」

白身魚の切り身が二つ。その上にたっぷりと芹が載っており、さらに延ばした味噌のようなものが掛かっている。何の魚かと一瞬判らなかったが、

「私と同じ」

と、お春が言ったので答えが出た。

「なるほど。鰆か」

漢字では魚偏に春と書くためである。鰆料理といえば味噌漬けを焼いたものが有名だが、これはどうも違うように見える。芹に覆われてはきとしないが、そもそも焼いていないようにも見えた。

「ちょっと待ってくれよ」

板場から茂吉が手拭いを使いつつ声をかけた。どれだけ店が忙しくとも、己に新しい料理を出す時、茂吉は自分で説明をしたがるのだ。お春もそれをよく知っており、微笑みながら茂吉の到着を待っている。

「これは？」

近くにやってきた茂吉に、平九郎も頬を緩めて訊いた。

「鰆と芹を蒸したのさ」

「蒸しているのか。だが、鰆の旬は春じゃないのかい？」

茂吉は旬というものに特に拘る。味が良いということは勿論だが、料理で季節を感じてほしいというのが茂吉の想いである。

先ほどお春と話していたように、鰆という字には「春」が入るため、その季節が旬だと平九郎は思っていた。実際、うろ覚えだが、国元では春に食していたような気がするのだ。

「西国では鰆の旬は春だけど、江戸では冬が旬なんだよ」

気候や風土によって旬が変わる食材があり、鰆もそのうちの一つらしい。江戸の鰆は、冬が最も脂が乗っていて美味いという。

「まず下ろした鰆に米麴を塗って、半日ほど寝かすのさ」

「米麹を？」

「ああ。そうすると身が柔らかくなって、さらに旨味が出るんだ」

そうして米麹に漬けた鰆の上に、芹を沢山載せ、酒、醤油、胡麻油を一回しして、一緒に蒸し上げる。芹の風味も鰆に程よく移るという。そして最後に味醂で延ばした味噌を塗る。

「それで、鰆と芹の麹蒸しの出来上がりさ」

「手間が掛かっているな。じゃあ頂くよ」

平九郎は箸で芹の山をちょっと崩す。すると真っ白な鰆の身が姿を現した。胡麻油が少し入っているせいか、薄らとではあるが照りがある。箸で解し、芹と共に味噌に絡めて口へと運んだ。

「どうだい？」

茂吉は眉間に皺を少し作った。己の料理に自信はあるのだろうが、やはり人には好みがある以上、いつも一抹の不安もあるといった様子である。

「美味い」

平九郎が言うと、茂吉は丸い顔を崩した。

「良かった」

「絶妙な塩梅だな。芹の風味が鼻に抜ける」

平九郎は手酌で盃に酒を注ぐと、口内に味が残っているうちに呑み干した。

「酒にも合う。お春、もう一本頼めるか」

「はあい」

二人のやり取りを好ましげに見ていたお春は、快活な声を上げて板場へと向かった。

「平さん、根を詰めているんじゃないか？」

お春が離れると、茂吉は小声で尋ねた。この間、平九郎が忙しい理由は誰にも告げてはいない。ただ茂吉には凡その察しがついているのだろう。

「心配をかけてすまない。ところで、今日……」

「解っているよ。今だけでもゆっくりしておくれ」

茂吉は優しい言葉を掛け、板場へと戻っていった。

賑々しい店内で盃を傾けて一刻（約二時間）ほどした頃、

「酒三本、肴も適当に頼む！」

と、暖簾を潜っている途中から注文する者がいる。赤也である。その注文の仕方もさることながら、端整な顔が歪んでいるのを見ても、博打に負けたのだとすぐに判った。

「来るなり何よ。どうせ負けたんでしょう」

七瀬が目を細めつつちくりとやる。

「うるせえ」

「図星な訳ね。いつになく機嫌が悪いじゃない」

赤也は博打好きだが、決して博才がある訳ではない。負けて来るのは珍しいことではないのだが、七瀬のいうように今日は確かに苛立(いらだ)っているように見える。

「隣の奴が……あっ、平さん」

赤也がこちらに気付いて近付いて来る。

「お金はあるの？」

「つけは全(すべ)て払っただろう。今日の分くらいはある」

赤也は首だけ振り返って、懐(ふところ)をぽんと叩(たた)いた。そして向き直ると、そそくさと小上がりに来て、平九郎の向かいに腰を下ろした。

「負けたか」

平九郎はくいと口角を上げた。

「ああ、ついてねえ」

赤也が項(うなじ)を掻(か)いたところで、お春が箸と盃を運んで来る。

「はい。ごゆっくり」

「お春、ありがとうよ」

幾らむしゃくしゃしているとはいえ、赤也はお春には朗らかに返した。

「で、何を苛立っているんだ？」

平九郎は酒を注いでやりながら訊いた。

「博打に勝ち負けはつきものさ」

「まあな」

「ただ、隣の奴がいかさまをな」

赤也は吐き捨てると、ぐいと酒を呑み干した。

「丁半か」

「ああ」

「なら賭場と組んで……」

「いや、壺振りも怪しんでいたから違うだろう」

赤也は首を横に振り、平九郎の皿に残っていた最後の漬物を口に放り込んだ。壺振りとは、丁半博打で賽子を入れた壺を振り、盆茣蓙に伏せる者のことである。

「どんな風に？」

「それが判らねえ」

「じゃあ、やっていないのだろう」

「いいや、あれはやっている」

赤也は胡坐をかいた自らの膝を叩いた。

丁半博打は丁か半かの五分と五分。熟練の壺振りならば、狙ってどちらかを出すことも出来るが、結局のところはやはり二つに一つなのだ。だが赤也の隣の男は、

「二十五回も連続で当てやがった」

「そりゃあ、やっているな」

平九郎は思わず苦笑した。確かにそれは運だけでは説明出来ないだろう。しかし、ふと気に掛かって平九郎は訊いた。

「だからといって、お前が負けたのは関係ないだろう」

「あんな奴に横に居座られちゃ、調子が狂うんだよ」

理屈は通っていないが、確かに気分のよいものではないだろう。博打であろうが何であろうが、頭に血が上ってしまっては上手く行かぬものである。

「乗っかるのは考えなかったのか？」

「それは流石に我慢ならねえ。何よりあいつは、他が出揃うまで決めやしない」

賽子が壺に入り、皆が丁半いずれかに賭ける。最後に壺振りは、もう無いかと声を掛ける決まりである。壺振りのその呼び掛けと同時に、決まってその男はどちらかに賭けたらしい。これではそもそも真似(まね)をすることも出来ない。

「元締めは？」

「明らかに何かしててもばれない限り、いかさまじゃねえからな」

赤也は酒を一気に流し込んだ。

いかさまをしているという証拠が露見しない限り、賭場の元締めであっても咎(とが)めることは出来ない。その場にいる誰もが男のいかさまの種を見破れなかった。小さな賭場ならば打ち切って、日を改めるということもあっただろう。

しかし赤也が今日行っていたところは、その道では指折りの大きな賭場で、他にも多くの客がいたこともあり、意地でも止められなかったらしい。

「なるほど。ただ……」

平九郎は言葉を濁し、追加で運ばれて来た肴の煮物に箸を付けた。

「ああ、ただで済む訳がねえ」

確かに証(あかし)がなければ、その場では咎(とが)められない。が、それで済むほど甘い連中でもなかった。賭場を出た後、男は酷く痛めつけられる。最悪の場合、命さえ取られるかもしれない。

「どんな男だ」

「浪人風だったな。だが、同じさ」

腐っても武士。二刀を腰に差していて、やくざ者などに後れを取らないと思うのは素人考えというもの。賭場を開くやくざ者も、このような時に備えて腕の立つ用心棒を幾人も雇っている。五、六人駆り出して、男を袋叩きにするだろう。

「最近は増えたな」

平九郎は盃を静かに置いた。裏の道にも掟があるのだ。それを知らぬ者が増えた。今、江戸には毎年人が流れてきている。その数があまりに多いため、裏の道にも溢れて来た新参者が多いのだろう。

赤也の機嫌を宥めつつ、ゆっくりと酒を酌み交わし、やがて波積屋の暖簾が下りた。

二

「お春、先に上がっていいよ」

茂吉が頃合いを見て言った。お春もこの後のことが判っているらしく、素直に従って皿を拭き上げる布巾を置く。

「七瀬」

茂吉が呼ぶと、七瀬が頷いて板場の近くの壁板を外す。するとそこに階段が現れる。波積屋には隠し二階があり、そこで勤めの打ち合わせをするのだ。

「じゃあ、行きますか」

気分が切り替わったようで、腰を上げる赤也の声に張りが戻っている。二人が階段を上がった後、平九郎もようやく立ち上がった。

「茂吉さん」

「どうした？」

「悪いが、今日は少し遅くなるかもしれない」

己たちの打ち合わせが終わるまで、波積屋の戸締りも出来ない。茂吉は打ち合わせには入らないものの、いつも起きて待ってくれているのだ。

「大事かい？」

「そうなるかもしれない」

一言でいえば、女一人を晦ませるだけの勤めである。だが、此度は一筋縄ではいかぬ予感がしていた。

「無理はしちゃいけないよ」

平九郎は頷いて二階に上がる。丁度、七瀬が蠟燭の火を灯し終えたところであった。煌々と照らされた部屋の中、三人はいつものように車座になる。

「勤めだ」

平九郎は順を追ってことの次第を話した。全てを話し終えた後、

「厄介な取り合わせだな」

と、赤也が項に手を回して零した。

平九郎が一筋縄ではいかないと思っている理由もそれである。富蔵が伊八郎を始末するのに裏稼業の者を使ったのは、ほぼ間違いない。まず、そこに頼む伝手を持っているということである。

裏稼業の者は銭で動く。そして富蔵はその銭を唸るほど持っている。となると、比奈を追うのにも裏稼業の者を使って来ると見るのが妥当だろう。

「炙り屋が出て来るかもね」

七瀬もまた、まずその名を挙げた。

「いや、実はな……」

そのことだけはまだ話しておらず、平九郎は話を付け加えた。

「なるほど。その手があったか」

平九郎が聞いた時と同じように、赤也は吃驚して眉を開いた。

「その子、相当に切れるわね。考えもしなかった」

炙り屋は敵、という概念が頭にこびりついていることもあるだろうが、七瀬も舌を巻いたように小さく感嘆する。

「ああ。だが、これで最悪は免れた」

敵の中に炙り屋がいるのといないのでは雲泥の差である。ここのところ幾度か行き合うことはあったが、利害が正面からぶつからなかったため、戦わずに済んで来た。だが奴の標的が、己たちの依頼人だった場合、

――斬るほか止められない。

のである。あの男は己の命がある限り依頼を全うすると知っている。

「じゃあ、あいつが富蔵を斬るまで待つというのはどうだ?」

赤也は妙案を思い付いたというように不敵に笑う。大丸の看坊職である下村正二郎は、

――比奈を害そうとしている者を炙ってくれ。

と、炙り屋に依頼をした。今回の場合、最初からそれは富蔵だと判っている。だが、他にも一味がいることも有り得ると見て、正二郎は「害そうとしている者」と包括し

て依頼する抜かりのなさである。炙り屋がそれらを始末するまで、大丸で籠城していれば片が付くと赤也は考えたのだ。

「それはどうかな……」

七瀬は顔を曇らせた。

「俺も七瀬と同じ考えだ。張本を斬っても依頼だけ残ることも有り得る」

富蔵が裏稼業の者に依頼するという前提である。依頼人の富蔵を消すことが出来たとして、その時点で依頼は無くなったと見る者もいるだろう。だが炙り屋のように、たとえ依頼人が死のうとも、勤めを全うする者もいる。そして、概してそのような者ほど手強い。

「じゃあ、やるしかねえか」

赤也は眉間を摘んで溜息を零した。

「楽しようとしないの。甲州まで逃がすのよね？」

七瀬はぴしゃりと窘めた後、平九郎に向けて訊いた。

「ああ、そうだ」

「途中、裏稼業の者が追って来るとすれば、守りながら行くしかない。炙り屋以外で富蔵が誰を使うか……心当たりはある？」

「何人かはな」

すでに想定している者は幾人かいた。

執拗に獲物を追い詰め、糸で搦めとるように始末することから「鬼蜘蛛」の異名をとる阿比留蔵人。

元は大和高取藩士の剣術指南役で、一時期江戸府内の道場を次々に破ったことで名を轟かせながらも、藩の派閥争いで改易されて道に入った「重剣」の二つ名を持つ堂島重太郎。

阿久多が暗黒街から消えた後、変幻自在の剣を遣うことから「百式」と呼ばれ、最強の振の名を引き継いだ樺嶋波門。この辺りが最も警戒すべき敵であろう。

「あと、前にかち合った安里某とかっていたろう？　あれはどうだ？」

赤也が額を指で叩きつつ言った。

七瀬がくらまし屋に加入する前のことである。敵持ちの依頼を受けて、伊勢に晦ませた。その時、仇を討たんとする者が、助太刀として安里某という裏稼業の者を雇った。平九郎は戦いの後に退けたが、仕留めるまではいかなかったのだ。己が戦っている姿を、赤也が初めて見た勤めだったので記憶に残っているのだろう。

「あの男は死んだらしい」

「え……」

「噂だがな。先程名を挙げた波門が斬ったという話だ」

暗黒街の住人の入れ替わりは激しい。かつて戦った「鼻唄」の長兵衛（ちょうべえ）のように引退する者もいれば、阿久多のように他に身を振る者もいる。ただ大半は稼業の中で命を落とす。だいたい三年もすればすっかり様変わりするものだ。裏を返せば長く続けている者は、相当な実力を有していることにもなる。

「だいたい出揃ったみたいね。じゃあ、そいつらが富蔵に加担していたとして……勝てる？」

無駄は一切ない。七瀬は単刀直入に訊いた。

「判らない」

いずれも刃を交えたことはない。滅多（めった）なことでは後れを取るつもりはなくとも、蓋（ふた）を開けてみねば判らぬというのが実際である。ましてやこちらは相手を倒すのではなく、比奈を守り抜くことが目的なのだ。敵が己を無視し、比奈を狙って来ることは十分に考えられる。

「そうでしょうね」

その答えが返って来るのは、七瀬も予想していたらしいが、念のために訊いたということだろう。七瀬は次の問いを投げかけた。

「何人来るかな？」

「富蔵次第だな。だが、相当な額を注ぎ込むかもしれない」

「仮に千両とすれば何人雇える？」

「五十は下らぬだろう」

二人で淡々と会話が進む中、赤也が諸手を前に出して話に割って入った。

「おいおい、そんなに雇うってのかよ」

「己の懐刀の伊八郎を殺したくらいだ。富蔵としては絶対に漏れるのを防ぎたいはず。それくらい銭を投じてもおかしくはない」

平九郎が言うと、七瀬も頷いて同意する。

「裏との繋がりがあって、私たちの存在まで知っている。そして大金を持っているなら、それは考えのうちに含んでおかないと」

「きっつ……今回、俺たちは何の役にも立てそうにねえな」

赤也はこめかみを掻いて苦笑する。くらまし屋の智嚢は七瀬で様々な策を立てる。一方、赤也は見た目、声色まで変えて探索、攪乱を担う。そして、いざという時に武によって敵を退けるのは平九郎の役目である。

七瀬は瞑目(めいもく)して、顎(あご)にちょんと指を添えた。策を練る時に決まって見せる癖である。暫しの後、すうと目が開いた。

「いいえ。少しでも数を減らすのを手伝う」

「いや、俺はめちゃくちゃ弱いし。十歳の子どもにも負ける自信がある」

「何の自信よ。最初からあんたの腕っ節に期待はしていないわよ」

七瀬は呆(あき)れ顔で言うと、自身の目を指差して続けた。

「追手の目を欺(あざむ)くの」

比奈を連れて江戸から逃げる。敵は追ってくる。この構図になるのは間違いない。敵は己たちが甲州に向かうとは知らない。そこで街道の分かれ道の度に、似た背格好、年頃の男女二人組を作って別の道を行かせるのである。すると後を追う敵はどちらが本物か判らず、二手に分かれる。

「これを五カ所に仕掛ける」

七瀬は白い手を開いた。この策が嵌(は)まれば、追手はずいぶん振り落とされることになるだろう。

「なるほど。その二人組を作るのが俺の役目か」

赤也は不敵な笑みを見せた。赤也の用いる技は化粧の域を超えている。様々な粉を練り合わせたもので、顔の骨格さえ変えて全く別人にしてしまう。
適当な男女に化粧を施せば、平九郎と比奈の偽者を作れるだろう。瓜二つにする必要はない。追手が目撃者に聞き込みを行った時、特徴が似ていればそちらも追わざるを得なくなるからだ。

「男女を五組雇うということか。それだと偽者が狙われるかもしれないぞ」

追手が偽者を捕えるだけならばまだよいが、追いつくなりその場で斬ろうとするかもしれない。そうなれば偽者を演じた罪も無い者が命を落とすことになる。

「それは――」

言い掛ける七瀬を、赤也がぴっと掌で制した。

「俺と七瀬でやる。そういうことだろう？」

七瀬はふっと頰を緩めて頷いた。

まず赤也と七瀬は、平九郎らよりも先に分かれ道の場所で待つ。そして偽者に扮して、本来行く道とは別の方に進んだという目撃者を残す。幾らか歩いたところで変装を解いて引き返し、さらに次の分岐点に先んじて同じことを繰り返すのだ。

「それでもお前らが危険に……」

「俺たちも、くらまし屋だ。それくらいの覚悟はある。まあ、上手くやるさ」

赤也はにかりと笑った。

「そういうこと。背格好はどうする？」

七瀬は訊いた。赤也は平九郎よりも四寸ほど身丈が低く、七瀬は比奈よりも二寸ほど高いのだ。

「問題ねえさ」

七瀬の二寸は恐らく誰も気にしない。自分が高下駄を履いて裾で隠せば、遠目には丁度、二人の背丈は平九郎と比奈のような釣り合いに見えるはずだ。

「それなら上手く行くかもな」

平九郎としては、同時に複数の者から襲われることを最も危惧していた。この策が上手く行けばその心配はだいぶ減らせるだろう。

「時を掛ければ、もう少しいい手も打てそうだけど……」

「ああ、早いほうがいい」

富蔵はまだ比奈が大丸にいることさえ摑んでいないかもしれない。それを察知していたとしても、裏稼業の者を雇うのに手間取っていることも有り得る。一刻も早く動く。それが何より上策である。

「何時？」

「明日の明け六つ（午前六時）前。俺は比奈を連れて出る」

平九郎は低く言った。火明かりで出来た三つの影が同時に大きく揺れた後、やがて蠟燭の火は一つ、また一つと吹き消されていった。

三

富蔵は店が開いている最中も落ち着かず、気がつけば爪を嚙み、足を揺すっている。手代の者が心配して声を掛けるのだが、

「何もない！」

と、苛立ちを隠さずに一喝するので、触らぬ神に祟りなしと、やがて誰も声を掛けなくなる。富蔵は店の中をうろつき、家に戻っては、訪ねて来た者はいないかと繰り返す。まだ利一の提案から半日である。流石に早すぎるとは思うのだが、やはり気が気ではない。いっそこちらから四三屋を訪ねようかと思った矢先、家に利一が来たというので、着物の裾をからげて大急ぎで戻った。

「判ったか」

自室に利一を招き入れるなり、富蔵は訊いた。

「半日で見つけたのです。褒められこそすれ、そのような剣幕とは」

利一は無表情である。ただ声色の中に怒りを感じ、富蔵は慌てて首を横に振る。

「なかなか落ち着かず……すまない」

「それほど危ない商いを？」

利一はこれまで、富蔵の裏の商いについては何も訊かなかった。踏み込んだのは、これが初めてのことである。富蔵が口籠ると、利一は薄く微笑んだ。

「まあ、別に何でもよいのです。落ち着いて下されば」

「わ、解った。それであの女は見つかったのか」

「はい。件の黒狗の玄九が」

日中、利一はここに来た足で玄九の元に向かい、比奈の居場所を捜すという依頼を出した。全てを聞き終えると、玄九は幾つかの疑問を投げかけた。人探しで最も大切なのは足を使うこと。だが、事前の推理によって範囲を絞れたり、ある程度の当たりを付けられたりするというのだ。地道に捜すが、決して無駄なことはしないというのが玄九の流儀らしい。これまでも玄九は、通常は見逃すようなほんの些細な情報から、人を探し出したこともあるという。

——二、三当てが出来ました。まずはそこからいきます。

そう言って、玄九はすぐに探索を始めた。これまで比奈がいた商家は全て越後屋傘下。それ以前の知人を頼ったのではないかと玄九は考えた。すでに比奈の父母は他界しており、親類縁者もいない。だが、比奈には年上の幼馴染のような存在がいることを、何人かに語っていたという。比奈の生まれた町で聞き込むと、古くから住む老人が、比奈のことを覚えていた。そして、その幼馴染のことも。さらに探索を進めると、まもなくその幼馴染の現在まで辿り着いた。

「これがなかなかの大物。高輪の禄兵衛の片腕で、陣吾と謂う者です」

「何だと……では、高輪の親分が裏切って……」

越後屋と禄兵衛は蜜月の関係にある。比奈の手助けをするということは、すなわち越後屋を裏切ったということではないか。

「いえ、その陣吾が勝手にやっているようです」

高輪に上津屋という旅籠がある。これは禄兵衛の本拠なのだが、表向きにはただの旅籠としかみえない。陣吾はそこの主人としての顔も持っている。

比奈が失踪した日、禄兵衛は深川に出て不在であった。翌日には陣吾が娘を連れていたという目撃者もいるので、どうも禄兵衛はこのことを知らぬらしい。少なくとも知らぬ振りをしているのは間違いない。

「なら、すぐに越後屋から親分に談判を――」

富蔵が言い掛けるのを、利一は掌で制す。

「出来ますか？」

「それは……」

それをするためには、主人に事情を打ち明けねばならない。あるいは適当な嘘を吐く必要があるが、あまりに危険が大きすぎる。

「恐らく、陣吾はそこまで考えて動いています」

「くそ……で、比奈は何処に」

「どうも、大丸が匿っているようです」

「最悪だ……」

富蔵は眩暈がして額を手で支えた。最も比奈と結びついて欲しくなかったのが、越後屋の商売敵である白木屋、大丸である。特に大丸は性質が悪い。奴らは初代の義商であれという遺訓を頑なに守っており、今回の件もあらゆる交渉を撥ね除けるだろう。

「ここからまだ二つ話があります。良い話と悪い話です。どちらからに致しましょうか？」

利一は尋ねた。今、続けて悪い話を聞いてはもう平静が保てない。富蔵は良い話の方を先にするように頼んだ。

「昼間、お話ししたように全て整いました。なかなかの手練れも雇えてございます」

利一は大車輪で動き、六十五人の手練れを雇い切った。さらに「甲」に分類される者の中でも、特に腕の立つ者を揃えられたという。

「お聞きになりますか？」

「頼む」

自らを安心させたい気持ちで、富蔵は頷いた。利一は一人ずつ、甲の者の名、如何に腕が立つかを端的に話していく。

一、鬼蜘蛛、阿比留蔵人。産は作州。執拗に標的を追い詰めることから、追跡者としては炙り屋に次いで恐れられている。これまでに少なくとも二十人は仕留めた。

二、影縫、れんふつ。どのように書くかも、産も不明。銑鋧と呼ばれる手裏剣術を用いて、十間（約一八メートル）離れたところから殺しを成し遂げたことあり。昨年、暗黒街に忽然と現れたことから、まだ殺しの実績は四人と乏しいものの、その実力は折り紙付き。

三、重剣、堂島重太郎。産は和州。元高取藩剣術指南役。かつては道場破りで名を馳せる。用心棒として百を超える案件をこなし、これまでに十二の暗殺をしてのけた。

四、風眼、多田十内。産は不明。阿久多が名を馳せる前、十年ほど前に活躍した振。二十を超える殺しに雇われる。二人の香具師の元締めが、互いに大量の裏稼業の者を雇って行われた抗争「生糸事件」で、七人の裏稼業の者を斬る。以後、江戸を出ていたものと思われるが、先月になって舞い戻る。

五、百式、樺嶋波門。産は不明。阿久多が振として動かなくなって以降、最強の振と呼ばれている。複数の剣術を修めているらしく、それを縒り合わせて我流を編み出す。これまでに三十の暗殺を行い、中には剣の達人が多数。

「如何？」

利一は語り終えると、片眉をくいと上げた。

「なかなか良さそうだ」

富蔵は思わずほくそ笑んだ。この華麗な裏の経歴を聞けば、素人の己でも一流だと判る者ばかりである。

「多田十内は儲けものです。私も戻ったと聞いて驚きましたから。乙、丙の者も決して弱い訳ではありません。実力は確かなれども、まだ駆け出しで数をこなしていないだけの者もいます」

「この者たちはすでに？」

富蔵は訊いた。大丸に向かったのか。と、いう意味である。

「はい。いつでも。早晩、大丸に動きがあるでしょう」

大丸がくらまし屋に依頼していない場合はその限りではない。が、それは有り得ないと利一は見ている。依頼が入った時、くらまし屋ならば、こちらの態勢が整うまでに動こうとするのも見抜いている。故に利一も一睡もせずに動いたという訳だ。

「こちらのほうが一手先をいっています。ご安心を」

利一は妖しい笑みを浮かべた。

「で、悪い方というのは？」

随分と心も落ち着き、富蔵は軽い調子で尋ねた。

「炙り屋は向こうに付いたようです」

「ひっ――」

富蔵は素っ頓狂な声を上げてしまった。心の臓が止まるかと思った。いや、実際に痛み、顔を顰めて胸に手を添える。

「そんな……」

「どうもこちらが炙り屋に依頼しようとするのを見越し、先んじて雇ったと思われます。大丸にもなかなかの切れ者がいるようです」

「狙いは……」

「当然、富蔵さんでしょう」

利一はにんまりと口角を上げる。

「どうにかしてくれ！」

「それが困ったことに、追う方に人を集めすぎたせいで、手練れが残ってはいないのです」

「ならば、すぐに半分を割いてくれ。鬼蜘蛛でも、重剣でも、百式でも誰でもいい！」

「富蔵さん、あなたは裏の者を解っていない」

利一は細い眉を垂らし、流暢に舌を動かし始めた。

「依頼とその対価を見て、彼らは請けるか否かを決める。今回、彼らは比奈の殺しを請けた訳で、富蔵さんの護衛を請けた訳ではない。こちらに回すとなれば、金は返って来ないどころか、また別に掛かりがかさむことになりますよ。しかも請けるという保証は無い」

「金は……」

富蔵は喉を動かした。金はまだ作れる。が、すでに千両を使ってしまい、今は手許にないのだ。

「相手は炙り屋です。半端な者ではそもそも相手にならぬでしょう」

「何か方法は……何かないか」

富蔵は縋るように哀願した。

「一つだけ」

利一は指をぴょんと一本立てた。

「教えてくれ」

「富蔵さんの商い。人買いでしょう?」

「な、何故それを……」

「見当が付きます。木場から人を流しているのでは?」

利一は訊くが、富蔵はぐっと口を結ぶ。

「いや、まあ答えないならば結構。御自分で何とかして下さい」

利一が腰を浮かせようとしたので、富蔵は意を決して低く吐露した。

「そうだ。人を売っている」

「やはり。虚ですな」

「その名も知っているのか……」

「四三屋の利一を舐めないで頂けますか？」

この若造のどこにそのような胆力が眠っているのか。利一の笑みが、一層不気味に見えた。

「で、どうすれば」

「素直に打ち明けるのです」

「えっ――」

意外過ぎる提案に、富蔵はもう声も出なかった。

「富蔵さんにも確かに抜かりはあったでしょうが、この件に関しては、探り当てた伊八郎が特に優れていただけとも言えます。そのあたりは事情を汲んでくれるでしょう」

茫然とする富蔵に向け、利一は理路整然と言葉を紡いだ。

「かの者たちも、このようなことで露見するのは望んでいないはず。恐らく力を貸してくれるのではないでしょうか」

「恐らく……か」

富蔵は何とか絞り出した。確かに利一の言うことには一理ある。が、それに賭けてよいものかという疑念が頭の中を巡る。

「世に確かなことなど無い」

利一は、ひやりとするほど冷たく言い放ち、

「富蔵さんほどの人ならば、それは重々承知のはずでは？」

と、一転して柔らかな口調で続けた。

「確かに」

ここのところ恐れる余り、些か目が曇っていたらしい。確実な商いなどは存在しない。富蔵も若い頃には、伸るか反るかの勝負をしたことは何度もある。そしてそれに勝って来たからこそ、今の地位を築いたのだ。

「よし。解った」

「流石です」

富蔵が顔を引き締めると、利一は微笑みながら頷く。

「だが、奴らの中に、炙り屋に勝てるほど腕の立つ者はいるのか。いないのならば、端から利は無い」

「その点はご心配なく。虚には、阿久多がいます」

「前の最強の振か。奴らの中にいたとはな」

「他にも手練れが幾人かいるようです。阿久多でなくとも、必ずや誰かを送ってくるでしょう」

「よく知っているな。まさかあんたも……」

富蔵が言い終わるより早く、利一は手を顔の前で振った。

「違いますよ。私は気儘でいたいのです。誰かに従うなど真っ平ごめんです。ただ面白い連中だとは思っています」

蛇の道は蛇というべきか、利一は裏のことに自分が思っていた以上に深く通じている。しかもこの若さで。末恐ろしく感じるが、今はそれが頼りに思えて来る。

「解った。今より繋いで話す」

「動くとなれば早い。それも流石です」

利一は感心したように目を細めて褒める。

ここまでは全て順調だったが、伊八郎という蟻の一穴が全てを狂わせ始めている。腸が煮えくり返っているが、利一の言う通り、今ならばまだ間に合う。富蔵は丹田に力を籠めて深く頷いた。

第六章　比奈の旅立ち

一

三人で打ち合わせたその後、子の刻（午前零時）に七瀬と赤也は先んじて江戸を出た。江戸と甲府を結ぶ甲州街道、九番目の宿場である府中宿で待つ。府中宿は国分寺に到る東山道武蔵路、鎌倉に到る鎌倉街道上道が交わっているからである。打ち合わせた通り、別の道に向かったかもしれないと追っ手に思わせるための偽装をするのだ。急遽、七瀬を駆り出すことになってしまい、波積屋にも迷惑を掛けることを、打ち合わせの後に茂吉に詫びた。

「心配ないよ。お春がしっかりしているからね」

茂吉はそう言って快く応じてくれた。

二人を見送った後、平九郎は大伝馬町三丁目にある大丸に向かった。

天下の富商の本店のある立地だけに、早朝にもかかわらず、すでに店前の往来に人通りは多かった。店の周りを念入りに見て回ったものの、様子を窺っているような怪しい者はいない。富蔵は比奈が大丸に匿われていることをまだ突き止めていないのかもしれない。とすると、迅速に動いたことは功を奏したということになる。

大丸の店に入ると、平九郎は手代に「藤波喜八郎」と、数ある偽名の一つを名乗った。正二郎にはこの名で訪ねることを伝えている。

「お越し下さいましたか」

昨日も通された奥の部屋で正二郎は待っていた。

「決まりましたか……?」

正二郎の傍らに座る比奈は恐る恐る訊いた。

「ああ」

「何時でしょう」

「今からだ」

「え……」

比奈は吃驚に声を詰まらせるが、流石に正二郎は落ち着き払って尋ねた。

「越後屋に露見しましたか?」

「いや、恐らくまだだ」

店の周囲には、それらしい者の姿は見えなかったこと。だが富蔵はもう裏の者に依頼しているであろうから、こうしている間にも居所が知れてもおかしくないこと。短い時の中で打てるだけの手は打ったので、今すぐ出立したい旨を語った。

「解りました。すでにいつでも出られるように支度はしていました。あとは比奈の心構えのみ」

正二郎はそう言って、比奈の顔を見やった。すでに覚悟は決めたとはいえ、いざ外に踏み出すとなれば恐ろしさもあるだろう。比奈はぎゅっと拳を握り、唇を内側に巻き込んだ。

「はい。行きます」

「よし」

正二郎は凛と頷くと、小ぶりな巾着を比奈に手渡した。比奈の手が覚えず下がった様子から、小さくともかなりの重さであるのは間違いない。

「下村様……頂けません……」

比奈は首を横にぶんぶんと振った。

「あって困るもんじゃあない。それに金は持ち運びに便利だ」

正二郎はさらりと言ってのけ、比奈の両手を握り込むようにし、

「活き金を使わせてくれて、こちらこそ感謝しているよ」

と、続けた。

比奈は声を潤ませつつ答えた。

「本当に何とお礼を言ってよいか……」

「いいから。達者でやるんだよ」

正二郎は優しく語り掛け、比奈は力強く頷いた。

「行くぞ」

入り口まで見送り、深々と頭を下げる正二郎を残し、平九郎は菅笠を深くかぶり、比奈と共に店を出た。冬の早朝はまだ日が昇っておらず、辺りは薄暗く、吹き抜ける風が頬に冷たい。

「まず少しでも離れる」

平九郎は足を速める。とはいえ、比奈の歩度に合わせねばならない。くらまし屋に協力する村は、日本橋から数えて三十五番目の宿場である勝沼宿から山道に入っていく。

先はまだまだ長いのである。いざという局面に備え、足を温存させることも考えねばならない。

「む……」

平九郎はちらりと目だけを巡らせる。

比奈が心配げな声で尋ねる。

「何か」

「いや」

視線を感じた気がした。時を追うごとに人の往来が増えている。道具を担いだ大工風、物を売る棒手振り、店先を掃く丁稚、青菜売りに声をかける年増たちと、訝しい者は見当たらない。

少なくとも武術に心得のあるような者が交っていないのは確か。幾ら装おうとも足取り、振舞いなどに微妙に違和感が出るものである。臆病なくらいで丁度よい。この先は特に。平九郎は自らに言い聞かせ、さらに神経を研ぎ澄ましつつ先を急いだ。

二

内藤新宿、下高井戸宿と上高井戸宿を抜け、布田五宿へと差し掛かった。布田五宿とは、国領宿、下布田宿、上布田宿、下石原宿、上石原宿の連なる五つのことだが、それぞれが甲州街道の中でも規模が小さいため、総称としてそのように呼ばれるのだ。

五つの宿場には本陣、脇本陣はなく、旅籠(はたご)も合わせて九軒のみである。

「行けるか」

平九郎は菅笠の中から周囲を見渡しつつ、横を行く比奈に尋ねた。

ここまで約一刻半(約三時間)。一時も休まず歩き詰めに歩いてきた。そろそろ休みたくなる頃合であろうし、腹もいくらか空いただろう。比奈の頬(ほお)がほんのり赤く染まっている。

「悪いがゆっくり飯を食っている暇がない」

まだ富蔵方に気付かれていないならば、このまま何事もなく村まで辿(たど)り着けるかもしれない。いざという時には何としても比奈を守り抜く覚悟であるが、刀を抜かずに済むならばそれに越したことはない。

「解っています」

「歩きながらになる」

平九郎は上石原宿の掛け茶屋で握り飯を頼んだ。食える時に食っておくのも大切なことである。

「これを使え」

平九郎は、比奈に小さな巾着を手渡した。

「しかし……」

「路銀のうちと思え。道中の支払いはお前に任せる」

別に優しさという訳ではない。裏の刺客ならば、人でごった返している宿場であろうが、白昼であろうが、こちらが油断していると見れば大胆に襲い掛かって来る場合もある。銭を取り出す束の間さえ隙になり得るのだ。

竹皮に包まれた握り飯を受け取り、途中で使った竹筒にも再び水を満たして貰うと、二人は宿場を後にした。

上石原宿を出て暫く行くと、人通りも疎らになっていく。見通しの良い冬枯れの田園風景が続くようになったところで、平九郎は道の端に寄って立ちどまり、竹皮を広げ、梅干し入りの握り飯を取り出した。

「比奈、食うならばここだ」

人通りが多ければ変装した刺客に注意を払わねばならないし、山道も待ち伏せを警戒せねばならない。平九郎は比奈にひとつ取らせると、自分もさっさと握り飯を頬張り、水で一気に腹へと流し込んだ。

「本当に用心深いのですね」

比奈は平九郎の徹底ぶりに改めて驚嘆したようである。

「臆病なだけだ」

「大切な人がいるからですか？」

ふいに比奈は尋ねた。

「何故、そう思う」

「何となく。私にはそんな人がいないから……」

今や比奈は天涯孤独。懸命に勤めてきた越後屋での働きも無になってしまった。この二、三日はただ死への恐怖から逃れようとしてきたが、今になって己の一生に意味を見出せなくなっているのかもしれない。

「いるさ。陣吾は来ていたぞ」

「え……」

大丸に繋いだ日から、陣吾と比奈は会ってはいなかった。無用に出入りして、比奈の居所を嗅ぎつけられてもいけないと考えたらしい。だが比奈は出来るならば、江戸を発つ前に陣吾に会って改めて礼を言いたいと話していたのだ。

――確約は出来ない。

平九郎は比奈にそう言っていた。一刻を争う事態にも成り得ると考えていたし、陣吾としても親分の禄兵衛が越後屋と懇意にしている以上、堂々と動きにくいということもある。それに何より、陣吾が比奈に会おうとするとは思えなかった。

それでも昨夜、三人で打ち合わせた後、平九郎は陣吾に伝えるだけは伝えようとした。ただ、平九郎は禄兵衛とも面識があるし、遅くに上津屋を訪ねれば、陣吾が怪しまれることになるかもしれない。

そこで赤也が代わりに伝えに走ってくれた。深夜に発たねばならぬ赤也はほとんど眠れぬことになってしまうが、それでも赤也は、

「別に俺は荒事はやらねえし一晩くらい平気さ。まあ、陣吾にも思うところがあるだろうしな」

と、自らの顔に化粧を施しながら、にかりと笑って引き受けた。かつて共に生きようとした女、夕希とのけじめをつけた赤也である。陣吾に重ねるものがあったのだろう。

赤也は陣吾に面会して、事態がのっぴきならぬこと、明日の早朝に急遽発つことを伝えた。陣吾は多くを語らず、解った、よろしく頼むとだけ答えたという。

そして大丸から比奈を連れて出た時、猫道からこちらを窺う陣吾の姿を平九郎は見た。

――よいのか。

と、平九郎は目で問うたが、陣吾は頷くのみで決して近付いて来ようとはしなかった。

「そんな……」

比奈は酷く狼狽しながら、何故教えてくれなかったのかと詰め寄って来た。

「それが陣吾の出した答えだ」

陣吾には様々な思いがあろうが、やはり己のようなやくざ者はあまり関わらぬほうがよい。比奈には一時も早く江戸を離れ、無事に暮らして欲しい。そのようなところであろう。

「陣吾さんは……何かよからぬことを?」

比奈も何か察するところがあったのだろうか、上目遣いに尋ねた。

「上津屋の主人。俺はそうだと聞いている」

「そうですか……」

「お前には幸せになって欲しいと思っているはずだ。だからこそ必ず守り抜く」

言葉に熱が籠ってしまった。比奈もこれは意外だったようで、つぶらな瞳を見開いて少し驚いたような顔を見せたが、口を結んで力強く頷いた。

陣吾が比奈に抱いていた情は、男女のそれだったのか。

少し違うような気がする。恐らく比奈は、陣吾がまだ表の道を歩いていた時の、唯一の名残(なごり)だったのではないか。冷たい凩(こがらし)にさざめく枯れた木々を見つめながら、平九郎はそのようなことをふと考えた。

三

陽(ひ)は中天に差し掛かっているにもかかわらず、吐く息はなおも白い。今年はかなりの厳冬になるだろうと思われていたが、今日は一段と寒い。西にはどんよりとした鉛(なまり)色の雲が広がっており、山間(やまあい)では雪が降っていてもおかしくはなかった。

──来ていないか。

平九郎は常に背後に迫る者はいないかと気を配っている。三十間（約五四メートル）ほどの距離ならば必ず気付ける自信がある。それ以上に間をあけられると厳しいと言わざるを得ないが、追跡する側も並大抵ではない技量を要する。それほどの男を炙(あぶ)り屋、迅十郎(じんじゅうろう)以外に平九郎は知らない。その迅十郎が此度(こたび)は敵側にいないのは正直ありがたかった。その迅十郎も自らの勤めを成すため、虎視眈々(こしたんたん)と牙を磨(みが)いていることだろう。

「間もなく府中だ」

「はい」

平九郎が言うと、比奈は頷いた。江戸を出た時は緊張に頬を引きつらせていたが、ここまで何も起きなかったこともあり、声に朗らかさが出始めている。

比奈は気付いていないだろうが、平九郎は穏やかな口振りのまま、この瞬間に殺気を滾(たぎ)らせた。道中初めてはっきりと背後を振り返りながら。

府中宿では赤也らが追手を攪乱(かくらん)する段取りである。後ろにぴたりと付かれていては偽装も通じない。追手の姿はないが、万が一に備えてのことである。優秀な追手であればあるほど、殺気を感じ取ってさらに距離を取るだろう。そのようなことは露知らず、比奈は宿場に入ったところで大きく左右を見渡しながら嘆息を漏らした。

「ここが……」

「ああ、府中だ」

日本橋から数えて九つ目の宿場で、長さは東西十一町を超える。本陣だけでなく、脇本陣も二つあり、旅籠の数も三十に迫るほど。布田五宿とは比べものにならぬ規模である。

道の両側には、饂飩(うどん)、水団(すいとん)、焼き魚や、甘味などを食べさせる店のほか、掛け茶屋も乱立している。あちらこちらから香ばしい匂いや、何かを茹(ゆ)でる湯気が立ち上っており、店先に立って人を呼び込む声も囂しい。

日ノ本一賑やかな江戸に暮らしていたのだから、比奈にとっては然程珍しいとは思えないが、それでも宿場特有の活気には心が動くらしい。

宿場町を進む中、こちらに視線を送っている男女二人組がいる。武士に扮して二刀を腰に差した赤也、そして七瀬である。平九郎は指を額に、次に右頬に当てた。

——ここまで襲撃は無い。追手もいないと思われる。

と、いう意味である。指す位置、順番によって、言葉を交わさずとも簡単なやりとりが出来るように事前に手振りを決めている。

七瀬が頷き、赤也と共に少し先に歩き始める。そして呼び込みをしている女に何か話し掛けた。

——これから鎌倉へ向かうのですが、道はどちらに？

などと敢えて道を尋ねることで、男女の二人連れを見た者を残すためである。比奈は赤也らの存在にも気付いておらず、宿場の喧騒に目を奪われている。

赤也らは女との会話を切り上げると、再び歩を進め出した。向かう先は鎌倉街道上道である。

赤也が軽く振り返って頷くのを見届け、平九郎らは分岐を甲州街道へと進んだ。この後、赤也らはすぐに変装を解いて府中に戻る。そして若干足を緩めた己たちを次の日野宿までに追い越し、さらに次の八王子宿で同じことを日光脇往還に向けて行う。ここまでは何もかもが順調である。が、順調であればあるほど、平九郎は気を引き締める。このような時にこそ後に大きな困難が迫ることを、これまでの勤めから学んでいるためである。平九郎は改めて首だけで背後を一瞥し、追尾者がいないことを確かめた。

四

玄九は伊予今治の出である。寛永十二年（一六三五）に封じられてからというもの、今治の領主はずっと久松松平家。玄九はその久松松平家の足軽の家に生を享けた。

足軽というのは、

――武士であって武士ではない。

少なくとも当時の松平家での扱いはそのようなものである。

窮屈な城勤めの中で、上士から侮られる下士はその鬱憤を足軽に向ける。また、士分としては最下層ながら松平家入封以前からの豪農の流れを汲む郷士たちは、松平家直臣である足軽の貧しさを蔑んでいた。

玄九が齢十一の頃、父が下士を斬るという事件が起きた。日頃から父が勤めの仲間うちでまともに扱われていないことは、玄九も薄々は解っていた。父が顔を腫らして帰ってきたことは、一度や二度ではなかったからだ。後に判ったことであるが、その日の苛めは特に酷く、下士から四人掛かりで殴る蹴るの仕打ちを受けたという。ある下士の勤めに遺漏のあったことが家老に露見したのだが、それを玄九の父が密告したものと勘違いしたらしい。全員がしこたま酒を呑んでいたこともあり、歯止めが利かず、暴行は半刻（約一時間）に亘った。

——このままでは殺される。

玄九の父は初めてその恐怖を感じ、思わず痩せ刀を抜いて振り回した。殺すつもりはなく、これで酔いが醒めてくれればという程度だった。だが運悪くというか、下士が思いのほかだらしなかったというか、鋩が首を掠めた。酒が回っていたこともあり、夥しい血が噴き出し、下士はそのまま絶命してしまったのだ。他の下士三人は日頃の威勢はどこへいったか、脱兎の如く逃げ出し、茫然となった玄九の父が現場に取り残された。

父は母と玄九にことの次第を全て告げ、己は何も悪くないと訴えた。だがその翌朝、父は捕縛された。

「父上は悪くない！」

少年の玄九は何度もそう訴えた。残る三人の下士、他にも町人で見ていた者はいたのだ。彼らの証言があれば、父も罪を負うことになるが、死罪だけは免れただろう。だが下士たちは、玄九の父が突然錯乱して斬り掛かって来たと訴えた。さらに居合わせた町人も金を摑まされたか、あるいは脅されたか口裏を合わせたのだ。それでも、真実はやがて明らかになると玄九は信じていたし、自らが動いて他に目撃者がいないか調べる気でもあった。だがそれは叶うことはなかった。

父は碌な調べもされないまま、僅か六日後には斬首に処された。足軽ということで、切腹すら許されなかったのだ。捕まって家を出ていく姿が、玄九の見た最後の父となった。

玄九の家は改易され、跡を継ぐことは許されなかった。母と共に親類の郷士の家に身を寄せた。その家の者たちは父が錯乱の末に刃傷沙汰に及んだということを信じており、母子の扱いは決してよいものではなかった。挙句の果てには母さえも、実は父は嘘を吐いていたのではないかと疑うようになった。玄九はそのようなことはないとその度に訴えたものの、母は半信半疑のまま、二年後に病で死んだ。

父も母も、もうこの世にいないのだ。玄九には何も将来は見えなかった。

——ここにいるならば野垂れ死にしてでも出たほうがまし。

と、決意して十三歳の春に親戚のもとを出奔した。そして単身、物乞いのようなことをしたり、時には盗みを働いたりしつつ江戸を目指した。

玄九は美濃垂井宿に差し掛かった時、宿場一の商家に盗みに入ろうとした。計画などは無い。こっそり入り、金目の物を盗む。これまでもそれで幾度かうまくいったのだ。塀をよじ登っている最中、近くに人の気配を感じた。こちらに近付いて来る跫音も聞こえる。咄嗟に玄九は捕方だと思った。とはいえ、退くに退けぬ。中に飛び込んで、脱出の機会を窺うしかない。そう思って手に力を籠め、塀を登り切ろうとした時、

「待て。捕まってしまうぞ」

と、ぐっと足を摑まれて地に引きずりおろされた。

それこそが鰄党八番組頭、朱江との出逢いであった。朱江たちも、この夜、同じ商家に盗みに入るつもりだった。そして、たまたま玄九を見かけたという訳だ。制止した理由はすぐに判った。

「眠って貰わねばな」

と、朱江は袋から丸いものを取り出し、塀の向こう側に十個ほど投げ込んだ。これは眠り薬を仕込んだ団子であった。朱江は下調べをする「嘗役」という者を潜入させ、

この商家が用心深く番犬を三匹飼っていることを突き止めていた。ひと月以上掛けて念入りに計画を練っていたのに、素人に毛の生えたような己に邪魔をされそうになったから止めたという。

鰄党は無類の残忍さで知られ、人を殺すことを何とも思わぬ盗賊集団であるが、朱江率いる八番組だけは異質であった。朱江は元々医者で、脅されて鰄党に入った経緯があり、人を傷つけることを酷く嫌っていたのだ。その夜、玄九は朱江らと共に盗みに入った。

「今のような盗みをしていては、いつ捕まってもおかしくない」

朱江は玄九を窘めた。が、玄九とて職も、金も、身寄りも無い。盗みを止める訳にはいかない。朱江に鰄党に入れて欲しいと懇願した。朱江は今ならばまだ堅気に戻れるという理由で、本当は己を加入させたくはなかったらしい。ただ鰄党は目撃者を生かしてはならぬという鉄の掟がある。玄九を見逃したことが上に知られれば、朱江だけでなく八番組の他の者も殺されるかもしれない。朱江は渋々了承し、玄九は鰄党に入ることとなったのである。

玄九は八番組の嘗役となった。どうも己に向いていたらしい。

「お主には独自の嗅覚がある」

一年も経たない頃、朱江が舌を巻いていたのを覚えている。玄九は探索、潜入の才を発揮して八番組に貢献した。だがそれから三年ほど経った後、鯱党が壊滅した。頭、副頭が立て続けに何者かに討たれたのだ。

鯱党の十人の組頭はそれぞれ別の道を歩んだ。自分の組を率いて新たな盗賊団を結成する者、堅気に戻る者、行方知れずとなった者もいる。その中で、朱江だけは全く別の道を選んだ。奉行所に自らが鯱党の八番組頭であると名乗り出たのである。潔く罪を認めたこと、鯱党の内情を知る限り語ったことが酌量され、死罪は免れ、朱江は島流しとなった。この時、朱江と共に奉行所に出頭した者が幾人かいる。玄九もまたその一人であった。様々な理由があるが、最も大きかったのは恩人であり、尊敬する朱江と共に罪を償いたいという思いであった。

鯱党の他の組が多くの人を殺しているのに対し、八番組は不殺を貫いた。それでいて成果はあげている。取り調べの中で、玄九という優れた嘗役あっての働きだったことが知れ、奉行所は玄九にとある提案を持ちかけた。

——目明しとして罪を償わぬか。

と、いうもの。目明しとは、奉行所の手先となり、盗賊や火付けを追う者である。裏の道に通じていることから、元盗賊が務めることも多かったのだ。朱江も望んでいると伝えられ、玄九は心を決めた。

目明しとなった玄九の活躍も目覚ましかった。多くの盗賊の消息を摑み、壊滅に追い込んだことは一度や二度ではない。かつての仲間であろうが容赦することはなく、玄九が見つけたことによって捕らえられた賊の数は実に百を数える。

だが玄九を目明しとして使っていた与力が病で死んだ。家督を継いだ息子は養生所見廻りに就いており、玄九を必要としなかった。すでに十分に罪を償ったとのことで、このまま別の者に付いて目明しを続けてもよいし、他の職に就いてもよいと奉行所からも沙汰があった。玄九は慇懃に礼を述べて目明しを辞した。

どこかに奉公に出るか、僅かながら蓄えも出来ていたので小さな店を開くことも考えた。だが玄九は、人、物、家、どんなものでも、

——必ず捜し出す。

という触れ込みで、今の勤めを始めたのである。

己にこの才があるということ。そして真実を明らかにして貰えず、死んでしまった父のことがずっと心に残っていたということも影響しているだろう。

玄九は貪欲に仕事を請け、その全てを成功させていった。次第に玄九の噂は裏稼業の者たちの間でも轟くようになり、地黒であることに加え、どんな小さな手がかりか

らでも嗅ぎつけることから、「黒狗」と呼ばれるようになっていった。

そんな玄九のもとに、四三屋(よみや)の利一(りいち)から仕事が持ちかけられたのは、昨日のまだ日が高いうちのことである。これまで四三屋の仕事は何度か請けたが、それは利一の父の坊次郎(ぼうじろう)からのもの。利一からの依頼はこれが初めてであった。

「比奈という女です」

利一は標的を告げた。利一は仲介人に過ぎないため、真の依頼人は判らない。ただ話の流れから察するに、比奈が勤めていた越後屋の誰かであろうことは感じた。

理由は何だ。真っ先に考えられるのは店の金の持ち逃げだが、己を使うあたり切羽詰まった何かを感じぬでもない。

それらを探ることも出来る。だが玄九は別にそのようなことをするつもりはない。この商売を続ける限り、余計な詮索などすべきではないのだ。

「じゃあ、すぐに」

玄九の動きは早い。たちまち比奈という女について調べ上げた。両親はすでに他界し、兄弟はおらず、付き合いのある親類もいないらしい。

比奈は奉公してからは、とにかく懸命に働いていたらしく、親しくしている者も出て来ない。唯一、比奈が住んでいた長屋界隈で聞き込みをした時に、近所に住んでいた十ばかり年上の男と今も行き来があるという話が出た。些か線は薄いと思いつつも、その男の消息を知らぬかと尋ねた。すると、とある旅籠に奉公していると知っていた者がいたのである。その旅籠の名を聞いた時、

――これは厄介なところが絡んでいるんじゃあないか。

と、内心で舌打ちをした。

その旅籠の名は上津屋。これが高輪の禄兵衛という香具師の大親分の本拠だと知っていたのだ。

しかも比奈の幼馴染の名は陣吾。この名にも玄九は聞き覚えがあった。夜討ちの陣吾の異名をとる禄兵衛の右腕と同名なのだ。

――やはりな。

上津屋まで行き、玄九は確かめた。表向きは旅籠の主人である陣吾と、比奈の幼馴染として時折姿を見せる男は、風貌からして同一人物。比奈が陣吾の裏の顔を知っているか、知らないかはともかく、ここを頼ったのだと玄九は踏んだ。着のみ着のままで逃げた、堅気の女であるはずの比奈の足取りが全く摑めないのが、それを物語っている。

そこで一つの疑問が浮かんだ。陣吾の親分である高輪の禄兵衛と越後屋とは、極めて懇意な間柄である。にもかかわらず、比奈の居所が伝えられていない以上、禄兵衛に何らかの思惑（おもわく）があって離反したか、

――陣吾が独断で動いている。

のどちらかではないか。玄九は後者であると見立てた。となると、すでに上津屋に比奈はおらず、陣吾が何処（どこ）かに連れ出して匿（かくま）っていると見る方が自然である。

人々は玄九の勘働きが凄（すさ）まじいと思っている。それも間違いではないが、玄九の本領は、

――足で稼ぐ。

ことである。ひたすらに上津屋近辺で聞き込みを行った。百人に訊いて足りぬならば、千人。千人でも結果が出ないならば万人にも聞き込む覚悟である。大抵の場合、百人も聞き込めば何かしら判る。だが、今回は幸運にも早く、十五人目にして耳寄りな話が出た。早朝から仕事に行く大工が、比奈が失踪した翌朝、女と共に歩いている上津屋の主人を見たと話したのだ。

向かった先に沿って聞き込みを続けると、さらに目撃した者が幾人か出た。人は生きている以上は何らかの痕跡を残す。完全に姿を晦（くら）ませるなどは出来ないのである。

「へえ……随分と厄介そうな話だ」

玄九は遂に陣吾が入った場所を突き止めると独り言ちた。その場所というのが、越後屋と並ぶ富商、大丸だったのである。どうも比奈という女は、金を持ち逃げしたなどという単純な理由で逃げている訳ではないらしい。玄九がここまでのことをまず報告すると利一は、

「なるほど。この先も比奈はどこかに逃げるでしょう。追って頂けませんか？」

と、頼んで来た。己の仕事は、

――比奈の居場所を突き止める。

というものである。これは追加の依頼だと考えればよい。最初は気軽に引き受けた玄九だが、この時ばかりは、

「どうでしょうね」

と、濁した。正直なところ気乗りしなかったのだ。取り巻く状況が詳らかになってきたこと。加えて女一人に対して異常なほどの執着である。これ以上、深入りすれば面倒なことになりそうだと思ったのだ。

玄九が断ろうとしていることを鋭敏に察し、利一は畳みかけるように続けた。

「十中八九、くらまし屋が出てきます」

「なるほど……」

四年ほど前、暗黒街に突然現れた。金さえ払えば、どんな者でも晦ませるという人物である。これまで一度たりともしくじったことはなく、今では多くの裏稼業の者の中でも、一、二を争うほどの大きな名となっていた。

玄九は別にくらまし屋に何の恨みも無い。だが己が請ける依頼の性質上、いつかは対峙(たいじ)するだろうとは思っていた。くらまし屋の名を聞いて、玄九の中に沸々(ふつふつ)と沸き上がる感情があった。

「如何(いかが)です？」

利一は再び訊いた。朱江に救われ、見出され、一度は己を真っ当な道に戻してくれたこの才を試してみたい。玄九は己の内なる感情に逆らわなかった。

「やってみましょうか」

玄九が引き受けると、利一は満足そうに頷いた。

こうして玄九は大丸を見張った。近くの商家の隠し二階を金で借り上げた。

比奈が出てくれば、四三屋で待つ利一にそれを伝える段取りになっている。己はそのまま尾行するため、利一に頼んで三人ほど借りた。いずれも一応は裏稼業の者だが、やくざ者崩れの使い走りにしか役立たぬ連中である。三人は交代で詰める予定で、玄

九だけは常に大丸を見張る。隠し戸の僅かな隙間から、一瞬たりも逃さぬように外を見続けているので、

「凄え執念だな」

と、使い走りたちも舌を巻いた。

「仕事だからな」

と、玄九は適当に答えたが、内心では、

——だから二流にもなれねえのさ。

と、苦笑していた。

見張りはじめて数刻。師走（十二月）二十三日の早朝のことである。一人の男が大丸の店に近付いて来た。まだほの暗い町に溶け込んではいるが、玄九は一目見て、

——くらまし屋だ。

と、感じた。多くの者を見てきたからこそ、男の尋常ならざる雰囲気を感じた。男は首を振る訳ではなく目だけで周囲を窺っている。

「危ねえ……」

玄九はさっと身を引いた。あと少し遅ければ、己と目があっていたことだろう。使い走りが呑気に眠っている中、玄九は息を止めて再びそっと外を覗いた。男は大丸に

入っていくところであった。

それから四半刻（約三十分）足らず。先ほどの男と女が出て来た。依頼を請ける際に聞いていた相貌からして比奈だと察した。

「おい」

使い走りの男を起こした。事態が呑み込めていないようで、男は眼を擦っていたが、玄九は続けた。

「女が出た。くらまし屋と思しき男と一緒だ。利一に伝えてくれ。俺はこのまま尾ける」

玄九は男と共に商家を出た。男が利一に伝えに戻るまで四半刻は掛かる。その間、玄九は二人を追うため、向かう先を知らせることは出来ない。が、利一は何故かこの途中経過の報告を必ず入れるように念を入れていた。

――こりゃあ、半町（約五五メートル）はあけないと気付かれるぞ。

玄九は改めて気を引き締めつつ細く息を吐いた。一応、足軽の家の生まれではあるが、貧しさ故、道場に通うこともなかったため、玄九に武術の心得は無い。それでも長年、盗賊、目明し、そしてこの稼業をして培った勘働きがある。その己の勘がそう告げている。かつてこれほどまでに油断ならぬ標的はいなかった。くらまし屋の名は伊達ではないということだ。

玄九は距離を取りつつ、慎重に二人を追った。

――内藤新宿に向かっているか。

となると甲州街道が臭いが、途中で分かれ道があるため確かではない。二人の行き着く先まで執拗に突き止めるつもりである。さらに暫く進んだところで、

「玄九」

と、声を掛けられた。くらまし屋の警戒は強く、そちらに集中して周囲に気を配る余裕は一切ない。故に心の臓が飛び出るほど驚いた。

「あっ……」

顔見知りの役人で、名を篠崎瀬兵衛と謂う。道中奉行配下の同心を務めており、かつて幾つもの難事件を解決に導いたことから「路狼」の異名で呼ばれた。玄九も目明し時代に何度か世話になったことがあり、今の稼業になってからも幾度か顔を合わせていた。

「誰かを追っているのか？」

瀬兵衛はふいに訊いた。

――この人も尋常ではないな。

玄九は内心で舌を巻いた。気取られないようにしたつもりである。だが一瞬、追っている比奈の方に目を走らせた。それを瀬兵衛は見逃さなかったのだ。

最近は昔とは打って変わって役目をほどほどにこなすことから、昼行燈などと揶揄されているが、玄九はこの男は一切鈍っていないと思っている。

「ええ、まあ」

下手に嘘を吐いたところで、この男には見破られる。己が「失せもの探し」を稼業にしていることは瀬兵衛も知っているのだ。ならば正直に話したほうが良いと考えた。

「精が出るな。邪魔をしても悪いし、誰を追っているかも訊かぬ。だが一つ……悪人に与してはおらぬだろうな」

瀬兵衛の声色が低くなり、目の奥がきらりと光ったような気がした。

「はい」

「ならば良い。それにしても偉く気を尖らせていたな」

瀬兵衛は手庇をしながら、己が向かうはずだった先を見つめた。標的と思しき者が見えない。つまり己が相当に距離をあけて尾行していることにも気付いたらしい。

「手強い相手ですので」

「くらまし屋か？」

玄九はえっと声が出そうになるのを懸命に堪えた。

「ああ、聞いたことがあります……篠崎様はご存じで？」

「まあな。あれは並の者ではない。関わらぬほうが良い」

「肝に銘じます」

「足を止めさせてしまったな。間に合うか？」

「ありがとうございます。では」

玄九は会釈をして瀬兵衛と別れた。

――いよいよ大変な奴だ。

口振りから察するに、瀬兵衛はくらまし屋と相対したことがある。その上でくらまし屋が今なお蠢いているということは、あの「路狼」を振り切ったのだ。いよいよ並の裏稼業の者とは思わぬほうがよい。玄九は足早に元の距離にまで戻ると、一層神経を研ぎ澄ませて二人を追尾した。

五

府中宿に入る手前、玄九は背筋に悪寒が走った。くらまし屋の警戒がさらに強まったのだ。ここに来て初めてはっきり振り返り、後方に目を走らせた。視線の強さは殺気といっても過言ではない。

これはどういった訳かと訝しんだが、考える暇は無く、さらに距離を取るしかなかった。

「くそ……どういうことだ」

玄九は零した。くらまし屋から離れたことで、今一つの違和感に気付いた。どうも己以外に尾行している者がいるのだ。くらまし屋を追いつつ、背後に気を配るなどだい無理である。故に瀬兵衛にも声を掛けられてしまった。

府中宿の手前でくらまし屋が異様な雰囲気を醸し出し、己が尾行されているという異常な状況。玄九は困惑しつつ府中宿に足を踏み入れた。

これまでの宿場に比べ、圧倒的に人の数が多い。くらまし屋を追うのも難しい。が、後ろの者たちのことは薄らと解ってきた。

初めは尾行しているのは瀬兵衛ではないかと考えた。己でも気付かぬほどの些細な動揺を見逃さず、念のために追って来たという流れだ。だがどうも違う。

――結構な数がいるんじゃないか。

と、感じたのだ。一人や二人ではない。あちらこちらから視線を感じる。しかも尾行に長けた者、決して上手いとは言えぬ者が入り交じり、むらがある。彼らが一つに纏まっているという風でもない。それだったら幾ら前方に集中していたとしても、己ならば気付いたはずだ。

思考を巡らせるが答えは出ない。まずはくらまし屋を追うほうが優先だと、玄九はさらに足を進めた。

「しまった……」

玄九は己の馬鹿さ加減が嫌になって項を掻き毟った。

この府中宿、甲州街道だけでなく、東山道武蔵路、鎌倉街道上道にも通じている。どちらに進んだのか判別出来ぬようにするため、万が一、尾行されていた時に備え、くらまし屋は府中宿に入る前に殺気を飛ばして距離を取らせたのだ。普通ならばすぐに気が付くはずだったが、己の後ろの者のことを考えるのに思考が割かれ、すぐに思い付かなかった。

――落ち着け。

玄九はやはり足を使おうと自らに言い聞かせ、府中宿の聞きこみを始めた。

しばらくすると、雑踏の中で跫音が近付いて来た。恐らく己を尾行している者の一人である。何者かは判らないが、人目の多い府中宿で対するほうが良いと見て待ち構えた。

「用か？」

振り返らぬまま、先んじてこちらから声を掛けると、近付いた男の気配がわずかに揺れた。

「黒狗の玄九だな」

「そうだが。お前は？」

ようやく玄九は振り返る。そこに立っていたのは旅装束の男である。身丈は五尺六寸（約一六八センチ）とかなり高く、長めの引廻し合羽を寒風になびかせている。深い眼窩の奥に光る眼だけでも素人ではないとすぐに感じた。

「堂島重太郎という」

「重剣か」

その二つ名で呼ばれる凄腕の暗殺者である。玄九は事態が何となく読めてきたが、惚けて首を捻った。

「何の用だ」

「裏切ったか」

「意味が解らないな」

「くらまし屋を逃がしたかと言っている」

「馬鹿な」

玄九は呆れて舌打ちした。もはや間違いない。こいつは比奈を、それを守るくらまし屋を始末するために雇われた。二人を追う己を、さらに追い掛けていたのだ。ただ奇妙なのは、どうして後ろに張り付かれたかである。使い走りが利一に報せるのに四半刻。そこから堂島をすぐに発たせたとしても大丸までまた四半刻。半刻分は後ろにいるため、甲州街道に入ったことさえ摑めないはずなのだ。考えられるのは、

――使い走りが向かったのは四三屋ではなかった。

と、いうことである。

利一は端から、比奈とくらまし屋の挙動を探るためだけに己を使うつもりだった。自身が玄九に貸した使い走りには、四三屋ではなく、大丸の近くに待機していた堂島に報せるように命じていたのだろう。いや、堂島だけではない。

「何人いる？」

「流石に鼻が利くな。十二人いる」

堂島がすっと手を挙げると、雑踏の中から幾人かの男たちがこちらにさっと近付いて来た。いずれも人相に険がある。

――十二人？　いや……。

辺りに伏せている気配の数は、十二どころか五十はあるのではないかと玄九は読んだ。利一は己の近くに刺客が待機していることを報せなかった。これは己の裏切りに用心してのことだろう。刺客の「溜まり」も一所ではなく、三から五に分散させていると見た。堂島は十二人だと信じてそう言ったようだが、実際はそれより遥かに多くの刺客が蠢いている。

「で、何で俺が裏切ったことになる？」

「お前は府中宿に入る前に不自然に足を緩めた。ここで撒かれる段取りになっていたとしか思えないな」

「殺気が出ていたのさ」

堂島は相当な腕前であり、殺気を感じ取ることも出来るだろう。だが流石に達人といえども限界があり、己のさらに後ろにいたのならば気付かないのも無理はない。

「信じろと？」

「気に食わないなら、てめえで追えばいい」

利一に仕事を疑われたのも癪に障った。玄九は大袈裟に鼻を鳴らす。

「俺の得意は殺しよ」

堂島はけろりと言い放った。確か堂島は元高取藩の剣術指南役。武張ったことは出来ても、追尾は得意ではないため己の後ろに付いてきたという訳だろう。

「向いてねえよ」

玄九は呆れながら言った。壁に耳あり障子に目あり。幾ら雑踏の中とはいえ、堂々と言い放つこの男は武士の頃の不遜（ふそん）さが抜けておらず、決して裏稼業には向いていないと思う。だが堂島は意に介さずに詰め寄る。

「裏切った訳ではないなら証を見せろ」

「つまりまた見つけろと？」

「そういうことだ」

「また見失って難癖（なんくせ）つけられちゃ堪（たま）らねえ。勝手にやれ」

玄九が吐き捨てて行こうとすると、堂島はにゅっと手を伸ばして肩を掴んだ。

「断ると死ぬことになる」

「そういうところさ……物騒な言葉は慎（つつし）め」

とは言ったものの、非常にまずい状況である。この男、阿呆だが腕が立つのは過去の実績から明らか。裏を返せば、この程度の頭で十数人を仕留めて来たほどに。

しかも元武士とは思えぬほどに殺気走っている。元々このような性質であったのか、あるいは裏稼業の中でそう変貌したのか。ともかく殺（や）るといえば、殺る類（たぐい）の男であるのは間違いない。

「どうなのだ」

「あっ」

「どうした？」

玄九が思わず声を上げ、堂島は睨みつける。

「いいや。怪しい者が見えた気がしたが勘違いだ」

上手く誤魔化した。実際は宿場の雑踏の中に、見知った顔があったのである。

——樺嶋波門。

阿久多が振をやめた後、最強と呼ばれる男。偶然府中宿にいるはずもなく、これも利一が差し向けた刺客の一人なのだろう。樺嶋はちらりとこちらを見たが、助ける素振りはない。

——ご愁傷様。

と、言うように目礼するのみである。樺嶋としては己の仕事を全うする以外、全ては余事ということなのだろう。

一度言葉を交わしたこともあるが、堂島に比べれば遥かに理知的な男である。どうせ捕まるならばこちらのほうが遥かに良かった。

堂島は吐息が掛かるほど顔を近づける。他の者たちもどうも阿呆揃いで、険しい顔で睨みつけて来る。

「どうなのだ」

——どうして俺はついていないかね。

玄九は内心で愚痴を零した。これまでの人生はずっとそうである。不運に見舞われ、流れ流されて今のところまで来た。その度に手を差し伸べてくれる人に出逢えただけ幸運ともいえるのかもしれない。ただ今回はどうも誰も助けてくれそうにはない。

「解った。やってやるさ」

玄九はため息交じりに言うと、堂島はにんまりと卑しい笑みを浮かべた。

第七章　猿橋(さるはし)の上で

一

時折、惣一郎(そういちろう)は雲ひとつない青空をちらりと見る。景色は見渡す限りの白銀であるため、そうしないと目が錯覚を起こすのだ。とはいえ、見上げた空の色も透き通っており、江戸よりも遥(はる)かに淡い。浅葱(あさぎ)色というより、こちらも白に近かった。

「厄介だな」

惣一郎は歩を進めつつ零(こぼ)した。

目の幻惑だけではない。新雪のせいで樏(かんじき)をつけていてもやはり歩きにくい。ここに来て、これほどまでに雪が積もる地があるのかと驚いたものの、滞在しているうちに慣れたつもりである。だがこの辺りは人が踏み入らないためさらに雪が深い。この数日でまた新たに降り積もった柔らかな雪が足を搦(から)め取った。

「変だよ」

ぶつぶつと呟く。六十余州に分かれているとはいえ、全てをもって「日ノ本」と謂う国なのだと男吏に聞いた。同じ日本なのに雪がここまで降るところと、一切降らないところがあることになる。現に惣一郎は江戸に出るまで、雪を見たことは一度もなかった。初めて雪を見た日、

――男吏さん、なんか白いの降ってきましたよ。もしかしてこれが噂に聞く雪ですか。

と、心が躍ったものである。だが今は正直、見たくもないほどに辟易としている。

「あっ……ここは『日ノ本』じゃあないのかな」

独り言は続く。惣一郎は白い息を漏らしつつ眉間に小さな皺を作った。ここはそもそも日本なのか。六十余州には含まれていないのだから違うのかもしれない。

「異国なら仕方ないか。いや、でも越後とか、陸奥や出羽も凄く雪が降るっていうしな……よく分かんないな」

こうして相手もいないのに話していることに、意図がない訳ではない。低く響く風の音、それに揺れる木々のさざめき。それが止めば全くの無音である。どうも雪が音を吸っているようで、声も遠くまで届かない。故にこうして大きめに独り言ちて、

――誘っている。

のである。

狙う男の名はレラ。今、惣一郎はレラのものと思しき足跡を追尾している。偽装も見られず、足跡は真っすぐ一本に延びている。だがすでにレラの姿は無いし、吃驚するほどに気配も感じない。こうして声を出していれば、与しやすい相手と思って引き返してくるかもしれないと考えたのである。

「せめて越後生まれだったらな」

惣一郎は疲れて重くなった足を前へ送り、舌打ちをした。別に雪に苛立った訳ではない。己は大抵のことでは苛立ちはしない性質である。ただ一つ、己の胸をざわつかせることがある。それが惣一郎の故郷、

——天草。

である。生まれ云々を口にしたため、ふと脳裏に過ってしまったのである。惣一郎はその地で生まれ、幼少期を過ごし、やがて捨て、心の片隅に封じ込めた。だが、人は記憶の全てを消せるはずなどなく、折々にこうして頭にちらりと過る。

天草という地が嫌いな訳ではない。天草は土地こそ若干痩せているものの、ぽかぽかと暖かい気候の穏やかな場所である。このような雪と氷の大地に比べれば遥かによい。ただそこで己が何をしたいのか、何のために生きているのかが全く判らなくなっ

てしまった。故に天草のことは考えたくないのだ。

「早く来いよ！」

苛立ちを振り払うように、惣一郎は声を上げた。これまでの独り言とは全く違い、叫びといってもよいほどの大きさである。それも白い景色がすぐに吸い込み、こだまさえ生じない。

「ああ、そういうことか」

五町（約五四五メートル）ほど先に森がある。極めて見にくいために気付かなかったが、そこまでこの足跡は延びている。森に引き込むのが目的なのだ。

「乗ってやるよ」

惣一郎は鼻を鳴らしつつさらに歩を進めた。僅か五町を歩くのにも、雪のない場所に比べれば五倍ほどの時が掛かる。惣一郎が森の入り口に来た時には、足はびっしょりと濡れてしまっている。だが流石に息切れはしていない。

「楽だ」

惣一郎は喜色を浮かべた。森の中は足首ほどまでしか積もっておらず、遥かに歩きやすい。木々は葉を落としているため、遮れる雪の量は高が知れている。森のせいで風向きが変わり、積もりにくかったのかもしれない。

これならば樏を脱いだほうが動きやすいのではないか。惣一郎は紐を解いて外してみた。

「うん。いけるな」

樏を一本の木の根元に放り投げ、惣一郎は森の中へと足を踏み入れた。三十歩ほど追い掛けたところで、足跡が突如として消失した。

——なるほど。

惣一郎は近くの木を見上げた。木の幹に雪が積もっていない箇所がある。どうやらここから木に登り、さらに他の木に飛び移って移動したらしい。こうなってしまえば、もはや足跡での追跡は出来ない。しかし、どうやらその必要もなさそうである。

——見られているな。

惣一郎は直感し、刀の柄にゆっくりと手を落としかけたが、思い直して止めた。レラという男は相当に用心深い。こちらが警戒していることを、敢えて伝える必要はない。どこから矢を放たれたとしても、即座に柄を摑んで居合いで叩き落とす自信が惣一郎にはある。

——全く解らないな。

すでに見られている気はすれども、気配の欠片すら感じない。森を、雪を、風を熟知して利用しているのだろう。地の利は絶対的に向こうにある。

「何処に行った？」

惣一郎は声にして、大袈裟に左右を見回した。

この慣れぬ大地である。それに比べれば、己はどうしても気配の全てを消せないだろう。ならばこちらは反対に馬鹿げたほどに気配を出してゆこうと思った。不用心な男だと油断してくれれば儲けものであるし、矢の一本でも飛んでくれば、位置が特定出来る。

「取り敢えずこっちに向かうか」

惣一郎はずんずんと森の奥へと進む。その途中、

「寒いな」

惣一郎はかじかむ手を擦り合わせた。

思いきり隙を見せているのだが、レラはやはり動いてはこない。己の勘は間違っていて近くにはいないのか。あるいはこれが罠だと看破しているのか。

——いや、時を稼いでいるのかも。

と、ふと思った。もし寒さに対しての耐性も向こうが上だったとしたらどうだ。十分に考えられる。己の体が寒さで鈍るのを待っているのではないか。時を掛ければ掛

けるほど、こちらが不利になってくる。

「やはり厄介なやつだ」

惣一郎は改めて思ったことを口にした。

面と向かっての戦いならば必勝の自負がある。相手の得物が刀ならば猶更(なおさら)である。だがレラは一向に姿を見せない。しかも遣(つか)うのは弓。幾ら己が刀の扱いに長(た)けていようとも、間合いに入らねば斬(き)ることが出来ない。

「ん？」

目の端に動くものを捉(とら)え、惣一郎はそちらを見た。木々に遮られていたが、それが狐だと気付くのにそう時は掛からなかった。

刹那(せつな)、惣一郎は素早く身を翻(ひるがえ)した。それと同時に刀を鞘(さや)から抜き放っている。凄(すさ)まじい勢いで飛来する矢を叩き落とした。

角度からして、矢は木の上から飛んで来た。そちらを凝視した瞬間である。背筋に悪寒が走った。それだけではない。惣一郎の耳朶(じだ)は確実に風の震える音を捉えている。

「なっ――」

振り返った時、惣一郎の目が捉えたのは、こちらに向かう一本の矢。己の脳天を目掛けて真っすぐに飛んで来る。

惣一郎は全身の力を抜くようにして地に転がった。そうしようと頭で考えた訳ではない。幾多の修羅場を潜(くぐ)ったこの躰(からだ)が、勝手に反応したのである。雪が頰(ほお)に触れたが、冷たさが伝わる間もなく顔を起こす。

「危なかった」

と、呟いた時にはすでに次の矢が来ている。

——これは外れる。

頭で考える余裕はあった。矢の方向からして、惣一郎の左腕から一尺（約三〇センチメートル）ほど外を飛んでゆくはず。だが同時に惣一郎の脳裏に疑問が過った。

——奴らの中で一番の達人が外すのか。

と、いうことである。惣一郎はあることに気付き、弾(はじ)かれたように横っ飛びに転がった。矢は宙でぐいと曲がり、先ほどまで惣一郎がいた空間を貫いていく。

「凄いな」

惣一郎は驚愕(きょうがく)を通り越して深く感心してしまった。

矢を凝視して気付いたこととは、一つだけ羽根が極端に倒れていたこと。恐らくはレラは唾(つば)で濡らし、指で形を変えたのだろう。己は弓矢の扱いは知らないが、これは曲がるのではないかと直感し、咄嗟(とっさ)に躰を動かしたのだ。

——仲間を呼んだか。

一つ前の攻撃、明らかに違う場所から矢は放たれていた。これは天魔でもない限り一人では出来ない。惣一郎は、そこまで思案した時には第一矢が放たれた木を目掛けて猛進していた。

途中、また矢が飛んで来る。走る速度を予想しての完璧な射撃である。二番目、三番目の矢が放たれた方角からであった。

惣一郎は身を屈（かが）めつつ矢を叩き落とし、足を止めることはない。十間（約一八メートル）ほどに近付いたが、木から矢が飛んでくることも、人が逃げだすこともない。五間（約九メートル）に迫ったところで、

「なるほど。そういうことか」

と呟いて、惣一郎は走る向きを鋭角に曲げた。その辺りにまた一矢が突き刺さる。

木の上に人はいなかった。何か弩（ど）のようなものが仕掛けられており、ぶらりと糸が垂れていた。惣一郎が弩の射程に入るのを待ち、レラは紐を使って懸刀（引き金）を引いた。そしてそちらに気を取られている間に、自らは背後から矢を射たのである。

惣一郎は太い幹の裏に隠れた。ゆっくりと顔を出して様子をそろりと窺（うかが）おうとしたが、そこに向けて矢が飛んできて、さっと首を縮める。

「あいつか」

一瞬であったが、レラらしき人影が見えた。矢を放った直後、木から飛び降りていた。また位置を変えるつもりなのだ。

「これは分が悪いな……」

これほどの達人と相対するのは、高尾山で邂逅した「くらまし屋」以来のこと。しかも扱う得物は遥かに己と相性が悪い。あれだけの妙技を見せる男ならば、今ここを出て追いかけても、振り返り様に射てくるのは間違いない。

「我慢比べかあ……」

惣一郎は大きく溜息を吐いた。躰が温まっているせいか、先ほどまでより息が白い。

相手に悟られぬように少しずつ、少しずつ間を詰めていく。そのためにはまず新たなレラの凡その位置だけでも把握せねばならない。またレラもこちらが大きく動かねば、向こうから近付いて来ることも考えられる。どちらにせよ、この敵は間を詰めねば戦うことすら出来ない。ともかくこの男を斬るには、かなりの時を使うことは覚悟せねばならない。一、二刻、いや半日、下手をすれば決着まで丸一日掛かることも有り得る。

「待ってろ。必ず斬ってやる」

その瞬間を思い浮かべると胸が躍る。惣一郎は不敵に微笑むと、手に息を吐きかけて擦り合わせた。

二

府中宿からは、やや足を緩めた。

赤也らは府中宿で陽動のため、鎌倉街道上道に向かった。すぐに変装を解いて府中に引き返し、甲州街道に復帰する。そしてまた日光脇往還に向かう陽動を行う。そのために己たちを追い越させねばならないからである。

一刻も早く甲州に入りたいところだが、七瀬が考えたこの策のほうが追手に与える影響が大きいと、くらまし屋全員で判断した。

府中から二里で日野宿である。

日野には多摩川の渡しがある。宿場の人々の他、武士や僧ならば無料で渡れるのだが、それ以外の者は渡し賃が要る。もっとも武士といっても旗本、御家人、歴とした藩士のみで、浪人はこれに含まれない。

他にも馬や牛を船で渡す時や、雨季で川の水が増水している時などは渡し賃に上乗せされることもある。

が、冬の間は川の水量が少なく、土橋で渡れるようになる。故に今年も間もなく終わろうとしている今、船は繋がれているものの人影はほとんど無い。

赤也と七瀬が、平九郎らを追い越したのは、この土橋に差し掛かる少し前のことであった。

――順調だな。

と、平九郎は目配せをし、赤也、七瀬の順に小さく会釈をする。比奈は知り合いだということに気付いていない。それどころか、くらまし屋は己一人だと思い込んでいるだろう。

土橋は幅二間（約三・六メートル）ほどと広くはない。

「先に行け」

平九郎は比奈を先に行かせた。敵は何処から姿を見せるか判らない。真冬にまさかと思うが、水位の低くなった川の中に潜んでいることまで想定している。その場合、通り過ぎた後に背後から襲われれば対処が間に合わぬため、前を行かせたほうがまだましというものである。このような箇所では特に平九郎は気を引き締めたが、幸いにも襲ってくる者はいなかった。

「今日は八王子で泊まる。もう少し頑張れ」

「八王子なのですね。解りました」

比奈にも何処まで行くのかは教えていなかった。日野の次、八王子宿である。女の足で、一日でここまで歩ければよく進んだほうである。

赤也らも八王子宿で平九郎らとは別の旅籠に泊まる。そして明日の朝、己たちよりも半刻ほど先に発ち、日光脇往還を目指す振りをする訳である。

日野宿では足を緩めず、平九郎らは日暮れ時に八王子宿に入り、かねてより決めていた旅籠に入った。多くの旅人で賑わっている。ここまで敵に何の動きも無い。

――このまま上手くいってくれ。

何も決して戦いを望んでいる訳ではない。比奈を無事に届ける。ただそれだけが、くらまし屋としての勤めである。

三

八王子宿を発ったのは、卯の下刻（午前七時）。すでに赤也らは日光方面に向かった「振り」をし、引き返して甲州街道の少し先を歩いているはずである。

この次の駒木野宿には、甲州街道において唯一の関所がある。昔はさらに西の小仏峠の高いところにあったのだが、江戸に幕府が開かれるよりも前にこの地に移されたたらしい。故に今でも小仏駒木野関などとも呼ばれている。

——入鉄砲出女。

という言葉がある。これは江戸に入る鉄砲と、江戸から出る女のことで、特に厳しく取り締まられていたものである。

この関所でも多分に漏れず、甲州方面から来る女は何の改めもなく素通りさせて貰えるのだが、今回のように江戸方面から来た場合は詮議を受けるのだ。さらに夜間は如何なる場合も通過させて貰えない。故に八王子で一泊したという理由もあった。

「緊張してきました」

比奈は歩きながら顔を強張らせた。

「心配ない」

女であっても、町人の場合は案外すんなりと通れるのだが、時々無作為に江戸の何処に住んでいたのか、何をしていたのかを詳しく調べられる時がある。この場合、旅人を宿場に留め置き、関所から江戸まで使者を出して身元を調べることまである。

一方、武家の女は必ず詮議を受けるが、藩が発給した証文があれば問題なく通れる。町人で身元まで調べられれば却って厄介なため、武士の夫婦という態で通ることを決めたのだ。平九郎は小声で続けた。

「証文は完璧だ」

証文を用意している。といっても本物であるはずはない。偽造である。これも裏稼業の者で偽造の印章、証文を作る櫻玉と謂う老人が江戸にいる。値はかなり張るものの、その精巧さは群を抜いており、これまで幾度となく使ってきているが見破られたことは一度も無い。今回は時が無かったため、手持ちのものを携えている。このような事態に備え、普段から多く発注しているのだ。

「間もなくだ。打ち合わせた通りに」

「はい」

平九郎が念を押し、比奈はこくと頷いた。関所に入ると、すぐに関所番の役所で吟味が始まる。平九郎は証文を取り出して滔々と述べた。

「堀大和守の家臣、原田又兵衛と申します。連れたるは妻の陸。本家筋で祝言があるため、国元に帰るつもりです。証文を御覧下され」

関所役人たちが顔を見合わせる。

「何か？」

平九郎が続けて尋ねると、役人の一人が答えた。

「いや、先刻も堀家家中の夫婦が通られた故な」

「もしかすると、小田殿ではないでしょうか。こう端整な顔立ちの……」

「そうじゃ」

「やはり。小田殿も祝言に呼ばれていると。共に行くことをご提案下さったのですが、こちらは祝儀の手配などにやや手間取るかもしれぬ故、お気になさらずと答えたのです」

「なるほど。そういうことか」

役人たちは得心したように頷き合った。甲州街道を行き来する武士は、甲府勤番の役人のほか、大名家では諏訪の諏訪家、高遠の内藤家、そして飯田の堀家のみ。手持ちの偽造証文の中に他の二家のものもあったのだが、立て続けに夫婦が通っては怪しまれるため、敢えて同じ家中の者を装うほうがよいと七瀬が考えたのだ。

「おめでとうござる。通って下され」

役人たちは笑顔で促し、平九郎たちは礼を述べて関所を抜けた。暫く行って人気が無くなったところで、比奈が感嘆の声を上げた。

「本当に怪しまれることもなく……」

「憎たらしい爺だが、腕は確かだ」

「そのようなことを生業にしている人がいるなど……江戸に生まれながら露程も知り

ませんでした」

「お前が真っ当に生きてきた証だ」

平九郎は静かに告げた。世の中には知らずともよい闇が沢山ある。それを知らなかったということは、比奈のこれまでの半生が誠実なものだったということなのだ。ただそうだとしても、闇が向こうから囁き掛け、手を伸ばして来て、必要に迫られて知らねばならぬ時もある。今の比奈がそうであるように、かつての平九郎がそうであったように。

ふと、平九郎の目に飛び込んで来たのは悠々たる高尾山である。紅葉の季節はとっくに過ぎ、山全体が淡い冬色に染まっている。

前回、ここに来たのは初夏の頃。阿部将翁の依頼を請けた時。絶技を持つ虚の若い剣士と相対した時でもある。あの若者は異常なまで強者と戦うことに執着していた。必ずやまた己の前に現れると確信している。今もこの空の何処かで、

——待っていろ。

と、嘯いているような気がしてならない。

「やってみろ」

「え？」

思わず独り言が漏れ、比奈が首を捻った。

「すまない。何でもない」

あの頃よりも己は強くなっている。だが、あの男もまた一段高みに上っているだろう。仮にそうだとしても、妻と娘に会うその日まで負ける気はない。平九郎は茫と灰色に滲む高尾山を見上げながら、あの若者の相貌を脳裏に思い浮かべた。

四

駒木野宿で武蔵国は終わる。かといって甲斐国に入った訳ではない。甲州街道は途中、少しだけ相模国を通るのだ。

小仏峠の東側には小原宿、西側に与瀬宿がある。ここでは江戸から来た者は小原宿に、甲州から来た者は与瀬宿にしか足を止めることが出来ない。

峠道にはそれほど大きな宿場を作れないためだ。それぞれの宿場は東西に二町半ほどの、甲州街道の中でも特に小さなものである。加えてその割に通る人が多いこともある。参勤交代、旅人の数は他の街道に比べれば少ないが、夏場は富士山に参拝しようとする者で溢れ返るのだ。

小仏峠を行く途中、平九郎は特に敵に備えた。うねった道が続くため視界が悪く、襲撃するには、街道の他の箇所よりも適した場所なのだ。これで雪でも降ろうものならば、さらに守りにくくなるのだが、幸いながら空はまだ崩れてはいない。あと、三日。せめて二日もってくれれば、勤めを終えることが出来る。

素人の比奈でもここが危険な箇所だとは判るらしく、風のせいで草の茂みが少しでも揺れると、さっと首を振る。

「俺（おれ）が見ている。前を向いていればいい」

ただでさえ坂道が続くのに、神経をすり減らすからか、比奈の息は顕著に上がっている。

――来ていないか。

追手はいない。そう判断するにはまだ早いが、あるいは、

――ここではない。

と、いうことなのかもしれない。小仏峠は確かに難所であり襲撃に適している。が、甲州街道にはこのような峠道がまだ幾つかある。それならば関所が近く、誰（だれ）かに見られた時に役人に報（しら）せやすいここより、さらに先で狙って来ることも考えられる。平九郎がもし追手の立場ならばそれを選び、それまでは尾行を続けるだろう。

結果、この日も襲撃は無かった。件の与瀬宿を含め、吉野（よしの）宿、関野（せきの）宿を通り過ぎ、

遂に甲斐国に入ると、そのまま足を緩めることなく、江戸日本橋から数えて二十番目の宿場、犬目宿で草鞋を脱いだ。距離は八里少しと一日目よりは少ないものの、上り下りの続く峠道なのだからこれも仕方がない。それにこれ以上は比奈の足への負担も募り、いざという時に逃げられなくなってしまう。

翌日も朝早くから旅籠を発った。犬目宿から見る富士の山もまた絶景なのだが、雲が濃いために稜線が僅かに見えるのみである。

犬目宿からは暫く下りが続く。下り道はその時はやはり楽なのだが、後々になって膝に来るから気を付けねばならないし、足を滑らせて怪我をするのもこちらのほうが圧倒的に多い。

一里と十一町、一刻も掛からずに下鳥沢宿に辿り着く。次の上鳥沢宿までは僅か五町。別々の宿場というよりは、二つで一つのような恰好である。

「まずは良かった」

平九郎は上鳥沢宿で天を見上げた。ここに向かう途中、幾度か霙がちらついていた。が、どうも止んだようだ。もっともこの先、また高いところに向かうにつれて、霙どころか、雪が降り出すかもしれない。

次は猿橋宿。向かう途中、猿橋という跳ね橋が架かっており、日ノ本三奇橋に数えられている。三つ目には様々な橋が挙げられるものの、岩国の錦帯橋と、この猿橋が外されることはない。数年前に架け替えられたため、まだ新しい橋板は白く、冬景色の中では何処か神々しささえ感じる。その猿橋の半ばで平九郎は足を止めた。

「比奈」

「はい……」

これまでたった二日であるが、共に過ごしてきたことで、平九郎の声色が尋常のものではないと察しがついたらしい。

「何があっても俺から離れるな」

比奈は唇を嚙みしめて頷いた。

先刻からひたひたと、人の気配が近付いて来ている。それも一つや二つではない。十はいるのではないか。気配を隠す気もないということである。この先、開けたところで襲われるより、幅の限られたここで待ち構えるほうが上策と考えた。

曲がりくねった道の先から男が見えた。最初は一人であったが、続々と姿が露わになっていく。平九郎は目を動かして数える。何と十一人。ここまで気丈に振舞ってきた比奈も、流石に引き攣ったような小さな悲鳴を上げた。

「まさか……気付いていやがったのか」

男たちの中の一人が吃驚（きっきょう）の声を上げる。

「気付かぬとでも思っていたならば、とても玄人（くろうと）とは言えんな」

「何だと」

平九郎が言い放つと、男は眦（まなじり）を吊り上げた。その間も男たちは足を止めることなく、徐々に距離が詰まっていく。

「相手はあのくらまし屋だ。当然だろうさ」

別の男が横から窘（たしな）める。

「知っているのか」

平九郎は眉（まゆ）を開いた。これは正直なところ少し意外であった。比奈が何者かに匿（かくま）われていること、それが己を雇うほどの者であることまで摑んでいるのは確かである。富蔵（とみぞう）はかつて裏稼業を使ったことがあるとはいえ、当人は表を生きる商人。あまりに手際が良すぎる。他に差配を手伝っている者がいるのだろう。

「覚悟しろ」

また別の痩せぎすが言った。

「お主らが馬鹿で助かる」

平九郎は苦笑すると、痩せぎすは怒気を顔中に滲（にじ）ませる。

「どういうことだ？」

「貴様ら、端から俺の殺しも請け負っているな」

数人、動揺の色が浮かんだのを見逃さなかった。覚悟しろとほざく前に、

――大人しく女を渡せ。

とでも言うのが普通ではないか。くらまし屋が何人にも依頼人を渡さぬことを知っているからではない。当初からこの男たちからは、凄まじいほどの殺気が立ち上っている。女一人に対してのものではない。

「さあな」

何とか痩せぎすは惚けたが、平九郎は細く息を吐き、

「面倒だ。来いよ」

と、掌を天に向けて手招きした。

「橋の上ならば、一斉に掛かれぬと踏んでいる訳だな」

「その手には乗らぬと？」

平九郎が嘲るように笑った。

「それで勝てると思っているのか……馬鹿はてめえだ！」

最初に口を開いた男が叫ぶと同時に走り出し、他の者も遅れまいとそれに続く。裏

の者には独特の匂いがある。この者ら、全てそれである。しかも決して雑魚ではない。

猿橋はざっと長さ十七間（約三〇メートル）、幅は一間五尺（約三・三メートル）と狭い。同時に掛かって来られるのは二人が限度。もっともこの者らは挑発に乗った訳ではなく、自分一人でも己を斬れる自負があるから向かって来ているのだ。

「比奈、下がっていろ。必ず守る」

「はい！」

比奈の声が先程よりも遥かに強い。土壇場で腹を括るのが早いのは、男より、いつも女の方だ。それを己に教えてくれた初音の顔が過った。それが生への執着をさらに掻き立て、自然と平九郎の声も高くなる。

「円明流、月輪！」

平九郎の腰間から刀が迸る。絶叫が上がる。上げたのは先頭の男ではない。その男は叫び声を上げる間もなく、鮮血の溢れる首を押さえて前のめりに倒れ込んでいる。ほぼ同時、二番目に駆けて来た男の肩を深く切り裂いたのである。

円明流の「月輪」は居合い術であるが、他の流派よりも圧倒的に範囲を広く取る。宮本武蔵が編んだという実戦向きの二天一流を源流に持つだけあって、複数人を仕留めるために考えられたのだろう。

「貰った――」

「吉岡流、蒼天！」

崩れた男を乗り越えて来た男の顎を、下から断ち割った。

「黒鉄、橙佗、藍帝‼」

同じく吉岡流の技。黒鉄をも貫かん強烈な突き、橙に揺らめく炎を思わせる敵の斬撃を搦め取っての反撃、藍色の夜天が頭上に落ちて来たかの如き唐竹割。三人が絶命する。

「こいつ！」

次の者の鋭い突きが来た。払い除ける暇は無い。

「吉岡流、黄檗！」

横っ飛びに躱し、宙で身を捻ってその勢いを乗せた斬撃で沈める。次も二人同時。いや、三人で攻め掛かって来た。一人は橋の欄干を全くふらつくことなく駆け抜け、宙に舞い上がっているのだ。

「死ね！」

一刀で間に合わぬ。拓くのは、この甲州街道で受け継いだ技である。大刀を手放して脇差を抜くと同時、腰に横に差した小太刀が刮と目を覚ます。

「天道流……乱入、波返、両手留」

二刀流での高速の演舞の如き太刀筋で、前の一人の喉を搔っ切り、斬撃を躱して胴を深く切り裂き、さらに宙に舞う敵に二太刀浴びせて撃墜した。残る敵は一人。全く怯むことなく、屍を蹴り飛ばして斬り込んで来る。その刹那、平九郎は目の端にある者を捉えた。

――獅子飛。

同じく天道流。小太刀を銑鋧の如く投げる半ば捨て身の技である。

「楊心流、玄絶――」

二つの技を同時に放つ井蛙流奥義「嵩」。平九郎の場合、一つは心中で唱え、一つは口に出さねば繰り出せない。

楊心流は躱しに長けた流派。玄絶は頭を振る力を使って高速で躱すものだが、瞬時の遅れのせいで、太刀が頰を掠めた。

「一刀流、一閃破……」

最後の一人を屠る。これで全て始末したことになるが、平九郎は油断することなく歩を進めた。先ほど、小太刀を放った相手である。

「まだ息があるか」

腕を貫通して胸にまで刺さっているが、微かに息がある。円明流の居合いで斬ったうちの一人である。

肩を捉えただけで命は奪っていないはずだが、起き上がって来ないことが頭の片隅にあった。目の端で捉えた時、折り重なるように倒れた味方の屍の隙間から、比奈を狙って吹き矢を構えていたのである。

「くそ……」

「端から斬られるつもりだったか」

「そうでもしないと……勝てないと判った……からな」

実力差があることを感じ取り、最初から敢えて斬撃を受けて死んだ振りを決め込み、隙を見て比奈を殺そうとしたということだ。咄嗟にこの考えに到るあたり、相当な玄人であると見て間違いない。

「名は」

「蔵人」

「阿比留蔵人か」

追跡に関して、炙り屋に次ぐとまで言われる裏稼業の者である。この者ならば、赤也らの撹乱にも騙されずに追って来たのも納得出来た。これほどの者を雇うあたり、富蔵は余程本気であるらしい。

「もう死ぬる。一つだけ教えてくれ。どう……だった？」

「肝を冷やした」

「ふふ……くらまし屋が……悔しいが……まあ、上等か」

「止めを刺すか」

「ああ。その前に……礼に一つ教えてやる。俺以上に追うのに長けた奴がいる」

「炙り屋はいないはずだ」

「ひょっとすると……追うことに関しては炙り屋以上だ。黒狗の玄九って奴だ」

「解った」

「頼む」

そっと瞼を閉じた蔵人の胸に、平九郎はすうと刀を突き通した。決して水嵩の多くない川のせせらぎが聞こえるほど、辺りに静寂が戻って来た。

「すぐに離れる」

平九郎は刀を布で拭って納めると、比奈に向けて言った。比奈の顔が引き攣っている。

「俺が恐ろしいか」

　続けて訊くと、比奈は首を横に振る。

「いいえ……ただ……」

「それも真っ当に生きて来た証だ」

　流石にこの密集での戦闘とあって、返り血を浴びぬ訳にはいかなかった。一度、少し進んだ先の道を外れて森の中へと入った。そこで予め用意していた替えの着物に着替える。その時、橋のあたりから悲鳴が聞こえた。旅人があの惨状を目の当たりにしたのだろう。

「行くぞ」

　追手だけでも厄介なのに、役人たちにまで追われる訳にはいかない。平九郎は何食わぬ顔で道に戻ると、再び甲州街道を西へと歩み出した。

「俺が恐ろしくてもいい。今はただ生き残ることだけを考えろ」

　平九郎は静かに呼び掛けた。

「……ありがとうございます」

「礼は最後まで取っておけ」

　他にも追手がいるのは最早明白。数も相当ではないか。しかも阿比留いわく、玄九という追跡に頗る長けた者もいるらしい。このままで終わるとは到底思えない。

「頬が」

「ああ、そうだった」

比奈に言われて頬に傷を受けたことを思い出した。指でなぞってみたが、どうやら薄皮一枚切れただけである。平九郎は手拭い（てぬぐい）で頬を拭い、猿橋宿に向けてさらに歩を速めた。

第八章　豪と疾

一

富蔵は一度は床に入ったものの全く寝ることが出来ず、自室で一人、住み込みの丁稚に用意させた酒を一心に呷っていた。

今日に限ったことではない。昨夜も、一昨夜もほとんど眠れなかった。こうしてしこたま酒を呑み、朝方になってようやく少し眠るくらいである。

手酌で何杯目かの酒を流し込んだところで、反対に胸のあたりから沸々と不安が込み上げてきた。富蔵は立ち上がって襖を乱暴に開く。隣の間と続きになっており、襖一枚を隔てるのみである。

「起きているか」

富蔵は安堵の声を漏らした。

「心配ねえ。あんたはゆっくり寝ておればいいさ」

そう答えたのは、無造作に髪を束ね、無精髭を生やした浪人風の男である。隣の三十畳ほどの座敷に、男を十人ばかり寝起きさせている。

三日前、利一より炙り屋が己を狙っていると聞いた。すぐに護衛を付けてくれと頼んだが、すでに腕の良い者は、くらまし屋追跡に駆り出してしまっている。いっそのこと、全てを「虚」に打ち明け、護衛を頼んではどうかと利一に言われたのである。

富蔵は腹を括って、利一のいう通りにした。己にこの「裏の仕事」を持ちかけた金五郎に事の次第を報告したのだ。

「あれほど気を付けて下さいと申し上げたのに」

金五郎は深淵にも届きそうな溜息を漏らし、富蔵を細い目で睨みつけた。

「万全を期していた。それはあんたも認めていたはずだ」

富蔵は恐れる心をぐっと抑え込み、反論した。金五郎は富蔵が構築した手法に満足し、まず露見はしないだろうと語っていたのだ。

「それはそうだが……」

金五郎は舌打ちをした。

その時、左手の甲を右手指でぎゅっと抓っているのが富蔵の目に入った。常に冷静沈着な金五郎が、これほど感情を露わにし、焦っているのを見るのも初めてのことである。

「高輪の禄兵衛の片腕の陣吾、大丸、くらまし屋。まさかそこまで繋がるとは……いやはや、運の悪いこと。いや、その女が強運の持ち主なのか」

金五郎は、顎に手を添えて独り言ちた。

「江戸中の強者に追わせている。幾らくらまし屋といえども、敵うまい」

「ふむ」

金五郎は応とも否とも答えずに相槌を打ち、

「だが、そこへさらに炙り屋も絡んで来た訳ですな」

と、続けた。

「左様。狙いは恐らくは私だろう」

「そうでしょうね」

金五郎は眉一つ動かさずさらりと言った。

「くらまし屋を追わせているため……守りが手薄なのだ」

「故に人を貸して欲しいと？」

「私が死ねば、あんたらにとっても痛手ではないか」

富蔵はさらに思い切って強気に出た。虚はかなり手広くやっているが、その中でも己はかなりの大口であることは朧気に気付いていた。

「確かに」

「どうだ」

膝をにじらせ、富蔵は迫った。金五郎は自らに言い聞かせるように、二度、三度頷いて口を開いた。

「よいでしょう」

「おお……」

富蔵は嘆息を漏らした。利一の思惑通りに事は進んだことになる。

「我らのうち、突出して武に優れた者は三人」

「強いのか」

唾を呑み下し、富蔵は訊いた。

「はい。そのうち一人は今、江戸を離れております。残る二人に声を掛けましょう」

「何時になる」

「一人は江戸にいるはずですが、気儘な性質で捕まえるのに時が掛かりそうです」

「それは……」

「ええ。故に残る一人を。しかしこれも間の悪いことに別の勤めに出ていましてね。

二、三日後には富蔵さんの元を訪ねさせます。必ずや守り抜きましょう」

「もっと早くならないのか」

金五郎が護衛を手配りしてくれるということで安堵したものの、この数日のうちに襲撃されてしまっては元も子もないではないか。

「こちらにも義理というものがあります。随分と譲ったつもりですが、これ以上、聞き分けのないことを申されると……」

「わ、解(わか)った。二、三日は何とかする」

富蔵は諸手を突き出し、慌てて宥(なだ)めた。

「では」

金五郎は能面の如(ごと)き薄い笑みを残して、立ち去った。

こうして虚の協力は得られた。が、その手練(てだ)れが来るのには時が掛かる。それまでは何とか自衛せねばならない。もう一度、利一に相談するほかない。

だがすでに千両を利一に払ったため、今すぐの持ち合わせがない。富蔵は収集していた骨董品を二束三文で売り払い、再び利一に会った。

「と、いうわけだ」

「上首尾ですな」

利一は思った通りとばかりに、ぱんと掌を合わせた。

「相談がある」

「くらまし屋ならばご安心を。すでに追っています」

「そうではない。虚は手練れを送るのに二、三日掛かると言っている。それまでの護衛を何とか用意出来ぬか」

富蔵は本題を切り出した。虚の協力を得られたことには安堵した。が、炙り屋に狙われていると知りつつ、二日も三日も悠長に構えられるほど富蔵は豪胆ではない。

思い返せば、これまで少しの懸念でも潰して今の身代まで上り詰めた。大番頭になって何処かに油断が生じていたため、このような事態を招いたのだと痛感している。小心、臆病と言われようが、やれることは全てやっておく気になっている。

「本当に腕の立つ者は、全て駆り出しているのですよ……」

利一は苦笑しつつ、取り出した帳面を捲る。利一は裏稼業の者を、甲、乙、丙などと雇う値で分けている。

実力だけでなく、その者が請け負う仕事の種類なども影響する。例えば件の黒狗の玄九など、腕は滅法良いものの、人探しを専らとしているため乙の値。一方、やはり殺しを請け負う者は値が張り、実力に長けた者ならば特に顕著である。

「そこを何とか」

「父にも相談し……丙の者なら十人ほど用意出来るかもしれませんね」

「頼む。当座の銭は用意した。足りぬならばまた払う」

富蔵は利一の気が変わらぬようにと、風呂敷に包んできた、骨董を売って用意した金を差し出した。利一は細い眉を開いて微笑む。

「必死ですな」

「悪いか」

「いや、富蔵さんがこの身代に上り詰めた訳が解ります」

真に思っているのか、それとも皮肉か。

利一は笑みを崩すことなく続ける。

「今日のうちには送りますので、詰めさせる部屋をご用意ください」

こうしてその日の夕刻、一人、また一人と富蔵の屋敷に男たちがやって来た。

住み込みの奉公人たちには、かつて世話になった男が浪人斡旋の口入れ屋をしており、江戸に仕官先が決まった者を、手続きをする数日、預かることになったということにしてある。

故に、こうして隣の間に男たちが寝起きしている訳だ。彼らは日中、夜、深更から未明と三交代で、常に三人は見張りを行っている。

「ゆっくり寝て下せえ」

浪人風はちびちびと盃を傾けつつ言った。食事や酒はこちらが用意しているのだ。

「あまり呑みすぎないでくれよ」

富蔵は苦言を呈した。飯に関してはいくら食ってくれてもよい。ただ酒を過ごし、肝心な時に役に立たないのでは困る。

「酒で鈍りはしねえ。むしろ酒が入っていたほうが冴えるくらいだ」

「ならいいのだが……」

利一はこの者らも、小藩ならば剣術師範が務まるほどの実力だと語っていた。それが十人もいるのだから、相手が炙り屋とはいえ、逃げるだけの時くらいは稼げるだろう。

その時である。家の中で人の動く気配がした。護衛の者たちはさっと刀を摑み、眠っていた者たちも早くも目を覚ます。

「来たか」

これも浪人風。痩せぎすの男が片膝を立て柄に手を掛けた。

「いや、どうも違う」

襲撃を受けたならば、悲鳴などが聞こえてくるはず。廊下を小走りに来る跫音が響き、やがて襖の向こうから、住み込みの奉公人の声が聞こえた。

「旦那様」

「どうした」

「今、表に旦那様と約束があるという男が。このような夜分に会う約束などしているはずもないと思って名を訊いたのですが、名乗ることなく——」

「いや、待て」

富蔵はさっと襖を開いた。続きの間との襖も開けっぱなしにしており、しかも剣呑な雰囲気が漂っていることを察し、奉公人は狼狽している。

「どのような男だ」

さらに続けて訊いた。これが炙り屋なのか、あるいは金五郎が派してくれた男なのか、今の話だけでは判別が付かない。

「それが……見上げるような大男です。裏口から奉行所に走りましょうか」

奉公人の声は小刻みに震えている。天下の越後屋の大番頭である。金の無心をしてくるような者は後を絶たず、盗みや、押し込みを企てられても何らおかしくないことを奉公人たちは知っている。その類ではないかと思ったのだろう。

富蔵としても、

――炙り屋ではないか。

と、気が気ではない。鼓動が速まり、背にじっとりと汗が滲むのを感じつつ、富蔵は訊いた。

「他に何か言っていなかったか」

「金五郎とかいうひとから命じられて――」

「すぐに通せ」

皆まで聞かず、富蔵は慌てて命じた。炙り屋は金五郎の名は知らぬ。それで金五郎が差し向けた虚の援軍だと察した。

どのような男なのか。富蔵が固唾を呑んで待っていると、やがて奉公人に案内され、一人の男が姿を見せた。

話には聞いていたものの、その巨軀に富蔵は吃驚した。身丈だけではない。岩盤の如き厚い胸板のせいで襟がはだけ、着物の上からでも肩の肉の盛り上がりが判る。

「富蔵か」

男の声は野太く、野獣の唸りを彷彿とさせた。

「は、はい」

「金五郎に言われて来た」

「よろしくお願いします」

富蔵は深々と頭を下げ、男を部屋の中に招き入れつつ尋ねた。

「御名は……？」

「いるか？」

男は爛々とした目でじろりと睨みつける。

「い、いいえ。申し訳ございません」

富蔵の声が裏返った。一応、正面から訪ねてきたあたり、常識の通じる男なのかもしれないと思ったが間違いだと悟った。猛獣が人に擬態しているかのように、男からは禍々しい雰囲気が漂っている。

男は右手に晒を巻いた棒状のものを持っている。富蔵はちらりとそれを見て、

——それは。

と、尋ねそうになるのをぐっと堪えた。男が見られていることに気が付いたようで、
富蔵は気分を害してはならぬと媚びるような笑みを浮かべた。

「得物だ」

男はぞんざいに答えると、部屋の中央に進む。

得物は槍か。いや、それよりは些か短い。何より槍にしては太い。富蔵は全くの素人だが、屋内で戦う時は長物ではないほうが有利だと聞いたことがある。このような得物でまともに戦えるのだろうかと、富蔵は内心では訝しんだ。

男は、利一から雇った護衛たちのほうを見て、

「こいつらは」

と、低く訊いた。微塵も驚いた様子はない。

「実は……」

人を寄越すまで二、三日の時が掛かると金五郎に言われたこと。その間、恐ろしさに耐えられぬため、口入れ屋から護衛を雇ったことを正直に話した。

「左様か。よかったな」

「そんな。これには事情が……」

すでに護衛がいるならば、虚からの護衛はもう必要ないだろうという意味だと思い、富蔵は言い訳を述べようとしたが、

「違う」

と、男は鼻を鳴らした。

「では……」

「俺が来るまでに炙り屋が来ていたら、お前は死んでいただろう」

男は護衛たちを見渡しながら平然と言い放った。

「おい、てめえ。聞き捨てならねえな」

護衛の一人がぬっと立ち上がって、男を睨みつける。

「もうよいぞ。去ね」

男は角張って髭に覆われた顎をしゃくった。

「俺たちはこいつに雇われたんだ。お前こそ誰だ」

別の護衛が腰に刀を捻じ込みつつ、口を開く。

「誰でもよい。お主らより強いことは確かだ」

「試してみるか?」

「小蝿を払うなど聞いておらぬ……追い金を貰わねばな」

男が溜息をつき、晒に手を掛けようとした時、富蔵は滑り込むようにして間に入った。

「お待ち下さい。私としては無用な争いはせず、皆様でお守り頂きたいのです!」

「この男がしかけたのだ」

また別の小太りの護衛が指差す。

「追い金を払います。一人、十両で如何ですか」

「む……」

旨い話だと思ったのだろう。暗黙のうちに了承を取り合うように、護衛たちは顔を見合わせる。

「だが、ここには置くな。目障りだ」

と、別の身丈の高い護衛が吐き捨て、それに他の者も続いた。虚の男は呆れたような苦笑を零した。

「邪魔ならば帰るが？」

「いえ。是非、お願いします。この向かいの間にお入り頂けぬでしょうか」

「俺に動けと？」

男は上から顔を近づける。月代に掛かる吐息が異様に熱い。

「貴方様にも私から追い金を。五十両で如何でしょうか」

富蔵は囁くように言うと、男のこめかみがぴくりと動いた。脈があると見て、富蔵はさらに畳みかけるように小声で続ける。

「少しお待ち頂けるならば百両でも」

先刻、男は、

――追い金を貰わねばな。

と、呟いていた。つまり金五郎から男に金が出ているということ。虚に属しているからとて、無条件に金五郎の命に従うような間柄ではないらしい。そして富蔵は長年の経験から、この男が金に執着が強いとすでに察している。

「よかろう」

男は意外なほど素直に従った。富蔵は自ら男を向かいの部屋に案内する。

「酒をお持ちしましょうか」

「あるだけ持ってこい」

男の言う通り、屋敷にあるだけの酒を運ばせる。富蔵は酌をすると言ったが、男は断って酒を呑み始めた。やがて盃では面倒だと茶碗を持ってこさせ、それでがぶがぶと酒を流し込んでいく。

「もし炙り屋が襲って来た時……」

本当に心配ないのか。他の護衛たちにも感じた疑問を口にした。

「酔わぬ」

男は短く答える。

――真に強いのか。

富蔵は酒を呷り続ける男を見つめていた。確かに堂々たる体躯をしているが、それだけで炙り屋より強いとは言い切れないだろう。

「さて……」

富蔵は迷った。

ここにいるべきか、先ほどの部屋に戻るべきか。ここにいたら、護衛たちはまた頼られていないと気分を害すだろう。

「来れば行く。戻れ」

「よいので……？」

思わずそのまま疑問が口から出た。

「百両のためだ。少々のことは目を瞑る」

男はそう答えると、徳利から直に酒を呑んだ。やはりこの男、金への想いが相当に強い。この手の者は何とも解りやすく、富蔵にとっては最も得意な相手である。

「ありがとうございます」

富蔵は礼を述べて自室へと戻った。護衛たちはまだいくらか不満を漏らしていたものの、富蔵は上手く機嫌を取って落ち着かせた。

亥の刻（午後十時）を少し回っていただろう。

十人の手練れの護衛がいる。虚の男も間に合った。富蔵は安堵が込み上げて来て、ようやく床に就いた。

二

翌日も、そのまた翌日も炙り屋は現れなかった。ここ数日とは異なり、夜も深い眠りに就くことが出来た。困ったことといえば、恐ろしいほどの速さで酒が消えていくことくらいだろう。利一を通して雇い入れた護衛たち十人分の酒を、虚の男は一人で呑み干してしまう。ただ所詮は酒。それくらいならば幾ら呑んでくれても良い。酔っていざという時に使い物にならないのではないかと心配していたものの、男が自ら語っていたように、酔うどころか、顔色一つ変わりはしないから驚きである。

――このまま来ないのではないか。

富蔵はそう思い始めた。炙り屋ほどの男ならば、富蔵の家に多くの男たちが入っていることも摑んでいるかもしれない。

これほど厳重な守りの中、攻め込んでくるだろうか。そうなってくると、護衛の者たちはともかく、虚の男はいつまでいてくれるだろうか。

もう炙り屋は来ないと踏んで引き上げられても困るのだ。本当に諦めていればよいのだが、炙り屋はその時を狙ってくることも考えられる。富蔵としては、炙り屋が攻め込んで来て、返り討ちにしてくれることが望みなのだ。

藪蛇（やぶへび）になるかも知れぬが、唐突に言い出されるほうが怖い。富蔵は自ら酒を運んだ時、虚の男に、

「いつまで……」

と、恐る恐る訊いた。

「そういえば、言われておらぬな」

口を酒で洗うように呑み、男は答えた。

「炙り屋は貴方様が離れるまで、様子を窺（うかが）っているのかもしれません。その時は……」

「いや、必ず来る」

「え……」

富蔵は言葉を詰まらせた。

「どうせ近い。だからこそ金五郎も期日を決めなんだのだろう」

男は茶碗に酒を注ぎながら、こともなげに続けた。

「今宵（こよい）くらい……あるかもしれぬな」

男の目が底光りした気がした。濃い髭に覆われた頬が緩んでいる。自信の表れということか。富蔵は唾を呑みながら、不敵な笑みを浮かべる男の横顔をじっと見つめた。

冬の一日は短い。藍が忍び寄ったかと思うと、すぐにそれは黒き闇へと変じていく。茜が少ないからか、烏の声も幾分寂しげに聞こえる。

ここのところ富蔵は、全く店に顔を出せていない。事情は表向きのものを言い拵えて家に籠もり、朝に手代に指示を与え、店仕舞いしたら一日の報告に来させている。商いに障りはない。己のもとには伊八郎ほどでなくとも、優れた手代が幾人もいる。これまで切磋琢磨し、勝ち残ってきた者たちである。もはや己がおらずとも、一朝一夕で商いが崩れることはない。

「今日は敏介だな。まだか？」

富蔵は奉公人に尋ねた。陽が沈み、出納を締めた後、戌の刻（午後八時）までには手代が報告に来るのだが、半刻（約一時間）ほど過ぎても一向に姿を見せない。

「一度、店のほうに様子を窺いにいきましょうか？」

「いや、構わない。何かあったのかもしれぬ」

数多くの客が来店するのだ。どれほど神経を研ぎ澄ませて商いをしようとも、帳尻が合わないことも年に幾度かはある。そうなれば深夜になるまで、帳面と睨み合いをすることもあるのだ。

富蔵は文机に向かった。越後屋はさらに深川に攻勢を掛ける。紙には大丸に与している商家の名が記されており、そのうちどの者から寝返らせるか思案しているのだ。この一件では大丸に大層てこずらされたが、落着すれば、

——目にもの見せてやる。

と、心に誓っている

この呉服屋か、あるいはこの両替屋か、いかなる手法で転ばせるのか。そのようなことを考えているうちに、富蔵はうつらうつらと微睡んでしまっていた。

三

富蔵ははっと目を覚ます。首が垂れて文机に頭をぶつけそうになったからか。いや、己でも気付くほどの物音がしたのだ。

「旦那」

声とほぼ同時に、勢いよく続きの間の襖が開く。利一から雇った用心棒の一人である。

「どうした」

「来たようですぜ」

覚悟はしていたものの、やはり驚きが湧き上がって来て、一気に眠気が覚めた。

「何処から入った」

勝手口は板を幾枚も打ち付けて塞いだ。他にも入れそうなところは全て固く閉ざし、唯一の不安は屋根を剝がして侵入してくるくらいであった。

「正面からだ」

用心棒は苦笑した。人の出入りがある以上、表口は開けておかねばならない。だが昼間は一人、夜は二人、正面入り口からすぐの一間に見張りを置いている。そのように固めているのは、炙り屋も想定しているだろう。それを承知で、堂々と正面から来たことになる。

「声が……」

富蔵は漏らした。先ほど、明らかに大きな物音が立った。が、怒号、悲鳴のようなものは一切聞こえてこない。

「見張りがいただろう？」

続けて訊くと、用心棒は頰を引き締めつつ答えた。

「声を出す間もなくやられたってことでしょうな。あんたの奉公人たちはまだ眠りこけているか、詰め部屋で震えているのだろう」

「そのようなことはどうでもよい」

今、奉公人のことなど完全に頭にない。

ただ己が生き残れるか、炙り屋の脅威を取り除けるか。それだけが大事である。

「来た……」

用心棒が、しっと息を吐く。

ひた、ひた、ひたと、人が廊下を歩む音が近付いて来る。冬の床板の冷たささえ、伝わるような不気味な足取りである。

「おい」

「ああ」

用心棒たちが声を掛け合う。見張りの二人がやられたならば残りは八人。

富蔵は自室である奥座敷から動かず、その前に二人が立ち塞がる。残る六人は二手に分かれ、奥座敷と次の間それぞれの廊下に面した襖の前で待ち構えた。現れるなり襲い掛かるつもりである。

「あの……大男を呼んできてくれ……」

はっと思い出し、富蔵は小声で言う。虚の男の姿がないのだ。

「臆(おく)しているのでさ。あるいは気付いていないか。どちらにせよ口ほどでもねえ」

虚の男をここには置くなと言っていた者が吐き捨てた。

「そんなはずは……」

富蔵は素人であるが、あの大男が只者(ただもの)でないことくらいは解る。あの時は納得していたが、内心では臍(へそ)を曲げており、見殺しにしようとしているのではないか。様々なことが頭を巡る中、跫音(あしおと)はなおも近付いて来る。

そして、用心棒たちが詰めていた次の間を過ぎてぴたりと止まった。奥座敷のすぐ前である。用心棒たちが目で合図を交わし、次の間から奥座敷に二人移る。侵入者、いや炙り屋に合わせ、近くで守る者が二人、奥の部屋の襖近くに五人、手前の部屋に一人という布陣に切り替えた訳だ。

一切、物音が消えた。聞こえるのは用心棒たちの微(かす)かな息遣い、そして自らの鼓動のみである。ほんの十を数えるほどだが、一刻の長さにも感じる。次の瞬間、

「えっ……」

と、用心棒の一人が呟いた。手前の間の一人である。襖を刺し通してにゅっと伸びた刀が、腹に深々と突き刺さっている。

すうと刀が引かれていく。あまりに静かであるため、夢を見ているかのような心地

になる。それは他の者も同じようで、皆が魅入られたように息を呑む。

「うう……」

刺された用心棒が膝を突いた。着物はじっとりと血で濡れ、畳にも零れるそれは、行灯の灯りの加減か異様に黒く見える。皆がそちらに目を奪われていたが、一人が、

「おい」

と、声を上げて夢から覚めたように一斉に顔を上げる。いつの間にか音も無く襖が開いており、刀を手に提げた男が静かに立っている。

「お前が炙り屋……」

用心棒の呟きを無視し、男は部屋の中にそっと足を踏み入れた。

「越後屋大番頭富蔵、この世より炙る」

もはや疑いようもない。炙り屋だ。

「ゆくぞ！」

用心棒の一人が畳を蹴って炙り屋に向かった。他の者も一切の躊躇いなく襲い掛かる。炙り屋は入れ替わり立ち替わり攻める五人の刀を弾き、捌き、いなし続ける。噂に違わぬ達人である。だが富蔵の目にも、

――こちらが押している。

と、見て取れた。流石に五人を相手にすればそうなるだろう。しかも素人ではなく、曲がりなりにも殺しを生業にしている者たちなのだ。

「やはり手強い……手を休めるな！」

用心棒の一人が畳みかけるように励ます。残りが応と叫んだ直後、炙り屋の口元が微かに緩む。苦く、呆（あき）れたような薄笑いである。さらに富蔵は、

「これでか」

と、呟くのを確かに聞いた。

「くたばれ！」

「一文字（いちもんじ）」

別の用心棒が喚きつつ斬（き）り掛かった時、炙り屋は謎の言葉を吐いた。次の瞬間、部屋の中に絶叫が渦巻いた。用心棒たちが次々と炙り屋に斬られていくのだ。炙り屋が仕掛けたというより、襲い掛かる順に斬られている。その証左に、機を逃してわなわなと震えている一人だけ、未だに斬られてはいない。

「ば、化物（ばけもの）め——」

腹を括（くく）ったらしく、刀を振りかぶったその一人も、直後に首を切り裂かれてどっと倒れ込んだ。

「これで討てると思っていたならば、俺も随分と侮られたものだ」

襖は鮮血に染まり、畳には血溜まりが出来ている。その中に立つ炙り屋は、小さく鼻を鳴らした。

「お前ら、どうにかしろ！」

富蔵は残る二人の用心棒の背を押した。一人はその勢いのまま、炙り屋に向かっていく。が、瞬時に屍に変えられてしまう。顔を真っ青にした最後の一人は、ぱっと刀を手放した。

「お、おい。待て！」

富蔵の制止も虚しく、用心棒は奥座敷から出て、表を目指して廊下へと走り出た。廊下を走っている最中、炙り屋の横を抜けたと見え、用心棒はつんのめるようにして頽れた。背後を一瞥することもなく、炙り屋が繰り出した刀の鋩が、用心棒の首を切り裂いたのである。

「勤めを果たせ」

炙り屋は冷ややかに言い放った。用心棒たちも一人や二人は斬っている裏の住人だったはずだ。それがほんの僅かな間に全滅した。想像を絶する強さである。

「い、幾ら払えば助けてくれる……百両……千両……いや、待ってくれるならば一万両揃える！」

もはや用心棒は一人も残っていない。富蔵は悲痛な声で叫んだ。

「炙ると言ったのが聞こえなかったか？」

炙り屋は柳葉の如く目を細め、こちらに向けて一歩踏み出した。

「頼む……お願いします……命だけは……」

富蔵は念仏を唱えるように手を擦り合わせるが、炙り屋は歩を止めない。頭の中を様々な思い出が巡った。その大半が大番頭という地位を手に入れた時のことではなく、頭角を現して早々に丁稚から手代に取り立てられた時のこと。他の手代に妬まれて、殴る、蹴ると、散々に苛められたこと。今、己は数十年ぶりに恐怖しているのだ。

「お願いします……」

合わせた手より、頭を下げて懇願した。

その時である。乾いた音が耳朶に届いた。はっと顔を上げると、廊下で手を叩いている男がいる。虚から派されたあの大男だ。

「よい腕だ」

この惨劇の中、男はいかにも愉快げに言った。

「誰だ」

「虚よ」

炙り屋の問いに、男は即座に答える。

「こいつが……虚？」

炙り屋は目を細めてこちらを見る。富蔵は首を激しく横に振った。

「頼まれて守っている」

「左様か」

炙り屋は興味なさそうに吐き捨てた。

「だが、別に用もある。炙り屋、虚に入れ」

「えっ――」

富蔵は吃驚(きっきょう)して声を漏らした。

今回、金五郎があまりに素直に護衛を差し向けてくれたので、小さな違和感を持っていた。以前からか、今回思い付いたかはともかく、どうやら虚は炙り屋を勧誘したかったらしい。炙り屋が虚に入れば、己を殺すという依頼は破棄(はき)されるのか。それとも最後の仕事としてやり切るのか。その時、虚は守ってくれるのか。一気に考えねばならぬため、目が回りそうになる。

「懲(こ)りぬ奴らだ」

炙り屋は零す。やり取りから察するに、以前にも虚は誘っており、そして、炙り屋は断ったということだろう。

「断ると？」

「無論」

「ならば銭稼ぎといくか」

男は得物に巻かれた晒を解いていく。槍にしては短いし、太すぎる。ずっと何かと思っていたが、現れたのは武骨そのものの棒である。樫の棍棒の類には見えない。全てが黒鉄に覆われていた。

――このようなものを振れるのか……。

富蔵だけでなく、誰もがそう思うだろう。が、男は晒を解き終えると、軽々と構えた。

「死にたいらしいな」

「油屋と同じに思うな。俺は――」

「元　鰄党四番組。『枯神』の九鬼段蔵だろう」

炙り屋は遮るように言った。

「ほう。知っていたか」

富蔵はここで初めて男の名を知った。しかも、あの悪名高き鯱党の残党であることも。男は、いや九鬼も淡い驚きを見せている。

「六尺三寸（約一八九センチ）はあろうかという大男。得物は金棒。これはそうはいない」

「炙り屋にまで名が届くとは光栄なことよ」

「鯱党についてはちと詳しいだけだ。それに名を知られるのは誇ることではない。獲(え)物(もの)を逃している証(あかし)よ」

炙り屋は無駄に話している訳ではないらしい。その間、一歩横に移動した。すると九鬼は一歩詰める。富蔵の考えの及ばぬところで、すでに両者の戦いは始まっているらしい。

「炙り屋は剣だけでなく、口も達者とは驚いた」

「真のことを言っているだけ。その目元の傷も大方獲物を逃がして付けられたというところか？」

九鬼の顔に明らかに怒気が走った。炙り屋は嘲(あざけ)るように続ける。

「図星らしい」

「貴様を始末した後、必ずくらまし屋も殺す」

「あいつか……」

炙り屋は苦く頬を緩めると、刀を八相に構えて鼻を鳴らして吐き捨てた。

「お前如きには殺れぬ」

「ほざけ！」

九鬼が吼えるや否や、炙り屋に向かう。雷獣とはこのように鳴くのではないかという咆哮。九鬼は軽々と金棒を振りかぶり叩き下ろす。

「ひっ――」

富蔵は腕を顔の前に出して仰け反った。炙り屋はすんでのところで横っ飛びに躱した。金棒は畳を突き破り、千切れた藺草の粉が宙を舞う。雷が落ちたが如き一撃である。

「くたばれ」

九鬼はにたりと笑った。刀を返すように、宙を舞う炙り屋目掛けて金棒を振り抜いたのだ。

「くっ――」

宙では避けられず、炙り屋は刀で防ぐ。が、凄まじい勢いで飛ばされ襖に激突した。

九鬼は手を休めることなく跳ねるようにばっと畳を蹴って迫る。巨軀とは思えぬ獣の如き速さである。

炙り屋が立ち上がったところに繰り出された金棒は、柱を粉砕（ふんさい）して炙り屋に届く。またもや刀で受け、炙り屋が飛ばされた。いや、富蔵には自ら横に跳んだように見えた。

「力を逃がしたか。流石（さすが）だ」

九鬼はぶんと金棒を旋回させて小脇に構える。炙り屋はちらりと自らの刀を見て、

「よく耐えた」

と呟いた後、九鬼を見据えて続けた。

「その金棒。中は鉄ではないな。恐らくは金だ」

「お前も見破るとはな」

九鬼は舌打ちをする。

「一々比べるな。腹が立つ」

「見破ったところで同じよ」

「金ならば鉄より遥（はる）かに重い。それを軽々と振るうのは鍛錬ではどうにもなるまい。真に人か……」

衝撃のせいで手が痺（しび）れたのか。炙り屋は軽く手を振って、刀を構え直した。

「生まれつきだ。だがそれで強くなれるならば、いつでも人などやめてやる」

九鬼は髭に覆われた頬を緩めた。鯱党といえば、押し込みの時に老若男女問わずに虐殺してきた連中。それこそ九鬼も人をやめたかのように、多くの者を殺してきたのだろう。

「初めて気が合う。俺も同じだ」

言った刹那、今度は炙り屋が正面から一気に間を詰める。

「一文字……」

炙り屋が呟くのを聞いた。先ほどと同じ。謎の言葉である。一方、九鬼は動かずに待ち構える。ぎりぎりまで引き付け、金棒を黒旋風の如く唸らせた。

——これは絶対に避けられない。

富蔵すら炙り屋の顔は無残に四散すると確信した時、甲高い音が部屋に鳴り響いた。

「え……」

富蔵は声を漏らした。

炙り屋は生きている。如何にしても躱せない距離まで金棒は迫っていた。刀で受け止めても折れるか、先ほどのように身が吹き飛ぶはず。

だが、炙り屋の位置はさほど変わっていない。

「小癪（こしゃく）な」

九鬼は金棒を凄まじい速さで振り回す。まるで躰に黒旋風が纏（まと）わりついているが如く見える。金棒の先が掠め、畳表がささくれ立つ。しかし、炙り屋は全てを躱していく。あの甲高い音が鳴り響き続ける。

目を凝らしてその音の正体がようやく判（わか）った。九鬼の金棒の軌道を刀で逸（そ）らす時の音である。金棒の狙いを外し、紙一重のところで躱しているのだ。この野分（のわき）のような猛攻の全てを。九鬼も人外ならば、炙り屋もまた人外の強さである。

「くっ――」

九鬼が大きく飛び退いた。確かに腕を炙り屋に斬られた。が、どうした訳か血がほとんど出ていない。ひっかき傷程度である。

「化物め」

「どちらがだ」

炙り屋、九鬼の声が重なった。凄まじい攻撃の応酬が繰り広げられる。目で追うことも出来ないほどで、富蔵はあんぐりと口を開けてしまっている。

「速すぎる――」

九鬼が顔を歪（ゆが）めた一瞬の隙を衝（つ）き、炙り屋は懐に飛び込んだ。金棒の間合いの内側である。

炙り屋に斬られる。

富蔵がそう思ったその時、九鬼は不敵に笑い、炙り屋を抱きしめるように金棒を引き寄せる。炙り屋の項に金棒が唸りを上げて迫る。

「八文字……」

炙り屋は見えていないはず。それなのに刺突の構えを崩し、屈むようにして金棒を躱すと、そのまま間合いの外へと転がり出た。しかもその時、浅くではあるが、九鬼の腿に斬撃を加えたのである。

「お前の術は目で見たものに、考えるより速く躰を動かすものと見たが……目で追えぬ『縊鬼』を躱すとはどういう訳だ？」

縊鬼とは、今九鬼が繰り出した技の名か。斬られたことなど意に介さず、九鬼は訝しそうに首を捻る。

「そう言う貴様は九鬼神流か」

すぐには返答せず、炙り屋は一拍空けて、細く息を吐いた後に言った。先ほどよりも僅かながら息が上がっているようだ。

「よく見た。まだまだこのようなものでは――」

「問題ない」

炙り屋は冷たく吐き捨て、九鬼はこめかみに青筋を浮かせた。

「貴様の流派が何か知らぬが、所詮は後手ばかりの下らぬものよ」

「二階堂平法」

「これがそうか」

九鬼は得心したように目を見開く。

「くだらぬかどうか試してみろ」

「そのつもりだ！」

九鬼は咆哮と共に突貫して金棒を振るう。先ほどよりもさらに一段速い。炙り屋もまた高速でそれを捌く。金棒が掠めた欄間が粉砕された。炙り屋は何故か砕け散った欄間の破片まで避ける。その時、

「金平鹿！」

九鬼は金棒を旋回させた。炙り屋は舌打ちし、

「八文字」

と、また呟いて金棒を回避した。

「なるほど！　一文字が目で見えるもの全てに、八文字は人の気配のみに反応するの

だな。その分、さらに速くなるという訳か！」

九鬼は嬉々として金棒で連撃を繰り出す。炙り屋はどこか眠ったような表情になっており、一切の反応を示さぬ。ただ、意志が宿ったように刀だけが躍動する。

「これでどうだ！　九鬼神流、温羅！」

九鬼は一歩飛び退くと、金棒を真っすぐ炙り屋に向けて豪速で投げた。炙り屋ははっとして紙一重で躱すが、その時には九鬼の巨大な手が喉元を捉える。炙り屋は暴れ馬に跳ねられたように吹き飛び、後ろの壁に激突した。

「く……」

「正体が見えれば、大したことはない」

九鬼は転がっている金棒を拾いつつ豪快に笑った。

富蔵は汗の滲む掌を握りしめた。炙り屋は相当強いが、九鬼のほうが一枚上手。炙り屋は今や、苦しげに肩で息をしている。先ほどの一撃でどこか骨の一本や二本、折れていても不思議ではないのだ。

「また気が合った……俺も同じことを考えていた」

「いつまでも減らず口を……あと十数える間に殺してやる」

「助かる」

「何……」

炙り屋は観念したのかと思った。九鬼も同様のことを考えたらしく眉間に皺を寄せる。

「今はそれが際よ……十文字――」

刹那、炙り屋が消えた。いや、富蔵にはそのように見えた。九鬼に向けて矢の如き速さで突貫し、炙り屋が脇を駆け抜けたのだ。

「なっ――」

九鬼が吃驚の声を上げた瞬間、炙り屋は畳を蹴り飛ばし、宙で身を捻って斬撃を繰り出す。九鬼の襟から露わになった胸のあたりに赤い筋が入り、腕から鮮血が噴き出す。これは擦れ違った時に付けられた傷だろう。あまりの高速の連撃に、血が噴き出すのさえも間に合っていない。

「前鬼！」

降り立った位置に金棒を振り下ろすが、そこに炙り屋の姿は無く、九鬼の肩に斬撃が、次いで脇、足、背と五月雨のような連撃が入る。

「何だ！　これは――」

九鬼は白刃の嵐に呑み込まれて、躰中を切り裂かれて血塗れとなっていく。遂には鈍い呻きと共に片膝を突いてしまった。

あと数撃で九鬼を倒せる。

富蔵にもそう見えたのだが、その直後、炙り屋も急に足を止めた。しかも、酩酊したが如く覚束ない足取りでふらつき、刀を畳に突き刺し、杖代わりにして何とか立っているという状態である。

「まだ生きているとは……やはり化物か……」

炙り屋はぜいぜいと息を吐きつつ、九鬼を睨んだ。一方の九鬼もあまりに多くの血を流し過ぎたのか、

「くそ、くそ、くそ……」

と、掠れた声で連呼するも、激しく咳き込んで血の混じった涎を口から垂らしている。

「くらまし屋も、炙り屋も……これほどか……」

九鬼は呻いて身を起こそうとするが、躰が思う儘に動かぬようで、がくんと肘まで畳に突いてしまった。

それを見た炙り屋が、ぽつりと呟いた。

「今日のところは退散する……」

「待て……逃がすか！」

九鬼は血達磨になりながらも、最後の力を振り絞るようにして立ち上がる。そして雄叫びを上げながら、重い足取りの炙り屋を追い掛けた。九鬼のほうが速く、その距離はすぐに詰まる。無防備となった炙り屋の後ろ頭を目掛け、九鬼が金棒を振りかぶる。咆哮の切れ間、炙り屋が、

「ようやく間合いから離れたな」

と、ぼそりと囁くのが聞こえた。金棒が脳天に迫る中、炙り屋は、

「一文字……」

と、続けて零す。

富蔵には景色がゆっくり流れるように見えた。九鬼の金棒をするりと抜けた炙り屋だけが、遅々たる景色の中、一陣の風のようにこちらに近付いて来る。初めて炙り屋の顔を正面からまじまじと見ることになった。悪鬼羅刹といった顔ではない。むしろ苦み走ったよい男だ。そのようなことが頭を過った次の瞬間、擦れ違うように炙り屋が視界から消えた。

「え」

声が詰まった。腹部に激しい熱さを感じる。

「卑怯者め！」

九鬼が憤怒と悔恨の入り混じった顔で喚く。何故か視野は鮮やかで、部屋中に飛び散った、九鬼の躰を濡らす血は、光るように明るく見える。

「勘違いするな。俺の勤めは貴様を斬ることではない」

炙り屋の声が背後から聞こえ、富蔵は振り返る。顎の震えが膝に伝播し、富蔵は畳に頽れた。

「私が死ねば……越後屋は……」

「伊八郎がおらずとも何とか回っている。お主如きが逝っても何ら変わるまい」

先ほどまでの足取りは演技だったのか、それとも回復したのか。

炙り屋は吐き捨てると、さっさと部屋を後にする。九鬼は追おうとしたものの、到底追いつけぬと思ったかすぐに足を止めた。

九鬼は深い溜息を零すと、のしのしとこちらに近付いて来た。先ほどまで妙に鮮明だった景色は、少しずつ曇り始めており、その表情まではきとは見えなくなっている。

「悪いな。しくじった」

九鬼はけろりとした調子で言う。

「そん……な……」

「あんな男を使われるほど恨まれるお主が悪い」

顔は見えぬ。が、真っ赤な中に白いものが見えたので笑っているらしい。

「いた……い……」

熱さは激しい痛みに変わっており、最初は腹部だけだったのが全身を侵しつつある。

「これはもう助からぬ。せめて楽に死なせてやろうか」

九鬼が言うのに対し、富蔵は最後の力を振り絞って畳に擦るように首を横に振った。

「苦しむのが好きならばそれもよい」

あっさりと答えると、九鬼もまたのしのしと部屋を後にする。

「まだ残っている」という声とともに徳利（とっくり）の割れる音が響いた。九鬼が残った酒を流し込んだのだろう。

痛みは続く。刻一刻と目は曇る。這（は）って助けを求めようとするが躰は動かない。何処かに隠れて震えているだろう奉公人を呼ぼうにも声も出ず、この期（ご）に及んで苛立ちが沸き立つ。

いかぬ。神仏に助けて貰わねば。怒りより、悔いだ。伊八郎のことを心中で何度も詫（わ）び、故に救ってくれと懇願する。が、それすらも痛みの中で億劫（おっくう）になり、誰もいなくなった静寂の部屋の中、富蔵は考えるのを止めた。

第九章　玄人の詩

一

玄九は鼻をひくつかせ、耳を澄ませ、心を無にした。五感を研ぎ澄ませて僅かな痕跡を探し、時に推理してその後を追う。

今回の相手はあの、くらまし屋である。こちらも人探し、追跡にかけては江戸一を自任している。勤め柄、いつかはかち合うとは思っていた。その時は必ず見つけてやると、密かに心に期していたのである。ついに勝負が実現したのだ。

ただ、気に食わぬことが一つだけある。

「早く追わぬでもよいのか！」

――ああ、鬱陶しい。

耳元の近くで喚く堂島重太郎に、玄九は顔を顰めそうになるのを、ぐっと堪えた。

「短くても一刻（二時間）は、宿場を見て回らないと」

堂島に捕まった府中宿の次、日野宿で玄九は旅籠に聞き込みをし始めた。それが堂島には気に食わぬらしい。

「だから何のためだ。この宿場には、分かれ道がある訳ではない。すぐに追えばよいではないか。さてはお主、俺から逃れようと——」

「府中でも言ったでしょう。また説明しなきゃならねえか……」

玄九は項を掻きながら続けた。

「堂島さん、確かにこの宿場に分かれ道はない。だが、道は二つありますぜ」

「訳の解らぬことを。分かれ道がなければ、則ち一本道ではないか」

「前と後ろですよ」

「何……」

「くらまし屋がこの宿場で追手をやり過ごし、来た道を引き返さぬとも限らないでしょう？　それに嵌まってしまえばもう終わり。絶対に追いつけやしねえ。じれったいとは思いますが、これはどうしても必要なことなんです」

玄九が丁寧に説明してやると、阿呆の堂島でも理解したらしい。舌打ちをして吐き捨てるように言った。

「ならば、早くしろ。四半刻（約三十分）でやれ」

「承知しました」

言われずとも、それくらいしか時は無い。この間にもくらまし屋はどんどん先に行く。追い掛ける方が圧倒的に不利なのだ。

——先に進んだようだな。

片っ端から旅籠に聞き込む。引き返したらしき客はどうもいない。反対にかなり臭う男女の二人組の目撃はあった。これが比奈とくらまし屋ならば、凡そ二刻（約四時間）ほど先を進んでいることになる。だが、くらまし屋は比奈を連れている。こと歩く速さだけでいえば、こちらのほうが勝っている。

「堂島さん、追いつくためには夜も歩く必要がありそうだ」

「問題ない」

堂島を始め、この者たちは体力はある。夜遅くまで歩くのも問題はなかろう。

次の八王子宿は多くの旅人が行き交い活気に溢れている。特に念入りに聞き込みを行った。この宿場は甲州街道と、日光脇往還の二つの道に分かれている。さらにはここでも、やり過ごして引き返すことも念頭に置かねばならない。

聞き込みを行うと、時を前後して、同じような風体の男女の二人組の目撃談が二つあったのである。

——またか。

これが一度目ではない。府中宿でも同じことが起きていた。その時から玄九は偶然ではなく、くらまし屋の陽動ではないかと考えた。

此度、また分かれ道のある宿場でよく似た男女の二組が現れたことで、それは確信に変わりつつある。くらまし屋が何者かを雇ってそうさせているとも考えられるが、玄九は、

——くらまし屋とは、そもそも一人ではないのではないか。

と、仮説を立てている。人を雇うとなると、常に裏切られることを用心せねばならない。大した役目でないならばそれも有り得ようが、此度は成否を分けるほどの重要な役目であることや、依頼を請けてから然程の時が無かったことから、こちらの線の方が遥かに濃いと考えている。

「くそ、ここでもか……如何にする」

堂島は忌々しそうに零した。

堂島は分岐のことにも気付かぬ阿呆なのかと思っていたが、流石にこの男でも、道の分かれる府中宿では、聞き込みを行っていたらしい。そして此度と同様、男女の目撃情報が二つあることも知っていたという。

「どうやって、甲州街道だと絞ったのです？」

玄九は気になって尋ねた。堂島は府中宿で己を捕まえた後、聞き込みを急かしはしたものの、玄九が甲州街道だと伝えると迷うことなくそちらに向けて歩を進めた。探索は己に任せるつもりなのだろうと思っていた故、これまで気に留めていなかったのだ。

「二手に分かれたのよ」

堂島は苦く頬を歪めて答えた。

もともと堂島の一行は今の倍ほどいたらしい。考えても一向に答えが出そうにない。このままだと、くらまし屋に離されてしまう。そこで堂島は二手に分かれる手段を提案した。どちらがくらまし屋を討っても報賞は山分けするという約束で。そうして二手に分かれた後、堂島は玄九に接触したという訳だ。

「なるほど」

玄九は内心でせせら笑った。下策である。くらまし屋の思惑にまんまと乗ってしまっている。

「此度もまた二手に分かれるしかないな」

堂島は他の者たちと相談を始めた。

「いや、解りますよ」

玄九はさらりと断言した。

「何……」

「甲州街道でしょう」

そのよく似た二組は同日に出立している。これだけでは判断が付かない。ただ一つ、違う点があることが聞き込みから判る。

――宿場に入った刻限と出た刻限が違う。

と、いうことだ。

府中宿では一組目は二組目の半日前、この八王子宿では半刻（約一時間）ほど前に宿場に入っている。先着した一組が、もう一組を宿場で待ち構え、翌朝、半刻ほど先に出立している。

「後ろが本命です」

「何故、そう言い切れる。くらまし屋が先行し、あと一組が来るのを待っていることも有り得ようが。裏を掻いていることもある」

――お前みたいな奴に裏を掻くかよ。

と言う訳にはいかず、喉で言葉を留めた。

「皆無ではないでしょうね。ただ別に訳もあります」

府中宿では、二組目がやって来る半日前に一組目は入っていた。つまり比奈とくらまし屋が大丸の屋敷を出た時には、すでに府中宿に一組目がいたことになる。当初から攪乱の策を練って支度をしていた証左である。これが先行しているのが攪乱組、後から来るのが本命という訳だ。

「府中ではそうだったかもしれぬが、この八王子で入れ替わることも有り得る」

「だから……それだと、くらまし屋は攪乱組を置いて行くはずで――」

「それはあくまでお主の推察であろう」

言い掛けるのを、堂島は語調を強くして遮った。

――何のために俺を使ってんだ。

玄九は内心で舌打ちをした。

確かに堂島の言う通り、完全にそうだとは言い切れない。が、それを言い出したら追跡など無理な話である。ましてや、相手は一流の裏稼業の者なのだ。どこかで勝負には出なければならない。ならばより勝ち目のある方に賭けるしかない。

「やはりここも二手に分ける」

「そうですか……」

玄九はもはや逆らわなかった。己は言うべきことは言った。これ以上は止める義理も無い。

八王子宿で二手に分かれた。甲州街道に七人、日光脇往還に六人。堂島が甲州街道を選んだのは、腹のうちでは玄九の言うことに一理あると思っているからかも知れない。脅されている立場である玄九も、当然そちら側に帯同させられる。

それからも宿場を念入りに探索しつつ先を急いだ。

上鳥沢宿を抜け、次は猿橋宿。その道の途中、先に人だかりが出来ているのに気が付いた。

「役人のようですね」

玄九は小声で言った。宿場の役人たちがいる。何か事件が起こったのは間違いないらしい。

「解っておろうな」

堂島が低く脅す。助けを求めるなということである。

「心配いりませんよ」

玄九は呆れ混じりに返す。己は殺しはやらぬ。だが、見つけた相手が恐らく殺されるのを判っていながら探索に力を貸している。決して真っ当という訳ではない。それに引き受けた依頼の内容は誰にも他言せぬという矜持もある。

人だかりが出来ているのは、名所、猿橋。手前側の袂に、何かが筵を掛けられて並んでいる。屍と見て間違いない。ただその数、尋常ではない。ざっと十以上はあろう。

堂島らが顔を背けつつやり過ごそうとするのに対し、玄九はむしろ役人に怯えた声を作って話し掛けた。

「何があったのです」

「おい」

と、小さく堂島が呼ぶが、聞こえぬ振りを決め込む。

——これで話し掛けないほうが余程怪しいだろうが。

幾度目だろうか。心の中で罵る。思った以上に阿呆である。存外、武士はこのようなものだ。百五十年以上続く泰平でそうなったのか、武略を駆使していた乱世の頃の面影は全くない。存外、町人のほうが遥かにしたたかであろう。

「殺しだ」

「ひっ……」

と、玄九は人並みに恐れてみせた。

「下手人は複数。あるいは仲間割れだろう」

これほどの屍が出来たのだ。役人がそう考えるのも無理はない。だが玄九は十中八九、くらまし屋の仕業だと見ている。確かめることは出来ないが、つまりこの骸は己たちと同様に雇われた連中だ。

――くらまし屋って奴は、こんなにも強いのか。

玄九はぞっとした。役人の見立てである仲間割れという点は違うが、複数というのは当たっているかもしれない。くらまし屋が陽動に人を使っている以上、途中で合流した新手の護衛がいてもおかしくない。

「じゃあ、もしかして人殺しと擦れ違ったってことは……」

「いや、足跡から甲州方面に向かったようだ」

橋板に残った血の足跡。そこから判断したという。

「橋は渡っても?」

「ここを止めたら困る者が溢れ返る。仕方あるまい。まだ血に汚れているが……」

「急ぎなので助かります。ご苦労様です」

玄九は会釈をして橋を渡り始めた。橋の欄干に飛び散った血痕がある。橋板の隙間にも血が溜まっている箇所が見られた。

役人が到着していること、ある程度は橋が清められていることから、ついさっきの出来事ではない。ただまだこの状態ということは、裏を返せばそれほど遠くもないのも事実。

「はきとは言えぬが、骸の中に鬼蜘蛛がいた……」

暫し行ったところで、堂島が険しい顔で言った。

「阿比留ですか。何故判ったのです？」

「手だ」

かつてともに仕事をしたことがあるという。阿比留蔵人は勤めで左手の薬指を根本から失っている。筵から左手がはみ出ており、その特徴と一致したらしい。

「かなり強いようですね」

「五、六人……いや、十人はいる覚悟をしたほうがよいだろう」

くらまし屋が複数かもしれないということには、堂島も気付いているらしい。いや、あの惨状を見せられたら、そう考えぬほうがおかしい。猿橋付近に使い手を伏せていたのかもしれない。これだと辻褄も合う。

「どうします？」

あの悪名高き阿比留が、しかも複数で掛かって敗れたのだ。この依頼を放り出すとは思えぬが、何か一計を案じるかという意味である。

「阿比留は潜んで獲物を仕留める類の者。正面から戦えば然程ではない。阿比留ならば何度戦っても俺が勝つ。くらまし屋も討てる」

堂島は怯む様子は全くない。またその自信もあながち大言壮語という訳ではないだろう。それは堂島の実績が語っている。

「そうですか。ならば……」

「急ぐぞ」

ここからさらに足を速めた。時に小走りになる時もある。この辺りは宿場の間隔が狭く、次々に通り越していく。何処が目的地なのか。すでに甲斐の深くまで入っている。日本橋から数えて三十二番目の宿場、黒野田宿で聞き込みを行ったところ、

「ああ、そんな二人が少し前に通ったよ」

と、旅籠の呼び込みをしている女が教えてくれた。つい、先頃。まだ四半刻も経っていないらしい。いよいよ近い。

「お尋ね者かい？　それとも駆け落ちかい？」

女は首を捻った。

「何故、そう思う？」

「いや、さっきも訊かれたからさ」

はっと堂島たちが顔を見合わせる。男女二人組が通ってから間もなくのことだという。己たちより僅かながら早く、くらまし屋に迫っている者がいるということだろう。

――樺嶋波門だな。

玄九は直感した。府中宿で樺嶋を見た。己を助ける素振りもなく先に進んでいったのである。これまで追い抜いた形跡は無いことから、十分にあり得ることだ。

「先を越されるぞ。急げ」

宿場を出ると、堂島はさらに煽り立てた。もはや駆け足である。

――見えぬな。

一刻近く駆けたところで、玄九は訝しんだ。険しくて細い道が続き、なかなかの悪路である。くらまし屋はともかく、比奈がそれほどの速さで歩めるとは思えぬ。そろそろ追いついてもおかしくないのである。

「何だ……」

大きく曲がった箇所を抜けた時、玄九はふいに何か違和感を持った。

堂島は急げ、急げと仲間に捲し立てて先を行く。玄九が足を緩めていることにようやく気付いたらしく、身を翻して、

「貴様！　逃げる気か！」

と、大声で喚いた。

だが、玄九は逃げやしない。ゆっくりと歩を進めながら周囲を見渡す。

斜面を切り開いて造られた道である。左側は草木が生い茂っており、その先は崖になっている。下には川が流れているのだろう。微かに水音も聞こえた。

右もまた草木が繁茂しており、上りの斜面になっていることは解るものの上の方は見えない。僅かに覗く青空に鳥が幾羽か、けたたましく鳴きながら飛んでいる。

「おい!」

「しっ」

堂島が叫ぶのを、玄九は掌で制した。これまで下手に出ていたのに、態度が変わって驚いたか、堂島はぐっと素直に押し黙る。

「そこ」

玄九は囁くように言って左手の茂みを指差した。

「何だ?」

「人が分け入ったような跡が」

「真か……確かによく見れば」

「ここに血が」

さらに近づくと、葉の一枚に少しだけ血が付いているのに気付いた。猿橋での激闘による返り血が付着したとは思えない。くらまし屋も傷を負ったか。それとも先を行く樺嶋波門と戦って新たに傷を負ったのかもしれない。

「崖の下に逃げたか」

堂島が悔しそうに拳で腿を打った。

もしくは樺嶋もろとも落ちたか。

いや、違う。この草の倒れ方は何処か嘘くさい。まるでそのように見せ掛けるため、わざと草を倒したかのようである。

「堂島さん。決して大声を上げぬように」

「何だ」

「背後にいます」

「なっ――」

堂島は喉を鳴らした。

「これは偽装です。上り側の木の上、幾つか鳥の巣が見えました。が、鳥は少し離れたところを飛んでいる。人を警戒しているのです」

「潜んでいるのか」

「はい。すでに樺嶋もやり過ごしているでしょう」

樺嶋は恐らく、この草の偽装にすら気付いていないのではないか。余程、探索に長けた者が、注意深く観察せねば判らない。では、誰に向けての偽装か。

――俺がいることを知っているな。

どうやって知ったかは判らない。勘である。だが玄九はほぼ間違いないと感じた。

「刀を……」

「分け入るのか」

「いえ、間もなく出てきます」

玄九が振り返った時、鬱蒼と生い茂る木々の隙間からゆっくりと男が出てきた。己が偽装だと見破ったのも、隠れて見ていただろう。比奈にこの斜面を登るのは難しい。守りながら戦うなど無理な話である。となれば、最善の道は、

「ここで返り討ちにするという訳です」

探索に没頭している時は気が紛れていたが、いざこうして対面するとなると声が震えた。くらまし屋は異様な雰囲気を醸し出している。

「黒狗か」

「やはり知っていたか」

精一杯、笑みを見せて強がったつもりだが、頬が引き攣るのを己でも感じる。

「大人しく女を出せ」

堂島が凄んだ。

「貴様は？」

くらまし屋の問い掛けに、堂島は刀を鞘から抜きつつ名乗った。

「堂島じゅっふぇ――」

「新田宮流、音抜」

何が起こったのか、誰も訳が解らずに茫然となる。

堂島の喉にすうと線が入り、やがて蝦蟇の口の如くぱっくりと開いた。刀は半ばまで抜いた状態。残る片手で、堂島は湧き水のように血が溢れるのを、必死に掻き集めるような動作をした。

「び、ひ……きょう……」

「多勢でよく言う。それに……卑怯で構わぬ」

くらまし屋は静かに吐き捨てる。堂島は二、三歩ふらつき、膝を折り、頭から倒れ込んだ。それが地に着くより早く、残る五人がほぼ一斉に躍り掛かる。

「無楽流、無意一刀」

悲鳴が天を衝く。

「天眞正自源流、晴嵐」

血飛沫が風に舞う。

「駒川改心流、龍段返」

魂が地に吸い込まれてゆく。

——何だ……これは……。

玄九は茫然となった。くらまし屋の剣の前に、瞬く間に皆がバタバタと伏していく。しかもこの者らは裏の道では、それなりに名の知れた者たちなのだ。二十も数えるうちに、白刃が交わる音も断末魔の叫び声も絶え、鳥の鳴き声、遠くの川のせせらぎだけが戻って来た。

今や立っているのは、くらまし屋と玄九だけ。逃げ出そうとするものの、恐怖で一歩も足が動かぬ。もはやこれまでと思ったが、くらまし屋は一向に襲い掛かって来ない。

「何故……」

玄九は何とか絞り出した。

「お前には武の心得が無い。が……これからもお前は追って来るだろう。仕方あるまい」

「いや、追わない」

「そうか」

くらまし屋は興を失ったように吐き捨てた。依頼を途中で投げ出す二流三流程度の男と見たのだろう。

「違う。俺の役目はとっくに終わっている」

玄九の役目は比奈の居所を探ることである。すでにその目的は果たした。追加で逃走経路を探ってくれと言われたが、それもすでに「甲州街道」として伝わっているだろう。そこからは自らの意思で後を追い、堂島に見つかってここまで案内させられたに過ぎない。

「とはいえ、殺るだろう？」

嘘ではないものの、己の言葉を信用するとも限らない。どうせ斬られると思えば、ようやく覚悟が決まった。

「追わぬならばいい」

「えっ……いいのかよ」

「ただし、一つ訊きたい。お前の勤めが終わっているならば、新たに依頼を請けることも出来るな」

「あ、ああ……そりゃあ、そうだが。誰か人探しで困っている人でも……」

言い掛けて、玄九は頭に過るものがあって尋ねた。

「依頼人はあんたか」

「そうだ」

「誰だ」

玄九は頬を引き締めて身を乗り出した。

「三人いる」

「いいぜ。ただ高くつくかもしれないぞ」

この状況ならば、見逃してくれる代わりにいくらでも働くと言う者もいるだろう。だがそれとこれは別。文句があるならば斬ればいいと、玄九は腹を括っている。

「それでいい。その方が信頼を置ける」

「もう一つ、俺の流儀がある。依頼人の名を知ることだ。探る気になれば探れるが、本人の口から聞くことに意味がある」

「……堤平九郎だ」

「よし、確かに聞いた。で、依頼金だが、正直これは難しさによって変わる。全く消息が知れぬならば……」

「千両でどうだ」

「なっ……なに!?」

玄九は素っ頓狂な声を上げてしまった。

「一人千両だ。つまり三千両だ」

「おいおい……そんな依頼聞いたことねえぞ。地獄まで人探しに行けってんじゃあないだろうな」

「仮に地獄のような場所にいるとしたら？」

くらまし屋、いや、堤平九郎は真顔で訊いた。

「見つけてやる」

玄九はにやりと笑った。

「頼む」

玄九は己の塒を教えた後、一つ気に掛かっていることを口にした。

「これは答えられればでいい。何故、俺に依頼した。殺さなかったのはそれもあるだろう？」

「お前の鼻の鋭さは尋常ではない。俺は命に代えても見つけたい者がいる。これは利用できると思っただけだ」

「つまり、俺の腕を認めたと？」

「そういうことだ」

「よし。俄然(がぜん)やる気が出たぜ」

ふっと口元を綻(ほころ)ばせたその時、玄九の目に飛び込んできたものがある。

「おい……」

「ああ」

平九郎はゆっくりと振り返った。

その背中越しに、こちらに歩を進める男。樺嶋波門である。

「くらまし屋、女は茂みか？」

波門は地を這(は)うような声で訊いた。

「あれは樺嶋波門だ」

玄九は囁(ささや)くようにして教えた。

「今最も強い振(ふるい)だな」

平九郎はぽつりと呟(つぶや)く。波門はこちらに向けても話し掛けて来た。

「玄九、堂島から解放されてよかったな。くらまし屋に斬らせる策だったか？」

「成り行きさ……」

「今、お前は誰の味方だ」

波門は目を細めて睨(にら)みつける。ここは適当にはぐらかすほうが良い。百人いれば九十九人までがそう考えるだろう。だが己は残りの一人の方。自らの流儀に従い、玄九は無理やり笑みを作った。

「くらまし屋の味方だ」

「そうか。では、まとめて死ね」

波門の両肩から強い殺気が立ち上るのを感じ、玄九は身を震わせた。

「勝てるよな？」

「どうだかな」

「困るぜ、それは……啖呵(たんか)切っちまったじゃあねえか」

「会えぬまま死ぬ気は無い」

「そうか。必ず見つけねえとな」

玄九は、少しずつ近付いて来る波門を見据えながら頷(うなず)いた。

「ちと、まずい」

「やっぱり勝てねえのか？」

「二人だ」

平九郎は後方を親指で差した。玄九ははっとして振り返る。

「嘘だろう……」

後方から初老の男が近付いて来る。優男風の波門とは異なり、巌を張り付けたような厳めしい面相である。地を踏み鳴らすように、どんどん近付いて来る。

「知っているのか」

平九郎は身を開き、前後を等分に見ながら訊いた。

「多田十内だ……」

「なるほど。江戸に戻ったという噂は聞いている」

平九郎は両方に気を配りつつ舌打ちをした。

「おい、親父。あんたも、くらまし屋を狙っているんだな？」

突如、波門が大声で十内に呼び掛けた。

「左様」

「どうする？　かなり遣うぞ」

「お主次第だ」

「じゃあ、一緒にやるか」

「よかろう」

優れた刺客ほど自分なりの流儀を持つものだが、その流儀に反さぬならば、目的の達成のために拘(こだわ)りは無い。この二人もそうであるから、あっという間に共闘を決めた。

それを見つめていた平九郎は呼びかけた。

「玄九、お前を守りながら戦うのは無理だ」

「だろうな」

「一人に手を止められ、一人に分け入られれば比奈さえ危ない」

「どうすればいい？」

「頼みたい」

「いいだろう」

「幾らだ」

「三千両に含めておく」

「上って三十歩のところにいる。斜面を走り抜け、そのまま駒飼宿(こまかい)まで行け」

「解った」

玄九が答えると、平九郎は隠れて様子を窺(うかが)っているであろう比奈に向け、大音声で呼び掛けた。

「比奈！　この玄九と先に行け！」

それと同時、玄九は鬱蒼と草木が生い茂る中に飛び込んだ。言われた通りに三十歩を数えながら斜面を登る。早くも後ろからは金属音が起こっている。戦いが始まったのだ。

「此処です」

声の方を向くと、斜面に座るような恰好の比奈を見つけた。

「玄九だ。聞いたな」

「はい」

「行くぞ」

玄九は比奈の手を取り、斜面を歩み出す。滑って転げ落ちては一巻の終わり。慎重に、それでいて迅速に足場を見つけて歩を進める。

草木の合間から平九郎たちの姿が見えた。樺嶋波門、多田十内、二人の達人の猛攻に対し、平九郎は一歩も退かずに応戦している。

比奈から離れ、会ったばかりの他人に託すなど「くらまし屋」としては本来あり得なかっただろう。今はそれほど追い詰められているのだ。それでも信を措けぬ者ならば、預けることはなかったはず。つまりこの短い間に、平九郎は仕事人としての己を信用してくれたということでもある。

「鹿島新當流――」

平九郎の声が山間に響く。が、玄九はもう振り返らなかった。己の依頼を全うする。それだけが頭の中を占めており、片手で比奈の手を引き、残る片手でつる草の絡む茂みを掻き分けた。

二

刻一刻と空を雲が覆っていく。白と灰だけの景色の中、惣一郎は三尺（約九〇センチ）ほどの窪みに身を潜めていた。吐く息の白さが薄れてきている。躰が芯から冷えてきている証拠である。

「まずいな」

惣一郎は指を順に折り、またゆっくり開く。これをずっと繰り返している。凍えて指の感覚が鈍くなってきた。これ以上長引けばこちらが不利。一度退くべき潮時であろう。

「でも、多分死ぬだろうなぁ……」

惣一郎は背後に突き刺さった矢をちらりと見た。

先刻、頭を少し擡げた。とその瞬間に木々の隙間を縫って矢が飛来してきたのである。距離は凡そ二十五間（約四五メートル）。僅かに山なりだったこともあり、まだ余裕をもって屈んで躱したが、矢は己の頭のあった場所を過たず射貫いて、雪の上へと突き立った。

ここまで正確に狙えるならば、背を向けた途端に射られるだろう。むしろレラはその時を待っているのではないか。

「ん……」

少しずつこちらに近付いてくる気配を感じる。レラではない。いや、人ではない。ひょいと顔を出したのは一匹の小さな子狐である。まだ子どもだからか毛の山吹色も薄く、雲間から差し込む僅かな光でも輝きを放っている。

子狐はこちらの存在に気付くと、一体何をしているのかというように、ひょいと首を捻った。

「どうしたらいいと思う？」

惣一郎は頬を緩めた。

当然、答えてくれるはずもなく、子狐は尾を一度振ってくれるのみである。その時、子狐の後ろの木陰からもう一匹の狐が姿を見せた。体格から見るに親であろう。親狐は促すようにして子狐を先に行かせると、自身はこちらを警戒しつつそろりと離れていく。

「あれは流石に無理だな」

子狐と異なり、親狐の気配は現れるまで感じなかった。この雄大な大地で生き残る中で身に付けたもので、己には真似出来ないだろう。

そうしているうちに、空からはらりと白いものが舞い降りて来た。雪だ。手の甲に落ちた雪の粒は美しい紋様の形をしていた。やがてそれは滲むようにして水へと変わる。溶けるまでにやや時があったのは、手が冷え切っているからである。

「うーん……やっぱりやるしかないか」

方法は一つだけ。並の射手相手ならばまず通じる。しかし、相手は絶技を有する男だ。半ば賭けである。が、それが心躍るのもまた事実。惣一郎はもうその気持ちに抗うのを止めた。

「よし、やろう」

惣一郎はすっくと立ちあがり、膝についた雪を払った。その刹那、矢が飛んでくる。

惣一郎は首を振って躱すと、窪みの外へと出た。

「今からそちらに行くぞ！」

惣一郎は目一杯の声で呼び掛けた。腹を決めると躰が火照り出したか、早くも息に白さが戻りつつあった。

雪の上を歩み出す。五歩進んだところで次の矢が来る。横に跳ねて避ける。動かなければ胸を貫いていただろう。残り二十三間（約四一・四メートル）。

「その程度か」

惣一郎はさらに前へと歩を進めた。またすぐに矢が飛んでくる。一体、どれほどの速さで矢を番えているのか。矢がまだ宙にあるのに、次がすでに放たれている。二十間（約三六メートル）を切った。

「曲げるんだろう？」

粉雪が舞う中で独り言つ。一矢目は微かに宙で弧を描いている。右に避ければ追尾するような恰好である。かといって左に避ければ、そこは二矢目の軌道の終だ。

惣一郎はさらに前に踏み込んで一矢目を叩き斬った。一矢目を避けなかったことで二矢目は当たらない。が、刀を旋回させて敢えてそれも撥ね飛ばした。

挑発である。これで向こうの心に僅かでも苛立ちや焦りの波が立てば、手元に狂いが生じるかもしれない。ここからは、その僅かな差でさえも命運を分ける領域である。

暫し、矢が止んだ。動揺しているのか。距離をさらに狭める。残り十三、四間となった時、木の上からこちらに狙いをつけるレラがはきと目に映った。

切れ長の目、通った鼻梁、雪の如く白い肌、女のような美しい相貌をしていた。

「こいつ」

惣一郎は口角を上げる。

レラは弓矢を構えている。逃げる素振りは見せない。むしろ引き付けようとしているのだ。ここで決着を付ける気である。

十二間（約二一・六メートル）、レラが矢を放った。しかも番えていたのは三本。巨大な鷹の爪の如く、三矢目がこちらに向かって来る。矢と矢の間隔は一尺五寸（約四五センチ）程度。刀で叩き落とそうとすれば、両肩のどちらかは矢を受けることになるだろう。

——伏せるか。

と、一瞬過った。しかし、すでに次の矢を番えるレラが見えた。伏せれば次の矢は避けられない。そう考えかけた時、数多の戦いで血の中に刻まれた何かが思考を超えるのを感じた。

「はっ！」

躰を開いて、刀を下から斬り上げて中央の一本を弾き飛ばす。左右の矢は耳朶のすぐ横を掠めてゆく。

レラの顔が微かに曇る。これをも躱すかというように。残り十一間（約一九・八メートル）。

「行くぞ！」

惣一郎は呼び掛けた。これほど心が躍るのは高尾山でくらまし屋と対峙して以来。頬が緩んで仕方なかった。

レラが矢を放つ。距離を詰めたことで避ける頃合がまた一段難しくはなったが、ただ真っ直ぐ射られただけである。もはや策は無くなったのかと落胆しかけたが、それは杞憂であった。

惣一郎が矢を避けた直後、レラは次々に凄まじい速さで矢を射った。惣一郎にではない。雪を落とす天に向けてである。

——五矢。

思わず数えてしまった時、レラは一転、正面に向き直って矢を放っており、その鏃はすでに惣一郎の眼前に迫っていた。

辛くも跳んで躱したところに、頭上から矢が降り注いで来た。これをすべて読んでいるのか。ならばレラもまた人外の達人である。

「くそっ」

身を捻るも鏃が肩を掠める。着物は裂けたが肉は削られていない。また正面から矢。弾く間は無い。左右どちらに避けるべきか。先に天に放たれた矢がどこに落ちるのかは、流石に己も判らない。十間（約一八メートル）を切っている。

――左。

と躰が反応しかけた瞬間、惣一郎はそれに抗って右へ飛んだ。左側に雷の如く矢が降って来て雪上に突き刺さった。

彼の者らは狩りをする。弓をこれほど扱えるということは、レラは狩りの名人であり、獣の本能を読むに長けているのではないか。ならば、と己は本能の逆に動いたのだ。だが、次はその逆を読まれるかもしれない。このままではやられる。何とか少しでもレラの手を止めねば――。

「くらえ」

惣一郎は刀を左手に持ち替え、右手で脇差を抜くと、また矢を放たんとするレラに向けて振りかぶった。

レラははっとして弦を引く手を緩め、左手で弓と矢を纏めて持つ。そして隣の木へと飛び移った。

だが、惣一郎は脇差を投げていない。はったりだとしてもレラは動くしかなかったのだ。二刀を引っさげたまま、続いて降ってくる三の矢、四の矢を躱して猛進する。最後の五の矢が降って来る場所も確かめながら。その間は遂に五間（約九メートル）。新たな木に移ったレラの舌打ちまで聴こえた。

レラも逃げない。即座に矢を番え直して放った。ここぞ、と惣一郎は地を蹴って前へ飛んだ。神経はさらに研ぎ澄まされ、時がゆっくり流れる錯覚を受けた。

「ここ……」

惣一郎は囁く。舞い散る雪さえ揺れぬほどの小声で。レラの手許からの矢、天から落下する矢の交わる一点。そこに向けて左手の刀を振るう。馬に鞭を打つような音が響き、二矢が絡むようにして宙を舞う。その三間（約五・四メートル）先、愕然とするレラの顔が見えた。

「終わりだ」

惣一郎は再び脇差を振りかぶる。先ほどは威嚇。だが此度はレラの胸元を目掛けて振り抜いた。

レラはまたも動く。元いた木の枝ではなく、木の下でもなかった。レラもまた前へ、枝を蹴って高く舞い上がったのである。脇差は森の中へと吸い込まれていく。

　これは惣一郎も想定していなかった。だからこそ楽しさが腹の底から一気に噴き出し、惣一郎は笑いが堪え切れない。

レラは天に舞う。雪雲から僅かに差し込む陽射しを背負い、輪郭（りんかく）を薄く残す。何と、影は弓を番えていた。

「ライ……」

　レラの声を初めて聞いた。彼らの言語だ。それが己に向けた殺意を表す語だと解ってしまったのは、激闘の中で結ばれた歪（いびつ）な絆（きずな）のせいであろう。

　放たれた矢はこれまでで最速。己の喉元に来ている。惣一郎はここで、さらにまだ前へと一歩踏み出した。レラと位置が入れ替わる。矢が髪に触れるのを感じた瞬間、身を翻して惣一郎は地を蹴って飛んだ。舞い上がる雪の中、レラが顔を顰めるのが見えた。惣一郎の伸ばした右手が襟元（えりもと）に届く。そのまま縺（もつ）れるようにして転がり、惣一郎はレラを組み伏せた。

「う……」

　呻（うめ）きながら身を揺するが、惣一郎は馬乗りになって逃がさない。腿で胴を、手で首を絞（し）め上げ、レラの身動きの一切を封じる。見ればレラの背負う矢筒にはまだ一本だけ矢が残っていた。横に避ければやはり射貫かれていただろう。

「よい時だった」

惣一郎は弾む息の間に言った。すると急に寂しさが込み上げて来る。戦っている最中だけ、己は生きている実感がある。一生のうちであと何度、このような時を過ごせる達人と邂逅出来るだろうか。そしていつか、己を殺してくれるような人は現れるのだろうか。

「俺が死んでも……神はお前たちを許さないだろう。必ずや罰が下る……」

和語が堪能という噂は本当だった。レラは苦悶の表情で呟いた。

「何も知らずに来ている者もいるんだ。殺すなら私だけにして欲しいな。神って奴が、私を斬れるならばだけど」

惣一郎はへらりと笑った。

「何も知らないか……魔物どうしで殺し合えばいい」

レラはそう言うと、覚悟を決めたように目を細めて全身の力を抜いた。意味が解らない。しかし、それを知ったところで何が変わる訳でもなかった。

「殺るよ」

レラは何も答えない。何か小声で祈りか呪文のようなものを唱えていた。その時である。遠くのほうから、けたたましい音が聞こえた。

「鉄砲の音……か？」

惣一郎は手を止めて首を振る。山間に響いているため方角が掴みにくい。だがどうも、己たちの村とは逆方向である。

「――」

レラが何かを呟いた。先ほどまでの穏やかな表情とは打って変わり、憤怒に染まっている。

「お前の村？」

「頼む……行かせてくれ」

「駄目さ。お前を討たないと私は江戸に帰れないんだ」

「必ず後で俺の首を差し出す」

「信じろって？」

「和人と異なり、我らは嘘を吐かぬ」

レラは真っすぐに見つめる。その目に見覚えがあった。たとえ命を捨てることになろうとも、決して曲げぬ意志の籠もった瞳である。

「……三つ、条件を呑むなら」

過去の記憶に引き込まれ、思わず口からそう零れ出た。惣一郎はレラが話しやすいように襟を摑んでいる手を少し緩めた。

「何だ。早く言え」

「一つ、お前の矢の毒を受けた者がいる。解毒の薬が欲しい」

「腰の袋に。一抓み湯に溶いて、三日飲ませればよい」

レラは怪しまれないように、腰の袋に手を伸ばす。取り出して渡したのは、さらに小さな革袋。中には粉末が入っていた。レラが嘘を吐いているようには思えなかった。

「二つ目、お前の村に何が起こっているか正直に教えろ」

「我らの大地を奪おうとするのはお前たち和人だけではない。黄金の髪、碧い目の者たち。多くの銃を持っている。お前たちも戦ったことがあるはず」

レラは巧みに和語を駆使して一気に話した。

「あー、もう一つの敵か」

今、虚の村はこの大地で二つの勢力と敵対している。一つがレラたちで、残る一つがその者たちなのだろう。そしてレラたちもまたその者らと対立している。つまりは三つ巴になっているということらしい。

「残る一つは何だ」

レラが眉間に皺を寄せて訊いた。

惣一郎はすっと手を離す。それだけでなく腰をあげて立ち上がったものだから、レラは唖然としたような表情になった。

「私も行く」

「見張りという訳か……誓いを違えたりせぬものを」

「いいや。折角だからもう一つの連中も見ておこうと」

惣一郎はにこりと笑って刀を鞘に納めた。

嘘ではない。興味を惹かれたということに加え、もう一つの敵にも打撃を与えておけば、金五郎も江戸に戻ることに反対はせぬだろう。それに昂った血がこのままでは鎮まりそうにない。単純に何人か斬ってやりたくなっている。

「解った。こっちだ」

レラは納得したらしい。頷くと身を起こして駆け始めた。流石に雪に慣れているため、かなりの速さで付いていくのに必死である。

「仲間に襲われたら斬るかもしれないよ」

「皆に手を出さぬように伝える」

「矢が一本しかないけど？」

「村で調達する」

「そうか。村までどのくらい……」

「近い。黙っていてくれ」

レラは煩わしそうに返す。惣一郎は雪を蹴るレラの足をちらりと見た。なるほど、爪先に力を乗せて走るとよいらしい。見様見真似でやってみると、随分と走りやすくなった。

「よし。まだ速く走れそうだ」

惣一郎が独り言を零すと、レラは無言で足を速める。先ほどまで死闘を演じていたのだから、常人から見ればこうして並んで走るのは奇妙な光景だろう。

戦いに勝ったことですでに満足しており、むしろレラを生かしたいとさえ思っている。別にレラのためではない。これほどの男ならば、さらに高みに昇る見込みがある。そうなったレラとまた戦ってみたいし、己を殺せるほどの者は中々見つかるものではないのだから、今はまだ芽を摘みたくないという思いもある。

——でも金五郎が怒るだろうな。

何とかよい方法は無いか。男吏ならば悪知恵を授けてくれそうだ。そのようなことを考えながら、森の中を縫うように走るレラの背を追った。

三

深い森を抜けると村が見えてきた。レラの村だという。こちらのほうがやや高い丘になっているため、村の全貌が見て取れる。村には二十足らずの家々の他、倉庫なのか高床の建物もある。それらは屋根だけでなく壁も葦で作られているようだ。

その村を襲っている者たちがいる。黒い服を身に纏い、袴ではなく軽衫のようなものを穿いている。大半は銃を手にしており、村に向けて間断なく射撃が行われていた。

一方、村ではレラと同じような恰好をした者たちが、家の陰に隠れながら弓矢で応戦しているといった状況だ。銃弾を受けて絶命したのか、怪我を負ったのか、家の壁にもたれ掛かって動かない者も見えた。

「――」

レラが短く何か言った。歯を食い縛り、その目には強い憤怒が宿っている。

「女と子どもは?」

惣一郎は駆けながら訊いた。

「敵が襲って来た時に備え、東の森に隠れ家がある。すでにそこに逃げ込んだようだ」

レラは村を見渡しながら答える。顔に幾らか安堵の色が浮かぶ。

「戦っている数は」

「俺の他に十七」

「もっといたと思ったけど？」

「お前たちと戦う時は、他の村々と力を合わせている」

「そうだった」

初音（はつね）が助けた男が、レラは別の村の者だと言っていたのを思い出した。襲っている者たちの数も走りながらざっと数えた。

「三十くらいか。向こうのほうが多いな」

「奴らの数はあんなものじゃない。大体は三、四十人でやって来るが、多い時には百以上にもなる」

「ならまだ来るってことか」

一気に雪の丘を駆け下りていく中、レラは白い息を弾ませながら答えた。二人の足で蹴り飛ばされる雪は煙のように舞う。もう村からもこちらが見えていておかしくはなかった。

「いや、恐らく来ない……あれはボルコフだろう」

「ぼるこふ？」

「敵の頭の一人だ。手短に話す」

レラが流暢な和語で言うには、彼らの首領はデミドフと謂う。大貴族の眷属であるとかつて捕えた敵から聞いたそうだ。デミドフは首領ではあるが、この地にずっといる訳ではなく故郷へと戻ることもしばしばある。その間はデミドフの下に配された三人の将が留守居を務める。一人目はラウドンという初老の男、二人目はネッセルローデと謂う若い長身の男、そして三人目がさきほど名の挙がったボルコフ。ボルコフは見る限り歳は三十を少し超えたところで、眉太く、口髭を蓄え、爛々と目を血走らせた餓狼の如き男だという。他の二人は百以上で攻めて来る時にしか姿を見ぬが、このボルコフだけは三、四十人を引き連れてしばしば攻めてくる。レラの推察では自身の手勢だけで、勝手に来ているのではないかということだ。

「三人か。虚みたいだな。それにしても……どいつもこいつも変な名だ」

惣一郎が綻ばせた唇に雪の粉が触れた。

「俺からすればお前たち和人の名も変わっている。お前の名は――」

「榊惣一郎」

惣一郎は間髪容れずに答える。もう村は眼前に迫っている。

「サカキ、もし俺が死んだら首を持っていけ」

「そう簡単に死ぬとは思えないけど」

惣一郎はくすりと笑い、二人は村の中へと飛び込んだ。

すでにレラの仲間だけではなく、敵もこちらの存在に気付いているらしい。レラたちとはまた違う、聞き覚えのない言葉で何やら喚いている。さっと家の陰に身を移すと、レラはよく通る声で叫んだ。恐らくは、

——この和人には攻撃するな。

とでも言ったのだろう。

レラの仲間は困惑しながらも頷き、あるいは了承したというような意味だろう、銃声の合間を縫うように次々と声を返して来た。

「レラ！」

仲間が矢筒を投げて寄こす。レラはそこから矢の束を抜き取って、自らの矢筒に差し込むと細く息を吐いた。そこから矢を弓に番え、身を乗り出して放つ。銃を構えた敵の眉間の中心に突き刺さる。そして再び身を引き、さらに小指と薬指で次の一本を矢筒から引き抜いて早くも番えている。

「やっぱり凄いな」

あまりの早業(はやわざ)に惣一郎は感嘆を漏らした。レラは次々に矢を放って敵の侵攻を止める。銃に劣(おと)るどころか、連射が利く分、遥かに勝っていた。

「やはり来るか……」

レラが舌を打った。

敵中、灰掛かった髪色の男が、変わった形状の剣を振って何やら指示を飛ばしているのだ。散らばっていた敵が男のもとに集まってきていた。隊を組み、突撃しようとしているらしい。

レラの仲間たちも酷く動揺している。幾人かがやられることを覚悟しての突撃。別の村はこれで敗れて大半が死に、火を放たれて灰燼(かいじん)と化したという。

「仕留める」

レラは指揮を執る男を射た。が、男は仰(の)け反(ぞ)って矢を躱すや否や、こちらを鋭い眼光で睨みつけた。

「あいつ?」

「ボルコフだ。来る……お前は退け」

三十人近くの一斉突撃は、流石のレラでも全ては防げない。乱戦となれば数で劣っている上、弓矢が主力のこの者らの不利は必至である。

「こっちから仕掛けてやろうか」

惣一郎は嬉々として言った。

「馬鹿な」

レラは鼻を鳴らした。

「皆が一斉に矢を放つ。その隙にレラが屋根に上って……」

惣一郎は咄嗟に思い付いた策を早口で語った。レラは吃驚して顔を覗き込む。

「お前は恐ろしくないのか」

「別に。避けるのは難しくないから」

惣一郎は手を宙で振って飄々と笑った。

「それに何故……」

「あいつら、うちとも揉めてるんだろう？」

「それはそうだが……」

「それにレラが銃で死ぬのは勿体ない。私が斬る」

「ふふ……サカキ、お前は和人の中でも変わっている」

「よく言われる。もうすぐ来そうだ。どうする？」

「乗った」

レラは仲間に大音声で指示を出す。村の男たちは一斉に矢を放つ。頭上から降り注ぐ矢を回避すべく、塊となった敵勢はざざっと下がる。

その隙にレラは屋根へと上り、そこから矢を放った。レラの弓の射程は他を遥かに凌ぐ。真っすぐに向かって敵の一人の胸に突き刺さった。

「――――」

ボルコフが屋根のレラを指差して叫んだ。その瞬間、銃口がざっとそちらに向いて火を噴いた。その時にはレラは近くの高床へと飛び移っている。

レラはすぐに高床の屋根にも上り、そこから立て続けに二矢目を放った。一本は敵兵の喉に、もう一本はボルコフが剣で叩き落としている。先ほど銃を放っていなかった敵が引き金を引く。レラは弾かれるように、別の家の屋根へと飛び移っている。宙を舞っている最中、さらに一矢を敵に見舞いながら。

敵は急いで弾込めをしている。

だがその時、ボルコフは矢弾が飛び交う村の中を、真一文字に駆け抜けている者がいることに気付いた。惣一郎である。

「ブラック‼」

ボルコフが叫ぶ。

敵だ。と、いったところか。そのようなことを悠長に考えられるほど、惣一郎の頭は冴え渡っている。

数人、弾込めが終わって銃口が向いた。惣一郎は一瞬たりとも目を離さない。引き金が引かれる瞬間、斜め右に跳ねるように飛ぶ。

次に左。最後は足から滑り込み、すぐにまた立ち上がって勢いを止めぬ。その間、銃声は立て続けに響いているが、惣一郎の躰には一切弾は触れていない。

惣一郎は驚愕に顔を染める敵勢に一直線に走り込む。一人倒れた。抜き打ちで斬り捨てたのだ。その者が絶叫を上げるより早く、返す刀でさらに二人目を逆胴に斬っている。

乱戦になったことで、敵の中には抜剣して襲い掛かって来る者もいたが、

「下手くそ」

と、惣一郎は一合も交えずに首を刈る。

敵兵の一人が悲鳴を上げながら至近距離で銃口を向ける。惣一郎は咄嗟に身を開き、銃身を摑んで向きを変える。放たれた弾丸によって同士討ちとなり、腹を押さえて敵の一人が膝から頽れる。

剣を抜いた敵が三人同時に躍り掛かる。白雪に深紅の飛沫が舞う。斬り上げて一人、

その勢いのまま独楽のように旋回して二人、骨に当たらぬように刀を首に突き刺して三人。すぐに刀を引き抜いたその時、左右の斜めからこちらに銃口が向いている。

しかし、一人は放つことなくつんのめり、もう一人も天に向けて放ったのは仰向けに倒れたから。それぞれ喉、こめかみにレラの矢が突き刺さっている。

「避けられるのに」

惣一郎は零しながらまた一人斬る。レラの矢もまた新たな敵を射貫く。

やがて弾が尽きたか銃声は止んだ。敵勢は阿鼻叫喚の大混乱に陥っている。ただボルコフだけは、戦意を失わず態勢を立て直そうと部下を叱咤しているのが判った。

「ソコロフ！」

「ダー」

ボルコフが呼ぶと、衆の中から一際屈強な男が剣を構えて突貫して来た。敵中屈指の達人なのだろう。身丈は六尺三寸（約一八九センチ）を軽く越え、衣服がはち切れんばかりの隆々とした体軀。あの九鬼よりも大きいのではないか。

「似非九鬼と呼ぼう」

惣一郎はまた一人屠りながら、へへっと小さく笑った。似非九鬼は斬撃を繰り出すが、惣一郎はすっと引いて鼻先で躱す。二撃、三撃と続けて似非九鬼は斬り込むが、これも惣一郎には掠りもしない。似非九鬼が雄叫びを上げて剣を振りかぶった時、よっという軽い掛け声と同時に惣一郎は刀を走らせた。

「所詮は似非か」

噴き出す鮮血を躱しながら、惣一郎は息を漏らした。レラが呼びかけたことで、守勢に徹していた村の者たちも続々と姿を現し、矢を射掛けながら前進した。

「——！」

ボルコフが叫ぶと同時、敵勢は一斉に退却を始めた。

「逃がすか」

惣一郎は鼻唄混じりにボルコフに迫り、その項に向けて斬撃を繰り出した。金属音が鳴り響き、鉄の焦げる微かな臭いが鼻孔に届く。

ボルコフは瞬時に振り返って惣一郎の剣を受けたのだ。間近で見合ったボルコフの瞳はやや灰掛かった瑠璃色をしている。食い縛り、唇からはみ出た犬歯は常人よりも鋭く、狼を彷彿とさせた。

「何だ。お前のほうが強いのか」

指揮ばかりしているので大したことはないと思いきや、一合交えただけで先ほどの巨軀よりも余程強いことが解る。ボルコフはさっと腰の短剣を抜いて、二刀を持って斬り掛かって来る。

「いいね」

惣一郎は微笑みながら連撃を捌き、僅かな隙を見つけて刀を振るった。その瞬間、ボルコフは短剣を離すと、横を走り抜けようとした配下の首を掴んでぐっと引き寄せた。盾にしたのだ。

惣一郎の斬撃は部下の背に吸い込まれ、その肩越しに鋭い突きが襲って来た。

「おっ――」

首を振って躱した惣一郎に、盾となった配下はボルコフにどんと押されて倒れ込んで来た。一歩飛び退いてそれを避けた時には、ボルコフはすでに少し離れたところを走っていた。

先ほどからレラが深追いしないように呼びかけている。ボルコフの生への執念がなんだか可笑しかった。惣一郎も追い掛けるのを止めた。

「サカキ……」

レラがゆっくりと近付いて来る。

「こんな感じでどう？」

敵勢は全て退却し、多数の屍を残している。それを見渡しながら惣一郎は微笑んだ。

「助かった……約束だ。やってくれ」

レラは弓矢を地に放り投げた。

「一つ訊いていい？」

「何だ」

「まだ強くなれると思っている？」

レラは真意を解しかねたように訝しげだったが、少し間を置いてから答えた。

「まだ高みに行けるとは思っている」

「そうか。じゃあ、よろしく」

「どういう意味だ……」

「強くなってよ。そしてまたやろう。私を殺してくれれば申し分ない」

惣一郎は懐紙で刀を拭って鞘へと納める。レラは奇妙な生き物を見ているかのように目を細めた。

「だが……お前は俺を討たねば帰れないのではないのか」

「あっ、そうだった。なら、もう攻めるの止めてくれないかな」

「先ほども言ったように、お前らが攻めて来たのだ」

「それはそうだけど、これからはってこと。こっちからも攻めないって約束するから」

金五郎はレラという脅威さえ取り除ければ文句は言わないのではないか。それに今しがた戦ったもう一つの勢力の数がこれほど多く、多くの銃器を取り揃えていると金五郎は知らないかもしれない。早晩、こちらのほうが厄介になるはずだ。それを考えても、レラたちとの不戦の取り決めは虚にとっても悪くないと思う。

「手を結ぶということか」

「そこまで大袈裟(おおげさ)じゃなくてもいい。細かいことは須田(すだ)って奴と話してよ」

「お前は嘘を吐いていないだろう。だが他の者は信じられない」

「うーん……もしこっちから約束を破るやつらがいたら、私が殺すって言っておく」

惣一郎は首を捻った後、ふわりと言い放った。

「お前は……何が目的なのだ」

「さっきも言っただろう。私を殺すくらい強い奴と戦いたいだけだって」

レラはじっと見つめていたが、やがて糸を吐くように息をして頷いた。

「解った。三日後、村を訪ねる」

「伝えておく。じゃあ」

惣一郎は身を翻すと自分たちの村に向けて歩み始めた。暫し歩いたところで、背後からレラの声が飛んで来た。

「サカキ、感謝する」

惣一郎は振り返ることなく軽く手を振って応える。

先ほどまでまばらだった雪はさらに強くなり始めている。火照った躰がまた冷え始めたからか、急に鼻がむず痒(がゆ)くなる。帰ったら温かい汁を啜(すす)りたい。そのようなことを茫と考え、惣一郎はくしゅんと嚔(くしゃみ)をした。

四

平九郎は神経を研ぎ澄ましてゆっくり左右に気を配る。平九郎を挟むように二人の刺客が刀を構えた。

一人は今、振(ふるい)の中で最強と称される樺嶋波門。多彩な技を駆使し、様々な依頼をこなすことから「百式(ひゃくしき)」の異名で呼ばれるようになったと聞く。

もう一人は多田十内。二つ名は「風眼(ふうがん)」であると耳にしたことがあるが、それが如何なる理由から呼称されるようになったかは知らぬ。こちらは十年ほど前にこれまた最強の名を恣(ほしいまま)にしていた。

つまりあの阿久多(あくた)の前と後ろの「最強の振」と同時に対峙(たいじ)しているという訳である。

二人とも腕が図抜けているのは間違いない。平九郎を打ち捨てて比奈を追おうとすれば、その隙を衝いて仕留められただろう。彼らは僅かな隙が命取りであると解っているからこそ、比奈を追うことをしなかったのだ。己さえ斬れば、追いついて斬れると踏んでいる。

「くらまし屋、かなり遣うようだな」

波門が口を開いた時、十内が、じりと足を振って一寸ほど間合いを詰めた。互いに達人だからこそ、言葉に出さずとも即座に連携を取る。

——玄九、急げ。

平九郎は心中で強く念じた。

依頼人を他人に託すのは最後の手段といえる。だがその道を採らねばならぬほど、この二人は強い。ただ少し会話をしただけであるが、玄九は真の玄人と見た。それだけがせめてもの慰めである。

しかし、この二人を足止めしたとしても、他にこの辺りまで来ている刺客がいてもおかしくないのだ。つまり一刻も早くこの者らを倒し、比奈のもとに戻らねばならない。

「あの世に晦め」

平九郎は静かに呟いた。

「来る」

十内が言う。

「鹿島新當流、炯」

宙で身を捻って放つ古流の技。十内のほうに気を配るように目を移した瞬間、平九郎は大きく後ろに跳んで波門に向けて放った。

「重いな」

波門は刀で受けると同時、少し飛び下がって勢いを逃す。そして平九郎が地に着いた時には反撃に転じている。鋭い斬撃が立て続けに襲ってくるのを、平九郎は受けにまわっていなす。囂しいほどの金属音の波の中、

――楊心流、玄絶。

平九郎は心中で唱えた。目の端で十内の猛烈な一撃を捉えたのだ。頭を振って躰の重心をずらす技で辛くも躱す。

「鹿島新當流、鎴」

平九郎は踵に力を込めて唐竹割で十内に反撃する。十内もまた凄まじい気合いを発して斬撃を繰り出す。己の持つ技の中でも指折りの重き技なのに、十内の一撃はさら

に重い。突風に吹かれたように諸手が上がりそうになった。何とか受けて鍔迫り合いとなったが、今度はあまりの重さに膝が折れそうになる。

「古流か」

平九郎は呻くように言った。不思議な剣だ。鍔迫り合いの最中も、ぐいぐいと何度も力が加速する。まるで激しい野分に遭遇したようである。

「突風の如き勢い……崩す箇所を見抜く眼……風眼か」

「儂が名乗った訳ではない」

さらに十内の圧が強まる。このままでは潰されると力を抜いて一旦下がろうとしたが、十内はぱっと柄から右手を離し、襟を摑んで足払いを掛けて来た。

何とか受け身を取り、十内の追撃を転がって躱すが、今度はそこに波門の太刀が降って来る。

「りゃっ！」

波門が奇声を発して何度も攻めてくるのを、平九郎はさらに転がって躱し、何とか立ち上がった。波門の猛烈な袈裟斬りが来た時、声に出さず、

――柳生新陰流、肋一寸。

と、技を躰の奥底から呼んだ。

待ちの技の中でも最上級。しかも攻防一体。身を開いて躱すと同時に返しの一撃を見舞い、波門はぎょっとして飛び退いた。

「強いな。こりゃあ、噂以上だ」

波門は刀を八相に構え直しつつ零す。

「うむ。相当な腕前だ」

十内も感嘆の声を漏らした。

「古流の中でもお前は堤宝山流だな」

平九郎は十内に向けて言った。鹿島新當流を上回るほど重い一撃。そこに先ほど見せた巧みな柔術。かなり前からその流派が頭を過っていた。

「お主こそよい眼だ。それによく知っている」

十内は認めて上段に刀を掲げた。

「そう言うくらまし屋は新當流遣いか。手数で押したほうが良いな」

波門は姿勢をやや低くして言った。そのひと言を引き出すため、敢えて十内の流派に言及した。平九郎の思惑通りである。

一方、十内は眉間に皺を寄せて応じない。さらに波門は位置を一尺ほど左に少し移して続ける。

「それにしても……こいつ一々技の名を口にするのは何だ。てめえに酔ってやがるのかよ」

「いや、こいつは新當流ではなさそうだ」

「言われなくても解っている。さっきの返しは柳生新陰流だ。油断させようと乗ってやっただけよ。様々な流派を齧っているんだろう。俺も同じ手合いだ」

波門は吐き捨てつつ剣先を僅かに垂らす。既存の流派には無い構えである。癖というにはやや強すぎる。様々な流派を学び、独自に技を編んでいるということだろう。

「樺嶋、磯江虎市を知っているか？」

十内は訊いた。師の名が出たことで、平九郎の心がさざめく。

「百の流派を操る男……会ったことはないが、その虎市を目指して俺は様々な流派を学ぶようになった」

「知らぬから無理はないが、目指すにしてもそれは通る道が違う」

怪訝そうにする波門に対し、十内はさらに続けた。

「虎市のそれは、真にそういう流派だ」

「そんな流派が有り得るのか」

「ある。井蛙流だ」

「井蛙流なら俺も少し齧ったが、そのような剣法ではない」

「鳥取藩の井蛙流とは違う。厳密にいえば磯江井蛙流……もっとも井蛙流の本来はこちららしいが」

そのようなことまで知っていることに驚く。もはや疑いようはない。この男は虎市を知っている。いや、対峙したことがあると確信した。十内が振として活躍したのが十年ほど前というならば時期としても符合するのだ。

「儂も目にするのは二人目だ」

「つまりこいつも……」

「そう見た。新當流ばかり繰り出すのも、わざわざ口に出すのも、儂らにそう錯覚させて油断を誘うためよ」

「百の流派を学んでやがるのか」

波門が忌々しそうに舌打ちするのは、自身がまだそれに遥かに及ばないからだと受け取った。

「いや、違う。磯江井蛙流は『技』だけを盗む。その流派の型全てを学んでいる訳ではない」

「なるほど。おっさんが物知りで助かった」

波門はにたりと笑って踏み込む素振りを見せる。平九郎もまた身を小刻みに動かして牽制した。

「樺嶋、気を付けろ。虎市はすぐに技を盗んだ」

「試してやろう」

波門が跳んで一気に間合いを詰める。

「微塵流、散火」

呟くと同時、波門は下から斬り上げる。

――楊心流、風葉。

膝を柔らかく使い、風に舞う葉の如く躱す。だが波門は刀を振り切らず、途中で手首を返して斬り下げる。これも楊心流を用いて辛うじて避けたものの、波門の乱撃はなおも続く。

「微塵流……散火」

「真か」

波門が吃驚する次の瞬間、平九郎もまた乱撃を繰り出す。互いに同じ技を放ち、宙で幾度となく交わって刃が鳴く。

「言っただろう」

十内が苦々しく零して戦いに割って入る。二人を相手に平九郎は一歩も退かぬ。刃の喚きも倍となる。

「散火とは違う動きもしてやがる！」

波門が猛攻を続けながら叫ぶ。

「一度に二つ以上の技を出せるらしい」

十内も無数の斬撃、刺突を繰り出す合間に気がついた。その見立ては正しい。平九郎は今しがた模倣したばかりの微塵流の技とは別に、

——弘流、松葉の太刀。

という連撃の技を出している。それらを切り替えながら応酬を続けているのだ。

「取った！」

波門の鋭い刺突を何とか躱したが、頰を掠めて薄皮一枚が切り裂かれた。この二つの技は似ているが、どうも相性が良くない。二つの技を同時に出す奥義、「嵩」も出来そうにないほどに。

故に切り替える時、僅かな隙が出来る。波門ほどの腕の男ならばそれを見逃さず、今のように的確に攻撃を仕掛けて来る。

「天道流、波返……」

腰の小太刀を抜いて二人の斬撃を同時に受け止めた。

「小太刀を携えていると思ったが……天道流とはな」

十内が諸手に力を込めた瞬間、平九郎はさっと小太刀を引いて反撃に転じた。

「天道流、両手留(りょうてどめ)」

「くっ」

波門は打ち捨て、十内を両手留の十六方からの連撃で追い込む。十内の肩を小太刀が掠めたが、仕留めるには至らない。背後から波門が迫る気配を感じた時、平九郎は、

「天道流、渦花(うずはな)」

と、呟いた。

旋回しての七つの連なった攻撃を浴びせる。

「ぬおっ」

波門は四撃を捌き、二撃を避ける。一撃だけは顎を掠めて血が噴き出した。

この技、長兵衛(ちょうべえ)が出すのを見た訳ではない。

――虎市殿は見ずとも言葉で伝えるだけでも模倣(もほう)された。やってみるがいい。

と、長兵衛が瀕死(ひんし)の中で型を教えてくれた。己なりに言葉を形にしてみたが、同じ技となっているのかは判らないままである。

「これでどうだ！」

波門の剣先が弧を描くようにして脇を襲う。平九郎は片手を刀から離して避け、次の瞬間には、

「これも微塵流だな」

と看破しつつ、全く同じ軌道で刀を走らせて返す。

「くそっ、狐火まで――」

「狐火か。貰った」

波門は明らかに焦っている。それを煽るように平九郎は敢えて挑発する。

「どんどん盗られるぞ！　気をつけろ！」

十内もまた苛立って剣先の動きに荒さが出始めている。手を結んだ決断力は流石だが、即席の連携には限界がある。さらにここまで二人を相手にしてきて、

――阿久多ほどではない。

と、見定めていた。阿久多が二人ならばとっくに己の首は飛んでいる。とはいえ、相当な腕前であることには違いなく拮抗しているのも確かであった。

「おっさん、同時に行くぞ！」

「承知した！」

波門が呼び掛け、十内が応じる。同時に大技が来る。平九郎はそう確信し、己も二人同時に屠(ほふ)れる唯一の技を躰から呼び起こした。

「井蛙流奥義、戌神(いぬがみ)」

「天道流、波返」と「吉岡(よしおか)流、黒鉄(くろがね)」がぴたりと重なる。

竜巻の如き旋回。刀と小太刀が立て続けに十内の肉を深く斬り裂く。痛みに顔を歪めながら十内が吹き飛ぶのを目の端に捉えつつ、さらに二刀の勢いは加速する。

が、両手に手応えが無い。波門は確かに向かってきていたが、間合いに入る直前に後ろに飛び退いている。十内を囮(おとり)にしてこちらに勝負手を放たせたのだ。

ゆっくりと流れる景色の中、波門が不敵に笑っているのが見えた。

「ほれ、くれてやるよ。微塵流、焔魔(えんま)」

焔の噴出を彷彿(ほうふつ)とさせる速き斬撃である。

——真貫(しんぬき)流、紙兎(かみうさぎ)。

刹那、楊心流と並ぶ回避に長けた流派の技を出すものの、間に合わぬ。平九郎の肩から胸に掛けて熱いものが駆け抜ける。

「ぐっ……」

後ろに跳び退いた勢いのまま、仰向けに地を滑った。止まったのはすでに倒れた十内の脇に頭が当たったからだ。平九郎は傷をすぐに確かめた。何とか骨には届かなかったが、かなり深く肉を斬られている。血が止めどなく溢れており着物がすぐに濡れる。

「互いにぬかったな……」

十内が倒れたまま嗄れた声で言った。平九郎の放った戌神をまともに受け、十内のほうが傷は遥かに深い。四半刻もせずに命を落とすのは間違いなかった。

「おっさん、悪いな。こうでもせねば確実に仕留めるのは難しかった」

波門は安堵の息を漏らす。

「この稼業をしていれば、当然頭に入れておくべきこと……儂が衰えたということだ」

十内は恨み言を零さず淡々と受け入れた。何故、十内はまた裏の道に戻ったのか。それは判らないし、己が知ろうとも思わない。ただ、何か止むをえぬ事情があったのは確かだろう。そうでなければ、このような修羅の道に戻ろうとするはずもない。

「殺せ」

平九郎は波門に向けて吐き捨てた。

「その手には乗らないぜ。しれっと刀を納めやがって。寝たところからの居合いを放つ流派があると聞いたことがある」

波門は玄人。この状況でも警戒を緩めない。そして、その見立てはまさしく当たっていた。起死回生の一手を封じられ、平九郎は次の策を巡らせる。だが妙案は無い。

その時、囁くように十内が話し掛けてきた。

「虎市殿の弟子か」

「そのようなところだ」

「二度会った。一度は勤めを共にしたことがある」

「あいつのことだ。殺しじゃあないだろうな」

「ああ、護衛だ」

「悪いが黙っていてくれ。今は……」

波門が近付くのを躊躇っている今のうちに手を考えねばならないのだ。

「聞け。虎市殿に技をやったことがある」

「何……」

一度目の邂逅の時である。とある豪商を護衛していて二人とも刀を振るった。そしてその勤めの後、十内が堤宝山流であることを見抜いた。遣い手の数が少なくて滅多に会えずに困っていると言い、

――頼む。技を見せてくれ。多分、合うと思うんだ。

と、両手を合わせて拝み倒してきたらしい。虎市は一見するだけで技を模倣出来るという。大袈裟に言っていると思ったが、興を惹かれて頼まれるがまま技を見せてやった。

すると虎市は真にあっという間に模倣してみせたので、十内は驚いたらしい。だが、それ以上に驚愕したことがあった。虎市はその技から、また新たな技を生み出したというのだ。それは見惚れるほどに雄々しく、そして美しかったという。

虎市は技の完成を子どものように喜び、この威力は猛牛の突進さながら。弟子が十二支にちなんでまだ見ぬ技の名を付けていた。丑ははて、何と言ったかとひょいと首を捻っていたとも。

「新當流、戒は……？」

「いける」

「儂が教えたのは甲冑の上からでも骨を砕く技。よく聞け、構えは車。まず両足の幅は二尺一寸。股を割り、伸びあがると同時に刀を振り上げ、相手に背が見えるほど右に腰を捻り……」

十内はぼそぼそと、それでいて素早く語る。長兵衛の言葉は修練で技に再現出来た。

しかし、此度はいきなり本番。果たして出来るか。平九郎は全神経を耳に集めて言の葉を掻き集めた。

「お前ら何を話している」

波門も様子がおかしいことに気付いた。一流の振の勘働きで、罠(わな)よりも厄介なことが起こっていると察したらしい。刀を引っ提げて間を詰めてくる。平九郎は激痛を噛(か)み殺してふらりと立ち上がる。

「……それが全てだ。名は堤宝山流――」

「死ね‼」

十内が結ぶのを波門の叫びが遮ろうとする。だが平九郎の耳朶(じだ)はしかと捉えている。つい先ほど、十内から貰った言葉を躰に漲(みなぎ)らせ、飛び掛かって来る波門を待ち受ける。

「堤宝山流、てつ丸の位」

躰が躍動する。自身のものなのに、他人のもののようにさえ感じる。刀を捻りながら振り上げ、渾身の力は指先にまで迸(ほとばし)った。

「ぐわっ」

斬撃を受けた波門は、暴風に弾かれて両手を上げた恰好となり、足も地を一尺ほど滑る。

　背後からの十内の声は依然として掠れているが、僅かに笑みが混じっているように思えた。

「くそっ！」

　流石、波門。

　崩れた体勢を立て直し、両腕を再び躰の前に引き付けて構え直す。さらに次の衝撃に耐えられるように、先ほどとは違って腰を落としている。

　足の踏み込みの力を膝、腰、腕に逃さず伝えて渾身の一撃を放つ「鹿島新當流、戒」、全身の捻りから驚異的な突破を生む「堤宝山流、てつ丸の位」。

　二つの技が一つに溶けてゆく。若き頃、虎市と共に過ごした日々がまた過る。確か「丑」に己が付けた名は――。

「井蛙流奥義、牛鬼」

「がっ」

　振り抜いた一撃は刀を根本から破壊した。当たったと同時、波門の呻きさえ置き去りに躰を吹き飛ばす。刀を引いて斬る技ではなく、刀を当てて打つ技であるため、切り口こそさほど深くはない。ただ骨を粉砕する感触は確かにあった。一本や二本ではなく、数本が折れたであろう。

「うぅ……」

波門は苦痛に顔を歪め、膝に手を突いて何とか立ち上がった。常人ならばとても立てぬ。だが、ここで立たねば即ち死という裏稼業としての経験が、無理やり躰を引き起こしているように見える。

「お前も……裏切りやがったか……」

波門はふらつきながら涎を垂らした。

「その言葉、そのまま返す。それに別に味方した訳ではない……」

十内は天を見上げたまま続ける。

「見たくなったのだ。決して交わるはずのない研鑽の境地が交わる……美しき光景を……」

「何を……」

波門は忌々しそうに言って咳き込んだ。波門から受けた傷により、こちらも相当消耗している。次の一撃で決めると、平九郎は再び構えに入った。

「波門、逝け」

「くそっ！」

波門は獣の如き雄叫びを上げると、次の瞬間には茂みの中へと飛び込んだ。その先は崖である。

平九郎が慌てて下を確かめようとしたが、茂みに遮られて姿が見えない。ただ崖を滑る音、最後に川に落ちたであろう大きな水音が聞こえた。この傷で追うのは無謀であるし、何より一刻も早く比奈のもとへ行かねばならず諦めた。

「十内、行くぞ」

「待て。まだ少しは知っていることがある。虎市殿と二度目に会ったのは四年前の秋だ。馬喰町でばったりとな。近くで一献傾けた……」

「何を話した」

平九郎が急き込んで尋ねると、十内は静かに言葉を継いだ。

「虎市殿に訊いた。合うものは見つかったかと。十一までは見つけたらしい」

「十一……」

今、平九郎はたった二つ。しかも一つは予め虎市から聞いており、今回のことも偶然に偶然が重なったに過ぎない。やはり虎市は遥か先を歩んでおり、何としても会わねばならないと改めて感じる。

「弟子が言ったように、まことに十二ほどしか無いかも知れぬと仰っていた。お主のことであったのだな」

「餓鬼の頃の話だ。組み合わせは聞いていないか」

「それは聞いていない。したのは他愛もない話だけだ。この後は越後に向かうと仰っていた。知っているのはそれだけだ」

「助かった……行かねばならない。止めは」

「結構。ゆるりと行く。もう少しだけ、我が一生を振り返りたい」

大の字に寝そべったままの十内に向けて訊いた。

「そうか。さらばだ」

「ああ……」

呆気ない別れである。剣に生きる者たちの邂逅などそのようなもの。ぱっと激しく光り、ふっと儚く消える。まさしく剣戟で散った火花の如きものであろう。

ゆるりと歩み出した平九郎の背後から、十内のぼやきが聞こえた。

「ぬかったなあ」

振り返らぬままに歩を進める。やがて風に揺れる木々の音に呑まれたか、二度と十内の声は聞こえなかった。

五

平九郎は比奈と玄九を追って山道を急ぐ。時に痛みが躰中に走り歯を食い縛った。戦いの後、波門から受けた傷口を指で確かめた。肩下から胸に掛けて深さ三分ほどの傷を受けていた。糸で縫い合わせねば傷は閉じないだろうが、そのような時は無い。まずは持っていた白晒をきつく躰に巻き付けた。巻いたそばから白晒は赤く染まるが、これで血の流れるのをかなり抑えられ、

——行ける。

と、平九郎は判断した。いや、仮に命に障りがあろうとも行かねばならない。それが依頼を請けるということだ。平九郎は激痛に堪えながら駒飼宿までの道程を急いだ。

駒飼宿は次の宿場だが、玄九にそこに行けと命じた理由はそれだけではない。比奈を匿う村は、駒飼宿から二つ先の勝沼（かつぬま）宿から甲州街道を外れて目指す。少しでもこの場から離れさせるならば、勝沼宿に行けと命じるほうがよかった。

敢えて駒飼宿を指定したのは、そこで七瀬、赤也と落ち合う段取りになっていたからだ。不測の事態が起こらなければ、七瀬たちは江戸に向けて、一足先に甲州街道を引き返すはずだった。だが、その不測の事態が起こってしまったという訳だ。

――七瀬、頼む。

平九郎は歯を食い縛りながらひたすら道を進む。

七瀬らは宿場に出入りする者を見ているだろうから、比奈に必ずや気付くはずだ。そして、己ではない、見知らぬ男である玄九と同道していれば、何らかの接触を試みるだろう。そこからは己を置いて先に進んでも、一度何処かに身を潜めてもよい。七瀬の判断を信用している。

一人の旅人とすれ違う。傷には気付かれてはいないが、肩で息をしていることは判るため怪訝そうにしていた。間もなく倒れている十内にも遭遇するだろう。そうなれば宿場役人が駆け付け、背後から追手も来るかもしれない。立ち止まっている時は無かった。

一刻（約二時間）ほど歩いて何とか駒飼宿へと辿り着く。一つ前の黒野田宿より二里五町、さほど遠くはないが修羅の道の如きであった。

七瀬たちはいるか。いないならば何らかの繋ぎを残していないか。宿場の中を探ろうとした矢先のことである。

「もし」

と、声を掛けて来た年増の女がいた。何処かの寺社に詣（もう）でる旅をしているといった装いである。

「何だ」

七瀬が残した繋ぎかと思い足を止めた。女はしなやかな足取りで近付いて来ると、

「平さん」

と、囁いた。

「お前か」

赤也である。流石の変装に平九郎も気付かなかった。

「このまま歩きながら」

「解った。七瀬は」

「比奈と玄九と共に勝沼に向かった」

赤也は仔細を語り始めた。

まず、玄九。比奈と合流して山肌を駆け抜け、やがて街道に出てそのままこの駒飼宿まで辿りついたという。平九郎の依頼を全うしてくれたという訳だ。

七瀬らは宿場の入り口近くの旅籠の二階の部屋を借り、宿場に入って来る者を見張っていた。

――あれ、比奈だ。

気付いたのは七瀬であった。

交代に備えて仮寝していた赤也も飛び起きる。確かに比奈なのだが、その傍には平九郎の姿は無く、見知らぬ男と二人であった。比奈の様子を見る限り、連れ去られたといった風でもない。何か予想外のことが起こったのだと七瀬はすぐに察した。

そして女のほうがまだ警戒されないだろうと、宿場の中を歩む二人に、七瀬から、

――くらまし屋です。

と、声を掛けたのだ。

比奈は安堵の色を浮かべたが、玄九は警戒を解かなかった。平九郎の人相や依頼までの経緯などを問いかけ、それらに七瀬が明朗に答えて初めて信用したという。

「玄九でよかった」

改めてそう思い、平九郎は口にした。

「平さんが強敵二人を相手に戦ったことも聞いた。勝ったんだな」

「何とかな。だが、この有様だ」

平九郎は、深く息を吐きながらじっとりと濡れた襟元を開いた。

「そこまでか」

赤也は吃驚していたが、やがて言葉を継いだ。

「七瀬と玄九の言う通りだな」

玄九は、相手は樺嶋波門と多田十内、そこいらの手練れではないこと。平九郎が勝てたとしても大怪我を負うことも有り得ると訴えた。そこで七瀬はその時に備え、宿場の中の医者の手配まで済ませてくれていたらしい。

「手回しがいい。助かる」

「まずは手当を。それが終わり次第追おう」

七瀬は己の腕を信用している。とはいえ、世に絶対が無いことも判っている。平九郎を討った波門、十内が追って来る場合も考え、一刻も早く出立すべきと判断した。そして三人は先に発ち、平九郎が勝った時の繋ぎとして赤也を残したという訳だ。

一軒の旅籠に入ると、すぐに赤也は町医者を連れて来た。初老の小柄な男である。緊張に頬が強張っていた。

「赤也」

「心配ねえ」

口止め料も込みで、相場の十倍の銭を渡しているという。平九郎が自ら白晒を解くと、医者は唸り声を上げた。

「この傷でよくここまで……」

「縫ってくれ」

　平九郎が低い声を出すと、医者は眉間に皺を寄せて頷いた。

「しかし、暫くは安静にしていなければなりませんぞ」

「それは出来ない。早く頼む」

「解りました。それは……」

　医者はちらりと平九郎の手を見た。刀を握って離さないからだ。

「不穏な動きはしないでくれ」

　平九郎は願うように言った。赤也らが依頼した後、刺客の誰かが医者に接触した線も皆無ではない。銭で転んだならば自業自得だが、家族を人質に取られるなどしていたならば、今のうちに申し出てくれれば見逃す。この稼業に染まっているが、無暗に人を斬りたい訳ではないのだ。

「承知しました。次に何をするか、逐一話してから動くことに致しましょう」

「助かる」

　平九郎は礼を述べると手拭いを噛みしめた。医者は焼酎をたっぷり浴びせて傷口を洗い、針と糸で縫合を始める。尖った痛みが走る。横に付いている赤也は目を細め、口を歪め、顔を背けるが、平九郎は呻き一つ発せずに医者の顔を見つめ続けた。

「これで……終わりです」

最後にぷつんと糸を切り、医者は額の汗を拭った。

「ありがとう。いい腕だ」

「いや、ここまで身動きしない人は初めてでした。貴方がいい患者なのです」

「これを」

すでに幾ら払っているのかは知らぬ。だが、平九郎はさらに一両を上乗せしようとしたが、医者は首を横に振って固辞した。

「すでに頂いています」

この医者、思った以上の男である。自分の流儀がある。押し付けるのは、却って非礼になるだろう。

「名を聞かせてくれないか？」

「掛庵です」

「掛庵殿、この恩は忘れない。もし何かどうにもならぬ困りごとが出来した時には江戸を訪ねて来てくれ。必ず力になる」

平九郎は自身に繋ぐ方法の一つを掛庵に教えた。掛庵も薄々感じてはいたらしいが、これで裏稼業の者だと確信したらしい。

「頼らずとも済むような一生を送るつもりです」

「それに越したことはない。世話になったな」

平九郎は立ち上がると、掛庵は深々とお辞儀をした。

粥を無理やり流しこんだ後、駒飼宿を後にして再び甲州街道を進む。赤也も女装を解き、身動きのしやすい旅人風に姿を戻している。

先刻までと比べれば余程ましになった。とはいえ、すでにかなりの血を流しており万全とは程遠い。雲の上を歩んでいるような心地である。掛庵の言った通り本来ならば安静にしていなければならぬだろう。

だが、行かねばならない。比奈が村に入るまでは見届けねばならぬ。それが己の勤めなのだ。

この辺り、道々に野仏が多くある。その中には首の無い地蔵も見えた。険しい山道であるため、過去には夜盗山賊の類に襲われて死んだ者も多いのだろう。それらが赤也の不安を煽ったのか、時折ちらりと顔を覗き込んでくる。

「行ける」

平九郎が力強く言うと、赤也は二度、三度頷いた。

「苦しくなったら頼ってくれ。肩を貸すぜ」

「それで半里も行けば息が上がるくせに」

「違いねえ」

赤也は戯けたように眉を開いたが、すぐに真顔に戻って溜息を洩らした。

「それにしても大変な依頼になったたな」

「ああ、想像以上だ」

「炙り屋も苦戦しているかもな」

「いや……」

平九郎はふと天を見上げた。両側に鬱蒼とした森が広がっており、そこから枝が伸びて空は僅かしか見えない。その隙間を東に向けて流れる雲が見えた。

「あいつは必ず勤めをやり遂げる」

平九郎が断言すると、赤也は少しの間を空けてふっと頬を緩めた。

「向こうも同じことを思っていそうだな」

「そうだな」

勝沼宿まであと約一里半の道程である。急げば半刻（約一時間）で着くだろう。依頼を全うするため。いや、己を頼りにしてくれた者のため、気合いを振り絞って足に力を漲らせた。

六

駒飼宿から十八町で鶴瀬宿。そこから一里三町で勝沼宿である。ここまで来れば道も随分と平坦なものとなる。甲府盆地の中に入ったことになり、ぐるりと取り囲む山々に閉じ込められたかのように、冬雲が重く天を覆っている。

勝沼宿は江戸日本橋から実に三十一里二十六町。本陣一軒、脇本陣二軒、旅籠二十三軒、さらに二百近い家屋が軒を連ねており、甲州でも随一の活気を誇る宿場である。

その中の一つ、本陣に最も近い旅籠の一室に玄九たちはいた。

「ここで待つんだな」

「ええ」

答えた女の名は七瀬と謂う。くらまし屋の一味だという。違う。この女もまた、くらまし屋なのだ。他に駒飼宿では顔立ちの整った男にも会った。あの男もまた同じ。他にもまだいるかもしれないが、恐らくはこの三人がくらまし屋だと玄九は見た。

「比奈、いつでも出られるように心積もりをしておいて」

「はい」

七瀬が言うと、比奈は力強く頷いた。思えば江戸から逃げ通しであるが、心が折れた様子はない。玄九と共に駒飼宿を目指した時も弱音一つ吐かず、懸命に駆けていた。

「いつまで待つ」

玄九は七瀬に訊いた。

「半日待って来なければ先に行く」

七瀬は平然と答える。平九郎が飛び切りの強者を、しかも二人同時に相手にしていることは伝えている。その時も七瀬は取り乱すことは一切無かった。そっと目を瞑って暫し思案すると、繋ぎに一人を残し、先に勝沼宿を目指すことを決めた。この女もまた強い。

いや、依頼人にとって何が最善かを導き出し、それを遂行したに過ぎない。ここから件の村まで約三里とのこと。まだまだ油断は出来ないし、往々にしてそのような時に危険が訪れる。平九郎がいるに越したことはないが、半日待って来なければ、もっと危ないと判断したのだろう。

すでに勝沼宿について一刻。外は旅人と呼び込みの声で活気に溢れているが、部屋の中にはぴんと緊張の糸が張り詰めている。

「おい、まずいぞ」

玄九は部屋に入ってから、ずっと窓の側で外の様子を窺っている。平九郎らが追い付いたら、あるいは追手が現れたらすぐに動けるよう見張っていたのだ。今、玄九の目に入ったのは後者であった。

「知っている顔がいる。ひい、ふう、み……七人だ」

堂島らとつるんでいた者ではないが、江戸で用心棒や殺しを引き受けている連中で、二、三人に見覚えがあった。

「旅籠を一軒一軒訪ねて回っているらしい。いずれここにも来る」

連中が旅籠の中を確かめているのが見えた。何と理由を付けているのかは判らないが、物騒な雰囲気を醸し出しており、主人も腰が引けて止められないでいる。七瀬も身を潜めつつ窓の外をそっと窺った。

「あんたがいて助かった」

「自慢じゃねえが、こちとら本職だぜ」

「今ならまだ間に合う。すぐに出ましょう」

「それがよさそうだ」

すぐに通りへ出て人の流れに紛れた。旅籠にも出立を告げぬままである。すでに数泊分の銭は渡してあり、見せかけに荷物を置いておく。この部屋に逗留（とうりゅう）している者たちがいると聞いた連中が、待ち伏せでも企んでくれれば御の字である。

「万が一、追いつかれた時はどちらかが足止めをする。玄九、あんた腕は？」

「自慢じゃねえが、そっちはからっきしさ。俺が三人いても、やつらの一人も仕留められねえ」

玄九は足早に歩みながら苦笑した。

「そっちは本当に自慢にならないわね。じゃあ、私が止める。比奈は玄九と先に」

「あんたこそ腕に自信がありそうだ。堤平九郎並かい？」

「あの神業と比べないで。でも薙刀、小太刀は一通りやっている。あんたよりまし」

「そうか。でも、俺は村の場所を知らねえぞ」

「村はここ」

七瀬は小さく折り畳んだ紙を手渡して来た。開くとそこには村の場所が記されている。

「教えてもいいのかい？」

「教えるつもりはなかったわよ。でもこうなったら仕方ない」

「その時に備えてこの紙を用意していたって訳か。手回しがいいことだ」

「それにあんたは心配ない」

「へえ、随分と信用してくれたもんだ」

「玄人でしょう」

「違いねえ」

玄九は口元を綻ばせた。この者たちといると何とも心地よい。それは賢しくて話が早いということもあるが、何より仕事に対しての矜持がしかとあるということが大きい。どちらも堂島などとは月と鼈である。

「失くすへまはしないと思うけど……」

「心配ねえ」

七瀬が言いかけた時、玄九は紙を畳み直して呑み込んだ。

「何してんのよ」

「覚えた」

「今の短い間に？」

「こういうのは得意なのさ」

玄九は小さく鼻を鳴らした。

甲州街道を東へ進むと小さな祠があり、そこから分かれ道が真っ直ぐ延びていた。本道を外れて七瀬はそちらに入った。緩やかな上り坂になっており、左側には木々が生い茂っており、右側には幾つかの棚田があった。先刻より風が強くなってきて、道に落ちた木の葉が舞う。こうして木の葉が踏まれずにあるのは、人通りが然程多くない証左である。

「分かれ道はあと二回」

「解っている」

玄九が応じつつ振り返ったその時である。来た道は木々に遮られているものの、僅かな隙間の色が変じたのを確かに見た。

「来たぞ。どういうことだ」

玄九は舌打ちをした。尾行には細心の注意を払っていた。後をつけてくる者はいなかったし、気配も微塵も感じなかったのだ。だが、それを今考えても仕方がない。

「間違いねえ。走るぞ」

一斉に皆が走り出す。数も不明。先ほどの勝沼宿の連中かもしれないし、他の者かもしれない。ただ今は少しでも早く前に進むしかない。

「あと半里も無い。比奈、頑張って」

「はい！」

七瀬が励まし、比奈も懸命に足を動かす。

「速え！」

玄九は叫んだ。目に捉えた。未だ見たことのない男である。身形は武士のものとも、町人のものとも違う。着流しの上に小豆色の長羽織を纏い、首には狐か貂と思しき毛皮を巻いている。敢えていうならば野盗の親分にでもいそうな恰好である。その男が疾風の如き速さで坂道を駆け上ってきている。

「私が残る。先に」

七瀬は走りながら懐から短刀を取り出す。

「いや、二人は先に」

「打ち合わせと違うでしょう。あんたは腕っ節が――」

「心配ねえ」

玄九は顎で後ろへと振った。

「えっ……本当？」

「見えた。時を稼ぐなら俺のほうが上手くやる。行ってくれ」

玄九は足を止めて身を翻した。七瀬は頷きつつ、比奈と共に走り去っていく。その時が来るまでほんの僅かであった。男は二十も数えぬうちに玄九の前に到っていた。ここまで疾走して来たのに息一つ切れていない。

「くらまし屋ではないな」

男は目を細めて尋ねた。低く滑りのある声に背筋に悪寒が走る。腰に刀を携えていない。得物らしきものを持っていないのだ。ただ溢れ出る殺気から、男は確実に己を殺す技を持っていると確信した。

「そう見えたかい？」

「いや、お前は弱いだろう」

「ご名答」

「仲間か」

今の少ない会話で判ったことが幾つもある。まず男は「黒狗の玄九」を知らぬ。さらに、くらまし屋の顔も複数人であることも知らない。知っていれば今のような訊き方はしない。

男はくらまし屋は一人だと思っている。その一人は誰か。これは十中八九、

――堤平九郎。

のことであろう。そして追ってきながら、比奈よりも先に、くらまし屋に言及したのも腑に落ちない。玄九は一瞬の間にここまで推し量り、何と答えるのが最も男の気を引けるのかを導き出した。

「くらまし屋に会いたいのか？」

　男のこめかみがぴくりと動く。

「仲間を売ると？」

「仲間じゃねえ。俺は雇われただけだ」

　玄九は諸手を顔の横に開いて首を横に振った。

「お前は」

「玄九。しがない人探し屋さ。そっちは？」

「れんふつ」

　男は目を細めつつ答えた。

「あんたが影縫(かげぬい)か……」

　玄九は喉を鳴らした。

　比奈を追うために雇われた「振(ふるい)」のうち、特に名が知れた五人の最後の一人である。どのような字を書くのかも知らぬ。忽然と現れ、幾つかの依頼をこなしていると聞くが、あまり暗黒街には深入りしていない様子である。己も裏の道ではそれなりに名が通っているが、知らないのもそれ故であろう。自身が影縫という異名で呼ばれていることさえ知らぬらしく、首を微かに捻った。

「くらまし屋に会わせるというのは本当か」

「その前に一つ、比奈はいいのか？」

玄九はそこに触れる賭けに出た。とはいえ、勝算が無かった訳ではない。

「くらまし屋に会えるならば、小娘のことはどうでもよい」

——やはりそうか。

この男、端(はな)から狙いはくらまし屋である。そもそも裏稼業の依頼を請けているのも、そこに繋がる伝手(つて)を探してのことではないか。恐らく、今回の件にくらまし屋が絡んでいると聞いてここまで来たのだ。

「じゃあ何故、俺たちを追う」

「運が悪いのか、中々出くわさぬ」

「顔を知らねえんだろう？」

あと少し、あと僅かに引き延ばしたい。そのために敢えてさらに踏み込んだ。

「何故、判った」

男は眉間に深い皺を作った。顔に出やすい性質である。

「判るさ。何で顔も知らねえのに、くらまし屋を狙う」

「長老の命(めい)だ」

「長老？」

玄九が鸚鵡返しに訊くと、男は濡れたような声で続ける。

「一族の者がくらまし屋に斬られた。仇を討った者を当主にするとのお達しが出た」

「なるほど。まあ、恨みを買う商売だわな」

玄九は無理やり笑みを作った。軽口を叩いているが、内心は恐怖に震え上がっている。男からは波門や十内と同じような殺気が漏れているのだ。喋らねば死ぬ。その一心で必死に舌を動かしている。

「勝沼でお前らを見つけた。合流するかと思ったが当てが外れたようだ。ならば人質にして誘き出そうとな」

「なるほど。なら俺が会わせてやるって言えば、比奈を追うのは止めるな」

「よかろう。但し嘘だった時は覚悟しろ。早く殺してくれと懇願するほどの苦しみを味わうことになる」

「どいつもこいつも……これぞ悪人って感じの科白だね」

玄九は呆れて苦く頬を歪めた。

「教えろ。くらまし屋はどこだ」

「こっちにも流儀がある。あんたの名を知ることさ」

「先ほど答えた」

「どういう字を書く。それさえ知れればすぐに教える」

あとほんの三十、いや二十を数えるほど話を引き延ばしたかった。些細な変化から嘘は見破られるかもしれぬ。故に己の真の流儀をぶつける。男は面倒くさそうに舌打ちしたが、こちらの真が伝わったのだろう。口早に説明する。

「なるほど。漣払だな」

「教えたぞ。くらまし屋は何処だ」

「ええと……」

玄九は腰、懐と何かを探すような素振りをした後、すっと自らの瞳を指差した。

「ここさ」

「ふざけるな――」

漣払ははっと振り返った。その時、曲がり道から男が飛び出してきた。

堤平九郎である。

「貴様か！」

「無楽流、破位二刀」

平九郎は駆けながら柄に手を落とすと、腰間から刀を迸らせた。漣払は羽織の内側に手を伸ばした。

「来い‼」

激しい金属音が響き渡る。漣払の手に握られたのは見たことがない奇妙な武器である。円形に炎のような意匠が施されており、日輪を彷彿とさせる形をしている。円形の部分も、炎のようなところも全てが刃。一部が切れた握りとなっている。

「風火輪（ふうかりん）……」

「知っているか」

漣払はさらに左手も羽織の中に突っ込む。平九郎が風火輪と呼んだ武器がまた跳び出し、平九郎の頬を掠めた。漣払は両手の風火輪で連撃を繰り出す。

「鹿島新當流……鵺斬（ぬえぎり）」

平九郎は飛び退きつつ斬撃を見舞うが、漣払は躰を捻って躱してさらに攻撃を仕掛ける。平九郎はひたすら防戦に徹する。

――おかしい。

素人の玄九でもすぐに気付いた。波門、十内を相手にしていた時とは比べ物にならぬほど平九郎の動きが鈍いのだ。平九郎の胸元から覗く白晒を見て気が付いた。やはりあの戦いで酷い怪我を負ったのだ。

「玄九！」

遅れて走って来たのは赤也である。

「怪我を？」

玄九は赤也の元へ近づくと小声で訊いた。

「ああ、並の者なら立っているのもやっとのはずだ」

赤也は息を切らしつつ顔を歪める。その間も戦いは続く。漣払の風火輪は縦横無尽に走り、平九郎は躱し、受け、流す。が、それも間一髪といった様子で明らかに押されている。助けに入ってやりたいが、己では到底歯が立たない。赤也もまた戦いは門外漢らしく、ただ二人して距離を空けて見守ることしか出来なかった。

「平さん！」

赤也が叫ぶ。

漣払の蹴りが鳩尾（みぞおち）に入って、平九郎が後ろに飛ばされる。さらに漣払は両手の風火輪を振りかぶって迫った。

「関口（せきぐち）流柔術……逸手（はやて）」

平九郎は辛くも躱して腕を取って投げようとする。が、漣払はにたりと笑って身を捻ると、反対に平九郎を投げ飛ばした。柔（やわら）の返し技である。

「くそ……」

平九郎はすぐに立ち上がるが、途切れることのない漣払の猛攻に堪え忍ぶのみである。やはり本調子でないどころか、三割の力も出ていない様子である。

「二人とも先に行け！」

平九郎は刺突を出しつつ、必死に叫ぶ。

「でも——」

「あいつに伝えろ。俺も向かう！」

「なるほど。解った！」

赤也は得心したらしく、己にも来るように促した。漣払はこちらを一瞥(いちべつ)したものの、平九郎を仕留めることしか眼中に無いらしい。奇声を上げつつ風火輪を振るい続けた。

「玄九、お前のほうが俺より足が速い。先に村に行ってくれ」

村に向けて走る途中、赤也が言った。

「七瀬に何を伝える」

平九郎の言ったあいつとはそうだと思った。しかし、赤也は首を横に振った。

「違う」

赤也が手短に話すと、玄九は驚いて目を見開いた。

「そんな奴が。なら七瀬がすでに呼んでいるんじゃないか？」

「いや、あいつは村から出たがらねえ。村の入り口で待つように伝えろ」

「解った」

疲れ果てて肩で息をする赤也を、玄九はぐんぐんと引き離して先に進んだ。やがて、幾つかの家屋が目に飛び込んで来た。

結界としてだろうか。村の入り口に石が置かれており、その上に胡坐を掻いている男がいる。近付くにつれて判ったが石は想像以上に大きい。巨石と呼べるほどに。小さく見えたのは、座っている男もまた尋常ならざるほどに大きいのだ。

七瀬も見えた。七瀬は石の上の大男を見上げながら、何やら激しい剣幕で迫っている様子であった。

「おい！」

「あっ、玄九」

「平九郎が――」

玄九は平九郎から頼まれたことを告げる。七瀬は苦々しい顔になり、石の上の男を指差した。玄九は全てを察して頷くと、心の中で早く来いと強く念じながら後ろを振り返った。

七

平九郎は懸命に手を動かす。が、刀はいつもの数倍重く感じ、足も地に掴まれているのかというほど動かなかった。頭を割れるほどの痛みが襲い、断続的に吐き気も催す。

――やはり駄目だ。

この男もかなりの遣い手。とはいえ、普段ならば勝てぬ相手ではない。だが、連戦での消耗が著しく今の己では勝てぬ。

比奈はもう逃げ遂せたと見て間違いない。あとは己の身を守ることだけ。相手は比奈ではなく己が狙いらしいから、依頼がなくとも、いつか戦うはめになっていたかもしれない。身から出た錆といえば軽い。業と呼ぶのが相応しいだろう。

男は旋回しつつ攻撃を続ける。風火輪を何とか躱した直後、足を払われて平九郎はどっと倒れた。落ち葉と砂に塗れつつ転がり、足に全身全霊の力を込めて立ち上がった。

「現れたかと思いきや逃げてばかり。このような男に漣月は敗れたのか」

男は嘲りながら吐き捨てた。

「漣月……」

確か虚の一人である。高尾山で御庭番と交戦し、曽和一鉄の配下の手練れ網谷久蔵を斬った。その後、己が戦いの果てに討った。一族の仇か何かか。そう思えば名も、得物も似ている。

「天武無闘流、竜胆」

平九郎は懐に忍ばせた銑鋧、いわゆる手裏剣を摑んで投げた。腕を用いずに指の力だけで弾くように飛ばす技である。威力こそ落ちるが動作が少ない分、不意を突ける。だが今はそれが目的ではなく、腕を振ったところで大した力が出ないためである。

「小賢しい」

男が風火輪で弾いた時、平九郎は納刀と同時、身を翻して逃げ始めていた。

「待て！」

男もすぐに追いかけて来る。普段ならば何も気にしないほどの緩やかな坂であるのに、今は崖地を上っているかの如く息が上がる。

――天武無闘流、竜尾。

声を発するのも辛い。背後の敵に向け、振り向き様に下手投げで銑鋧を放つ技である。銑鋧は脛の辺りを狙った。この位置、風火輪で弾くのも難しく、男は飛び上がって躱す。差を縮められていたのを、これでまた引き離す。

一町、二町、三町と走る。男の息遣いがすぐそこに迫った。

「無楽流、懸位(けんい)三刀(さんとう)！」

上半身だけ捻り背後に放つ居合い。声が出た。己を奮い立たせるために必要であった。男は大きく仰け反って鼻先で躱し、一気に間を詰めて来た。刀と二つの風火輪、激しく撃ち合いながら疾駆する。

「塩田(しおた)楊心(ようしん)流、旋狸(せんり)」

つられたように、男もぼそりと言うのが聞こえた。漣月と同じ流派。もはや間違いない。この流派、あるいは一族に目を付けられている。

「柳生新陰流――」

技が間に合わず、風火輪が脇腹を掠める。それでも平九郎は脚を止めなかった。もはや限界が近い。目も霞(かす)んで来る。

間に合った。先ほどから己を呼ぶ声、大きく手招きをする者がいる。男も気付いているが意に介さなかっただけだ。二十間、十間、五間。平九郎が滑り込むように村への境界を越えた時、

「ざまあねえな」

と、野太い声が落ちて来た。

「悪い。頼む」

巻き起こる砂埃の中、平九郎は化鳥のように宙を舞う大きな影を見た。

「何だ、貴様！　邪むみょうっ——」

雷が落ちたかの如き音。己を追って来た男は大地に頭をめり込ませている。その頭を鷲摑みにしている男。この村の番人、佐分頼禅である。

「堤、こんな男に手を焼いたのか？」

頼禅は手を離すと、突いた片膝を浮かせて立ち上がった。身丈は六尺二寸（約一八六センチ）。あの九鬼にも負けぬほどの巨軀である。だが九鬼よりもやや細い。いや、内側に引き締まっており、褐色の肌とも相まって鋼に鞣革を張ったような印象である。

「うるさい。胸が切り裂かれているんだ……」

「まだ死にはしねえようだな」

頼禅は鼻を鳴らし、牙の如く鋭い八重歯を覗かせた。

「おい」

「解ってる」

平九郎が言うと、頼禅は即座に答える。

「殺す、殺す、殺す！」

額から血を流しながらも、男はざっと立ち上がって風火輪を振りかぶり、頼禅に斬り掛かって来た。

頼禅は左手で、男の腕を払う。当人としてはちょっとどけた程度だろうが、腕に猪（いのしし）の突進を受けたように弾かれた。頼禅の剛拳が男の脾腹（ひばら）に突き刺さる。

「ぐええっ」

呻いた男の顎に、下から頼禅の掌底。骨が粉砕される鈍い音が聞こえた。頼禅は浮き上がった男の首を摑むと、さらに膝蹴りを見舞う。すかさず旋風のような足蹴り。地に横向きに倒れた時、男の意識はもはや無かっただろう。が、頼禅は容赦しない。

「死ね」

と呟き、跳び上がる。宙で身を回して勢いをつけると、自重の全てを乗せた踵（かかと）を首に落とした。

「強（つえ）え……」

と、玄九は啞然となる。

「流石、元江戸最強の用心棒。腕は鈍っちゃいねえな」

赤也はへらりとした笑みを見せる。頼禅は、くらまし屋が己と赤也の二人だった頃の依頼人。その強さは百も承知である。

「あんたそんなに強いなら早く助けに行きなさいよ！」

一方、初めて頼禅の戦い振りを見た七瀬は、一瞬唖然となったものの、すぐに顔を真っ赤にして詰った。

「何度も言わせるな。俺の流儀だ。村を離れる訳にはいかねぇ」

頼禅は手を払いつつ不愛想に答えた。

「くらまし屋さん……」

ふと気付くと、逆さまの景色の中に立つ比奈が見えた。口を両手で覆い、その目からはとめどなく涙が流れている。

「比奈、離れて悪かった」

平九郎は身を起こすのも儘ならず、地面に転がったまま詫びた。比奈はぶんぶんと首を横に振る。

「本当に……ありがとうございます……皆さん……本当に……」

江戸からずっと、いや伊八郎が殺された時からずっと恐怖に耐え続けてきた。それが今、ようやく解放された安堵もあろう。比奈は嗚咽混じりに言った。

「立たせてくれ」

赤也が起こそうとするが、非力なためなかなか思うようにいかない。頼禅が襟を摑んでぐっと引き起こし、平九郎の脇に鉄のような手を差し入れる。

「これにて依頼は全うした。比奈、安心して暮らせ」

「はい……」

「俺はまたここに来ることもある。手紙も届けられる」

「いいの……？」

破ってはならぬ掟の一つ、かつての一生を取り戻そうとすることに触れないかと心配しているのだ。

「別に取り戻そうとしている訳じゃない。それに陣吾は新しい一生との懸け橋だ」

比奈はこくこくと頷いた。

七瀬、赤也、玄九は微笑みながら、比奈に優しい眼差し（まなざ）を送る。頼禅は己だけに聞こえるほどの声で、任せろ、と呟いた。

「皆、ありがとう。江戸に帰ろうか」

平九郎はふわりと言った。そんな躰じゃすぐには無理、平さんを残して帰るのもありじゃねえか、俺への支払いは念のためにとっとと済ませろ、明るく薄情な声に囲まれながら、平九郎は茜に染まりつつある空に向けて笑みを飛ばした。

終章

一

惣一郎が戻ると、物頭の冠次郎を始め、村の者たちが慌てて出迎えた。

「早く薬を」

惣一郎はレラから受け取った薬を素早く渡す。冠次郎は感嘆を漏らして受け取り、村は俄かに歓喜に沸いた。

毒に冒された者たちは、村の最も大きな屋敷に運び込まれて初音の手当てを受けている。この間、初音もまた一時も休まなかったのだろう。その顔には疲れの色が浮かんでいたが、苦悶する者たちに、

「もうすぐです。頑張って下さい」

などと、励ましの声を掛けていた。冠次郎が薬を持ち帰ったことを告げると、初音はすぐに受け取って薬の入った革袋を確かめる。惣一郎は自室に引き上げようとする

途中、その初音と目が合った。薄い唇をぐっと結び、瞳は潤んでいるように見えた。

「効くと思う」

惣一郎が言うと、初音は頷いて怪我人の元へ戻った。

薬効は見事にあらわれたらしい。躰に籠った熱がみるみる抜けていき、翌日には重湯を口にすることも出来るようになり、三日もすれば起き上がれるまでに快復した。

その間、初音はずっと付きっ切りで、ほとんど眠らずに経過を見ていたという。

一方、惣一郎はレラと戦ったこと、独断でその命を助けたこと、彼らの村をもう一つの敵が襲っており共闘したこと、そして手を結べるかもしれないことを淡々と告げた。

「それは……」

当初、冠次郎は困惑していた。果たしてレラたちは信用出来るのかということだ。

「裏切るようなやつじゃあない」

惣一郎はそう返した。むしろ己たち和人よりも彼らのほうが偽りがないと感じている。

「しかし……私が……」

冠次郎はなおも躊躇った。集落の物頭にすぎない己が勝手に裁量してよいのかどうか、判じかねているようだった。

「私が話すから」

惣一郎は軽い調子で言ったつもりだが、戦った時に纏っていた殺気がまだ抜けきっていないらしく、冠次郎は小さく身震いをした。

まず半年程度の不戦を取り決めるのだ。それならば虚の不利となることもない。冠次郎の独り決めと咎められはしないだろう。その後、江戸に戻った惣一郎が金五郎の許しを得、改めて正式な同盟を結べばよい。そう説得すると、冠次郎も二度三度頷いて了承した。

三日後、レラが村を訪ねて来た。レラ本人がやってきたことに冠次郎を始め、皆が驚いていたが、惣一郎は何となくそうだろうと思っていた。

「来たんだ」

惣一郎はレラに声を掛けた。会談が行われる座敷の前である。中には入らない。参座出来ないという訳ではなく、己のような者が入れば話があちこちに飛んで纏まるものも纏まらないだろう。

「ああ」

「江戸でちゃんと許しを得て来るから」

その一言で察したらしい。レラは和人のように頭を下げ、

「ありがたい」

と、畏まった口調で言った。

「また来る」

「俺を討ちに……だな？」

「そうそう」

「それまでに腕を磨いておこう」

「いいね」

惣一郎はにこりと笑って自室へと引き上げた。

その後、冠次郎とレラの会談が二刻（約四時間）に亘って行われ、たった今から二百日間不戦とする取り決めが結ばれた。

惣一郎は江戸に帰ることになった。いや、惣一郎がそう勝手に決めたのだ。金五郎に言われた通りレラの脅威を除いた。それどころか手を結んだのだから文句は言わせない。金五郎は恐らく知らないだろうが、レラたち以上にボルコフたちのほうが厄介である。今の虚の村では勝てないだろう。レラたちと共闘するのが最善のはずだ。

そこまで説明して文句を言うならば、もう斬ってやるつもりでいた。惣一郎がその

旨を告げると、冠次郎は顔を引き攣らせてこくこくと頷くのみだった。

次の定期船は約ひと月後である。惣一郎は食っては剣を振り、剣を振っては寝るという暮らしを送り、やがて湊に向けて発つ日がやってきた。

冠次郎を始め、皆が見送りに出る中に初音の姿もあった。怪我人はすでに本復していたが、この間、質の悪い風邪が流行って初音は日々その看病に追われており、まともに会話することも出来なかった。

初音は常に懸命だ。それは剣を磨く己にも似ている。故に惣一郎はどうしても邪魔する気になれず、眠りこける初音を起こす気にもなれず、そのままにしていたのだ。

初音はゆっくりと惣一郎の元に歩を進めた。

「教えてくれるので？」

「約束ですから」

惣一郎がふわりと尋ねると、初音は静かに答えた。

「じゃあ、改めて。くらまし屋を知っているの？」

「恐らくそれは——」

「なるほど……そういうことか」

惣一郎は言葉に困った。このような感覚は初めてのことである。何とか絞り出した

のは、

「斬ったら……怒るよね？」

と、いうものである。

「当然です」

「でも、それは聞けないな。きっと会ったら戦いたくなる」

「くらまし屋は……堤平九郎という人は強い」

「知っているよ。私のほうが強いけど」

惣一郎が眉を開く。初音は少し間を空けた後、はきと答えた。

「貴方の言う強さとは違う。もしどうしても戦うというのならば、きっと解るはずです」

「そうか」

惣一郎はこの話を打ち切った。初音の言う通りだったならば、それは己の望むところである。そして何より、初音がくらまし屋、いや堤平九郎の話をする時、何故か心がざわつくのである。それが妙に恐ろしく感じた。

「刀を振るうなとは言いません。ただ……過日のように、誰かのためにその力を使うのでは駄目なのですか」

初音は真っすぐに見つめて言った。

「誰かのためだよ」

「え……」

己が何故、剣を振るい続けるようになったのか。たった少しだったとしても、それを明かすのは初めてのことである。その場に居合わせた男吏(だんり)を除いて。

「じゃあ、行ってくる。またね」

惣一郎は微笑(ほほえ)みを残し、身を翻(ひるがえ)して歩み始めた。

きっとまた堤平九郎とは戦うことになるだろう。これまではそれを嬉々として受け入れた。が、今はほんの少し初音に悪い気がしてしまう。

なるほど。初音の言う通り、堤平九郎が強ければいいのだ。ならばきっと己を斬ってくれる。皆が万々歳という訳だ。

実に妙案に思えて惣一郎は鼻唄まじりで歩いた。

今日は雲一つ無い抜けるような蒼天。鼻唄に誘われるように、山々の雪は光を受けて煌(きら)めいていた。

一陣の風が吹く。雪の匂いがした。来た時は忌々しさしか感じなかったが、今は少し名残(なごり)惜しさも込み上げ、惣一郎は思い切り息を吸い込んだ。

二

堤平九郎はひと月振りに波積屋に足を向けた。まだ宵の口だというのに、暖簾の向こうからは、酔客の賑やかな声が聞こえて来る。すっと手でかきわけて入ると、

「平さん！」

と、常よりも明るいお春の声が飛んで来た。

「おう」

「もう……」

盆を膝の前でぎゅっと握るお春の目には、薄っすら涙が浮かんでいる。

「心配掛けたな」

甲州から戻った後、平九郎は自身の長屋には帰らなかった。大きな傷を負っていることが知れれば、何かと都合が悪い。加えてこの時、長屋の場所が露見して襲撃でも受けようものならば、全力で戦うことが出来ず危険なためである。

お人好しの大家の藤助には、暫し旅に出ると文を書き、赤也に届けて貰った。その間、平九郎は赤羽のとある小さな寺で傷の療養をしていた。江戸に来て間もない頃、ここの和尚の頼みを引き受けて勤めをしたことがある。以来、何かあった時には力に

なると言われていたのだ。そして、今回初めて頼ったという訳である。

そして約ひと月、肉が盛り上がって傷が閉じるのを見計らって糸を抜き、こうして江戸に舞い戻った。

「おかえり」

七瀬が板場から姿を見せた。帰り道、七瀬は頼禅への不満が収まらず、散々文句を言っていた。だが頼禅が何故、村を離れたがらないかを告げると、

——いいやつじゃない。

と、一転したのがおかしかった。

「来ているわよ」

七瀬は顎をつんと振った。いつもの小上がりに、赤也が突っ伏している。その頭の周りには、幾本もの銚子が並んでいる。

「負けたか」

博打でかなり負けが込んだのであろうことは容易に想像出来た。

「全く……全部擦ったらしいわよ」

今回は相場よりも高い報酬を受け取った。三人で均等に分けるため、赤也の懐にもかなりの額が入ったはずだが、それはこのひと月で全て霧散したらしい。

「相変わらず馬鹿だな」

平九郎は苦く笑った。赤也の場合、博打のために勤めをしているというところを越え、もはや勤めをする活力を得るために敢えて博打で銭を消しているといったほうがしっくりくる。

「酒と適当に肴を頼む」

声こそ掛けては来なかったが、先ほどから茂吉は満面の笑みを向けてくれていた。

「いいのかい？」

茂吉は小気味よい包丁の音を立てながら訊いた。酒を呑んでも傷に障らないかということである。

「ほどほどにしておく」

「解った。とびっきり美味いものを作るよ」

「それは助かる。和尚の味の薄い雑炊に飽き飽きしていたからな」

平九郎が軽口を飛ばすと、茂吉もまた戯けるように眉を開いて応えた。平九郎は小上がりに進み、

「おい。風邪ひくぞ」

と声を掛けると、眠っていた赤也がばっと勢いよく顔を上げた。

「平さん……帰ったのか！」

「世話を掛けたな」

「早く次をやらねえと、俺は干上がっちまう」

このひと月、当然ながら依頼は請けていない。赤也は泣くような顔で言った。

「来ているのか？」

「ああ、幾つかな。明日にでも……」

「赤也、平さんは帰ったばかりなのよ」

酒を運んできた七瀬がぴしゃりと遮った。

「そうだな。まあ、暫くはゆっくりしてくれよ」

赤也はばつが悪そうに何度か頷いた。共にくらまし屋としてやってきてから、ここまでの怪我を負うのは初めてのことであった。今回ばかりは、心配を掛けていたらしい。

「やれるさ」

平九郎が言うと、二人とも安堵したように、ふっと表情を和らげた。

「じゃあ、遠慮なく請けるとするか」

赤也はにししと白い歯を覗かせた。

「呑むか」

「でも俺は……」

「奢りだ」

「よしきた」

二人でゆっくりと酒を酌み交わす。久々の酒がじわりと臓腑に染み渡る。香りも普段よりも強く感じ、鼻孔の奥まで心地よかった。

「何も無かったのだな？」

平九郎は盃に再び酒を満たしながら訊いた。何か不測の事態が起こった時には、平九郎にも報せる段取りになっていた。それが無かったということは、今のところは何も問題は起こっていないということになる。

「ああ」

「大丸には？」

「江戸に帰ってすぐに」

仕事を全うした旨を報告した。報告に現れたのが依頼を請けた男、つまり平九郎とは違ったため、大丸の下村正周は勤めの最中に怪我をしたか、あるいは命を落としたのではないかと心配していた。平九郎がどのような状態にあるのかは言えぬ。ただ赤

也は、

——お話は聞いております。また勤めを請けられるかと。

とだけは伝えたので、生きていることだけは理解したらしい。正周は比奈の無事を何より喜び、そして大丸の意地を通せたことに安堵していた。

「陣吾からだ」

赤也は懐から袱紗を取り出した。無事に比奈を送ったと伝えると、陣吾から渡されたらしい。開けると中には小判が十枚入っていた。いつ平九郎が帰って来てもいいように、肌身離さず持っていたという。

「余計なものは受け取れねえと知っているだろう？」

「比奈に、らしい。村で暮らすにも先立つものがあったほうがいいだろうってことだ」

「なるほどな。次に行く時に渡しておくよ」

「あと……世話になったってよ」

「それも余計だ」

平九郎は小さく鼻を鳴らした。きっとこれで陣吾も堅気の頃の自分をふっ切れただろう。

赤也がふと真面目な顔になり、声を落として囁くように言った。

「富蔵は死んだらしいぜ」

「そうだろうな」

平九郎は驚かなかった。迅十郎に狙いを定められたのだ。それは即ち死を意味するといっても過言ではない。

「ただ、あいつも結構苦労したんじゃあないかな」

赤也らが江戸に戻ってから十日後、富蔵の死についての読売が売られた。何処にでも口が軽い者はいるものである。奉行所か店か、何処かから漏れたのであろう。それに拠ると、富蔵のほかに十人もの屍が転がっており、部屋は荒れに荒れて夥しい血痕があったという。また金目のものが奪われた形跡もあったらしい。

「あいつは金なんか盗まねえ」

平九郎が断定すると、赤也も頷いた。

「ああ、他に奪ったやつがいる」

「つまり迅十郎以外にも生き残りが？」

「読売には続きが」

桶の中に隠れていたという奉公人の証言もあった。数日前から富蔵は知人だといって数人の浪人風を住まわせていた。それらの者は入り口で、廊下で、あるいは詰めの間で皆が絶命している。ただ気になるのは、もう一人、遅れて来た男の骸が無いこと。身丈六尺を優に超える大男で、筋骨隆々、口には雄々しい虎髭を生やした男であったからよく覚えているという。

「ほぼ間違いないな」

「そんな奴はそうはいねえ。九鬼だ」

となると、富蔵と虚には何らかの繋がりがあったということになる。そして何となく流れが見えてきた。迅十郎は用心棒を悉く倒し、次に九鬼と戦ったが決着が付かなかったのだろう。そこで富蔵を討って勤めを果たした。その後、九鬼が富蔵の家から金目のものを持ち去ったのではないか。あの男、金に強い執着を持っていた。十分に有り得ることだ。

奉行所は、大男が富蔵らと何らかの理由で揉めた末に殺し、金を持って遁走したとみているらしい。

「運がいい奴だ」

赤也は桃色の頬を指で掻いた。奉行所に易々と捕まる迅十郎ではない。が、追われてしまえば面倒なことには違いない。今回、奉行所がそのような見立てをしたことで、迅十郎に追手が迫ることはないだろう。

「あいつはそこまで考えていたのかもしれねえな」

「本当かよ。あの九鬼と戦いながらだぞ？」

「あいつはそういう男だ。だから手強い」

「あー……つくづく敵に回したくねえな」

赤也は項の後ろで手を組んで零した。

「全くだ」

平九郎は苦く頬を緩めた。

「出来たよ」

茂吉が得意げに声を掛け、七瀬が牡蠣の田楽を運んでくる。あまりの香ばしさに口元が綻んだ。赤也が何のか解らぬが景気づけだとさらに一本注文し、お春が平さんのお金でしょうと頬を膨らませて窘める。

その様子を見ていて、ようやく勤めが終わった実感が湧いて来た。祝杯を上げるかのように、平九郎は酒を満たした盃を持ち上げた。

小窓の外に半ば欠けた月が茫と浮かんでいる。

今回はある意味では迅十郎は味方だったかもしれないが、また互いの依頼がかち合うこともあろう。敵となればこれ以上厄介な男はいない。

ただ今だけは、共にこの世の隙間に生きる者として——。

月明かりに照らされるこの町の何処かにいるだろうあの男に向け、心中で皮肉の籠もった労いの言葉を掛けると、小窓から夜風が吹き込むのに合わせ、盃に満たされた酒をぐいと呷った。

初出「ランティエ」二〇二二年三～十一月号

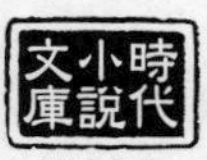

い 24-9

風待ちの四傑 くらまし屋稼業

著者　今村翔吾

2022年11月8日第一刷発行
2022年12月8日第四刷発行

発行者　角川春樹

発行所　株式会社 角川春樹事務所
〒102-0074 東京都千代田区九段南2-1-30 イタリア文化会館

電話　03(3263)5247［編集］　03(3263)5881［営業］

印刷・製本　中央精版印刷株式会社

フォーマット・デザイン＆シンボルマーク　芦澤泰偉

ISBN978-4-7584-4480-4 C0193

http://www.kadokawaharuki.co.jp/［営業］
fanmail@kadokawaharuki.co.jp［編集］　ご意見・ご感想をお寄せください。